走在高高的山冈上

王雁翔 —— 著

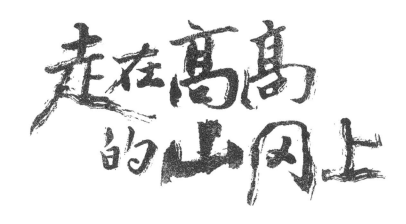

中国青年出版社

（京）新登字 083 号

图书在版编目（CIP）数据

走在高高的山冈上 / 王雁翔著 . -- 北京 : 中国青
年出版社 , 2019.7
ISBN　978-7-5153-5648-8

Ⅰ . ①走… Ⅱ . ①王… Ⅲ . ①纪实文学 – 作品集 – 中
国 – 当代 Ⅳ . ① I25

中国版本图书馆 CIP 数据核字（2019）第 113821 号

责任编辑	侯群雄　叶栩乔
装帧设计	刘红刚
内文设计	李　平
出版发行	中国青年出版社
社　　址	北京东四十二条 21 号　　邮政编码：100708
网　　址	www.cyp.com.cn
门 市 部	010-57350370
编 辑 部	010-57350401
印　　刷	北京欣睿虹彩印刷有限公司
经　　销	新华书店
规　　格	710×1000　1/16
印　　张	19.75
字　　数	178 千字
版　　次	2019 年 8 月北京第 1 版
印　　次	2019 年 8 月北京第 1 次印刷
定　　价	45.00 元

本图书如有印装质量问题，请凭购书发票与质检部联系调换　联系电话：（010）57350337

目 录

阿里边防散记

一

吃过早饭，排长张科带着巡逻的战士早早就出发了。高原寒地的军马不像我先前见过的，膘肥体壮，毛色光滑如锦缎，肥硕的臀部上打着火印。普兰边防连的几十匹军马，不光没火印，还不是一色的，是黄黑白的杂色。毛色焦枯，显得很瘦小。军犬上蹿下跳，也要去，硬被战士们劝住了。战士们说，来回上百公里，军犬的体力跟不上。

为体验巡逻，先一天，我就在连队院子折腾一下午，练骑术，但也只是骑着走，不敢放开奔跑。见我一心要跟去巡逻，战士们大眼瞪小眼，都不吱声。连队干部商量半天，最后想出一个折中的办法，用连队的吉普车送我一程，到车子无法通行的地方，再骑马。

满眼皑皑雪山，苍茫，辽阔。山沟里沟坎纵横，乱石如磨盘。说是路，实际上只是官兵巡逻时从荒芜踩出的便道。吉普车绕来拐去，在野沟里横冲直撞，水箱不停地开锅。车子走走停停，勉强跑出二十多公里，就没法再继续往前挪动。

张科让战士们骑马在前边走，自己牵了马和我深一脚浅一脚地跟在后边。不知为什么，战士张春林的军马不停地出情况，接连几次将他从马背上甩出去。我张着大嘴，气喘如牛，默默低头走着。"咚——"突然一声闷响，我一抬头，看到张春林已麻利地从石头滩上一骨碌爬起，一声不响地跃上了马背。

途中休息时，我揭起张春林的衣服，看到好几处青紫的伤痕。嘴唇黑紫的张春林喘着粗气呵呵地笑，一脸满不在乎，似乎感觉不到疼痛。他说，没事，连队谁没从马背上摔下来过几十次，刚学骑马时，裆部被磨烂，内裤和血肉粘在一起，巡逻回来痛得脱都脱不下，不知道的人看我们骑在马背上挺潇洒，其实，颠一天下来，腰痛得直都直不起来。

"现在，咱们脚下的海拔是4320米，你身体能挺住吗？"张科转脸问我。

"还行，就是心跳得厉害，双腿像踩在棉花堆里，绵软无力。"

张科手一挥："坚持就是胜利，出发！"

根本看不到路，满眼是冰雪世界，白青的雪刺得我双眼直冒泪水，寒风呼啸，打到脸上如刀割。雪厚坡陡，马上不去，战士们只能踩着没过膝盖的雪艰难地往山口跋涉。裤子被雪湿到了大腿，棉鞋变成了雨鞋，脚先是冻得生疼，之后慢慢麻木。张科说他去年冬季带战士们来这里巡逻，跟三名战士连人带马跌下二十多米深的雪沟，幸亏雪厚，否则就残废了。

随着海拔的不断提升，缺氧的痛苦开始猛烈袭击我，往上攀登几步，就要停下来喘一会儿，心在胸膛里蹦跳如击鼓，心慌气短。侧脸一看，战士们也都嘴唇黑紫，张着大嘴喘气。我们像一群离开了水的鱼。

我知道，在海拔4000米以上的雪山上跋涉，相当于背了三十斤的负重，空气里的含氧量只有平原的一半。每往前迈进一步，都是对生命极限的挑战与考验。

午餐是干馕、榨菜和火腿肠。我们坐在雪地里野餐。保温壶里的开水像刚从冰箱里拿出来，冰得牙痛，口干舌燥，平时爽口的馕，这时吃到嘴里如锯末，难以下咽。

张科从陆军学院毕业走进普兰边防连时，刚满二十五岁，在连队的三年时间里，他已在雪山险道上冲锋了一百多趟，曾经和战友们经历过多少次生死考验，连他自己都记不清。张科说今天的路，算是连队所有巡逻点位上路况最好的，天公作美，风也不算大，有太阳，难得的好天气。

泥石流、暴风雪和冰雹是巡逻途中的家常便饭，有时烈日当空，正走着，突然一大片乌云飘过来，核桃大的冰疙瘩，就劈头盖脸地砸下来，躲也没地方躲，只能硬撑着。今年三月，他和战士们在巡逻途中遇上暴风雪，进退不得。

根本看不到路，满眼是冰雪世界，白青的雪刺得我双眼直冒泪水，寒风呼啸，打到脸上如刀割。（韩栓柱摄）

已过回营时间，连队留守干部左等右等，却不见他和战士们的身影，立即派出人马沿路搜寻。要不是救援官兵及时赶到，那次他和战友们可能就变成了雪山上永远的雕塑。

刚到边防连时，手头工作一放下，张科就急得坐卧不宁，想调走，又抹不开脸，因为到边防一线连队守防是他主动要求的。后来，跟战士们一起经历的生死考验多了，张科浮躁的心反倒渐渐平静下来。其实，他的年龄比有的战士还小，但连队战士都管他叫张哥。

爬到海拔5098米的山口时，我胸闷气短，双腿软得直打战，感觉随时都要昏死过去。透过望远镜，山口以西十多公里处，印军的卡拉帕尼哨所清晰可见。只有寂静的营房，周围什么都看不到。张科说，冬季环境艰苦，要等到第二年天气转暖，冰雪融化，印军才进驻哨所。

返回途中，我的双腿沉得像灌了铅，走着走着眼前一黑，就什么都不知道了。

张科和战士们跌跌撞撞回到连队，天已经黑透。

见我醒过来，张科说，你下山时晕倒了，是大家把你背下山，扶在马背上驮回来的。

"抱歉，给大家添麻烦了。"这话在脑海里转了一下，并没说出口，我的心里很难过、很愧疚，伸手轻轻握了握他的手。我知道这时候的语言是苍白的，生命里有些东西，有时很难用言语表达，握手也许更能传递我们彼此间的理解。

透过窗户，山脚的普兰县城闪烁的稀疏灯火，像穹顶上的星子一颗一颗落进了黑夜里的山谷，天地一派寂寥。躺在床上，全身疼得像有人拿锤子在不停歇地敲打着，我甚至能听到骨节在锤声里嘎啦嘎啦地响。

寒风在窗外呼呼隆隆地吼了一夜。高原反应与疲累使我辗转反侧，迷迷糊糊，在似睡非睡之中熬到了天亮。

二

连队的军医说我感冒不轻，需要在连队休息，打两天点滴。我头昏脑涨，只能听他的话，暂停行程。

打着点滴，我和士官何琪聊天，听他讲自己的高原故事。

何琪是司机，开连队的生活车，六年了还没探过家。在内地的时间刻度上，六年算不上长，但在雪域高原，时间的河流是缓慢的，暗流涌动，生命随时都会停止呼吸。

我说："六年，你有好几次探亲假，咋不回去看看，不想家吗？"

"山高路远，回一次家路上就得十多天，挺辛苦不说，回去一趟，回到山上又要一个适应过程。"他望着远处的雪山说。

有一年冬天，何琪开着大车，送连队一名患重感冒的战士去狮泉河，正赶上阿里地区历史上少见的大雪，极目四野，白雪皑皑。看不见路，何琪只能凭记忆往前摸索。晚上九点，车进了门士沟，不小心一头扎进雪坑，任凭他使出浑身解数，车子就是救不出来。何琪心急如焚，车上患病战士的生命就在自己手里，一旦战友转成肺水肿，瞬时就会被夺去性命。何琪让带车干部留下看护病号和车辆，自己拎起一把大扳手，孤身赶赴四十公里外的巴尔机线连求援。

翻越达坂时，他脚下一滑，跌进深谷，摔得满脸满手是血。他躺在雪里，心里一遍遍激励自己，快爬起来，起不来，就意味着你和等待救援的战友都会"光荣"在这茫茫雪山上。他咬着牙，一路跌跌撞撞，看见巴尔机线连院子时，他再也无力坚持，一头栽倒在营院前的雪地里。后来，患病的战友得救了，何琪却在病床上躺了半个多月。

没想到第二年的四月里，何琪又一次与死神狭路相逢。还是在这条杀机四伏、暗流涌动的路上，亦是车子陷进该死的冰河。

一连三天三夜，何琪喝雪水，挖草根充饥，写好遗书，把生的希望寄托在渺茫的等待上。一天夜里，何琪听到车外有响动，透过玻璃一看，吓出一身冷汗，几只饥饿的狼围着车子打转转。它们在车下一圈一圈仔细搜寻着。何琪关紧车门，手里握着摇车的铁棒，提心吊胆地蹲在车里，孤独、焦虑、恐惧，或者拼死厮杀。何琪被尿憋得腿肚子一鼓一鼓，却不敢开车门。熬到第四天下午，终于看见一辆过路车，何琪身子一软，趴在雪地里大放悲声，那哭声嘶哑、急切、悲伤、沮丧、激动，像雪夜里老狼的

高原红柳。（韩栓柱摄）

嗥叫。

"你咋不去兵站求救？"我问。

"装备是战士的第二生命。"

"这雪山上，鸟儿连屎都不拉，哪里有人？何况车还陷在冰河里，谁能弄走它。"也许我的话有些突兀。何琪没吱声，低头坐在凳子上，一点一点地抠着手上的死皮。

我想起上山前一位老高原的话：高原上最苦的是汽车兵，他们一年四季在千里生死线上与死神交战，一次次死里逃生，每一个高原汽车兵的经历，都是一部常人无法想象的传奇。

输液瓶里的液体像凝滞的河流，缓慢，艰难，一滴一滴淌进我的血管。高原的天蓝得纯粹、透彻，时间在明亮的阳光里滑落。我坐在卫生室的门口，目光在何琪粗糙黝黑的脸上轻轻地徘徊。他的眼神纯净、明亮，那是军人的眼神，坚决、果敢里有一种无法阻滞的穿透力。乌紫的嘴唇上有细密的裂缝，牙齿洁白如雪。高原紫外线留在脸庞上的印记，也许会伴随他的一生。

其实，何琪完全有理由选择离开，两年服役期满，他就有权利告别这杀机四伏的雪域高原，选择退伍，重新回到花红柳绿、烟雨迷蒙、小桥流水的江南水乡。父母也期盼着他回家挑起管理企业的重担。但是，他没走，留下选晋了士官。

"我也没想到自己当兵会当到天边边来，刚来那会儿，适应不了高原上的环境，太苦，很绝望，甚至不止一次想过当逃兵。跟我同年入伍的两个战友，一个在巡逻途中为救战友牺牲，一个患肺水肿走了，我跟着老兵经历的生死考验多了后，心里也懂得了人生的取舍，有些事情，不经历，你永远不会懂。"何琪语气平静，语速缓慢，像讲一段泛黄的往事。一脸纯净，淡定。

钢蓝色的天空，使洁白的雪山显得更加耀眼。我想起了沈从文那句话：一个战士如果不战死沙场，便是回到故乡。

"梦乡，你站在我的前方，挡住我的去向。梦乡，听起来多么迷惘，我却不彷徨"。一名老牌歌手的一首老古董般的歌，像一阵风，忽然从时光隧道的那头向我呼啸而来。

阳光灿烂，我们坐在卫生室门口，聊了一上午。我相信，何琪那些别人永远不可能有的经历，会在时间里一点一点向内和向外拓展他生命的深度和广度。很多年后，高原边防上的生活会不动声色地在他的身上散发出生命应有的成色和气息。

因为，高原热烈纯净的阳光，在苍茫雪山上雕刻下的东西，他心里也一定有。

三

从札达县到达巴边防连，不远，只有九十多公里的路程。没想到，车子在路上整整颠簸了一天。

干沟名不虚传，满沟石头，车子像跳舞，颠得五脏六腑似要迸裂。但痛苦的不仅仅是这些，车子水箱频频开锅，跑几公里就要停下来"纳凉"，等水箱温度降下来，再继续前行。苍茫雪山，充满悬念和突变，什么事情都会发生，万一山谷里冲杀出一群狼怎么办？我们在忐忑、恐慌里艰难跋涉。好不容易出了深沟，一抬眼，海拔4700多米的马兰达坂又横在了眼前。

司机小宋说："坐好，万一有情况，就跳车，动作麻利些。"六十六道弯使我真正体会到了提心吊胆的滋味。车子慢慢地爬上达坂，我在担惊受怕中出了一身冷汗，棉衣冰凉，冻得上牙打下牙。看见达巴边防连连长李向平和战士们开着牵引车、背着枪远远向我们迎过来时，我忽然眼眶一热，有一种强烈的想放声大哭的冲动。

李连长赶来接我们不是巧合。路上，他告诉我，这条路，路险沟深，最易出事。去年八月二十六日深夜，他突然接到武装部电话，说有车辆在札达沟遇困，连队立即派人赶去营救，没承想派出的人员和车辆也失去消息。李连长隐隐觉得不妙，赶紧又带几名战士冒雨冲进了黑夜。等他们一路跌撞天亮赶到，眼前的情景让他脑子里"嗡"的一声炸响：暴雨倾盆，三十多米宽的山洪淹了整个河谷，轿车大的石头被洪水席卷着滚滚而下。

运送物资的三台车在河沟里若隐若现。驾驶员趴在山坡上，眼睁睁看着车子被洪水往下游卷，却无能为力。

今年三月，武装部政委杨明春到连队蹲点，也是在札达沟，半路上车子出故障，油也耗完，天黑时又下起了大雪。李连长带着车赶去救人。雪大风疾，看不清路，下马兰达坂时，他拿出背包带，一头拴着自己，一头绑在车上，拿着棍子在前边探路，脚下是万丈深沟。车子跟在他后边一点一点往山下蹭，李连长两次滑向悬崖，两次都被背包带搭救。

李向平说，按你们上午出发的时间早该到了，我估摸着可能路上不顺畅，就赶过来看看。车窗外，雪山那边，太阳像一个巨大的红色火球，正飞快地往山背后滑落。

第二天早晨，我蹲在连队门口漱口，李向平指着院里一畦筷子粗的紫色树苗说："五年了，战士们对这些宝贝像种花一样精心，栽下去这么大，现在还是这么大，死活不长嘛。"

早饭后，我想跟连队战士聊聊天，刚坐下，几名藏族同胞急匆匆跑来向李连长求救，说一名藏族男青年滚落山崖，摔断了腿，希望连队出车把伤者送往山下的札达县医院。军医袁波平立即带车出发。

连队周围居住着十来户藏族牧民，这在人烟稀少的阿里高原已算是不小的村落。连队与驻地藏族牧民亲如一家，牧民缺医少药，遇到大灾小病，都找连队官兵，而连队总是尽其所能地帮助。

临走，李向平紧紧握住我的手说："有机会再来！"他黑红的脸膛上满是沧桑。我心头一阵一阵发紧，一句话都说不出来，心想，你和战士们常年驻守的"生命禁区"，不是谁想来就能来，也不是谁的身体都能承受得了缺氧、艰险、生死未卜的考验。我还有机会再来吗？

四

波林边防连坐落在山窝子里，4620 米的海拔，在阿里高原算不上高，但高原反应却猛烈。到连队不足半小时，我的头就开始涨痛，像有人拿着铁锤敲打。我按战士们教的办法，把背包带扎在头上，并不管用。也许这只是一种心理疗法。

晚饭后，我一步三晃，跟军医李生虎慢慢爬上连队旁边的一个小山坡，坐在坚硬的风里聊天。

李生虎从医学院毕业那年，原本可以分配到西安的，但他激情满怀，主动要求到阿里边防工作。学校奖励他一万多元医疗器械，他怕不够用，又拿出自己在学校里积攒的三千元添了两件小东西带上了山。在波林工作的两年多时间里，他写下十六本日记。高原缺氧，记忆力不好，他用一页页文字记录自己的高原人生。

儿子出生两个月后，他接到电报，高兴得几个晚上睡不着，就在灯下一封接一封写信。他说那时他很想给妻子范金玲打个电话，道一声问候，无奈大雪封山，写了信发不出去，电话要到上百公里外的县城去打，大雪封路，无计可施。

第二年八月开山，李生虎下山到札达县出差。办完连队的事，李生虎想给妻子和儿子打个电话。他想听听儿子的声音，也想给妻子说几句私房话。

全县只有三部长途电话，他抱着电话足足拨了近一个小时。电话拨通了，妻子抱着八个月大的儿子在电话那头，李生虎在遥远的雪山这头，夫妻俩隔着万水千山，在电话线两头使劲逗儿子，儿子就是不吭声。妻子为了让远在边关的丈夫听到儿子的声音，"啪"的一声，给了儿子一个巴掌，儿子哇哇大哭。听着儿子在电话那头伤心大哭，李生虎静静地握着听筒，心里一酸，泪水夺眶而出，内疚得一句话都说不出。

李生虎给儿子取名李旭波，特意取了"波"字，说是代表着儿子出生时他在波林边防连工作，没能在身边照顾，欠他们母子一份情。李生虎用日记记下这些，希望儿子长大后能理解他。

直到儿子过了周岁，李生虎才回到老家。初期，孩子一见他就哭，等慢慢地和儿子混熟，儿子愿张着笑脸叫他爸爸时，李生虎的假期也满了。

沉默半晌，李生虎望着远处的雪山说："现在儿子已经两岁半，我们只在一起生活过六个月时间，今年夏天休假，不知道小家伙还会不会记得我。"

在海拔4000米以上的雪山上跋涉，相当于背了三十斤的负重，空气里的含氧量只有平原的一半。每往前迈进一步，都是对生命极限的挑战与考验。（刘晓东摄）

李生虎一边忙工作，一边忙着复习考研的课程。他说边防环境艰苦，缺医少药，连队官兵和藏族同胞都需要自己，如果能考上，读完研究生还想回来。

藏族战士布层是连队的羊倌。去年冬天，太阳快落山时，布层赶着羊群往回走，山谷里忽然蹿出两只狼，紧紧跟着他和羊群不放。布层知道狼怕火，就在零下三十多摄氏度的严寒里脱下身上衣服，点着，一路抢着燃烧的火球，赶着羊往回跑。回到连队时，布层身上脱得只剩裤头，人差点冻死。

我侧耳听李生虎讲布层的故事，眼睛注视着坡脚营区里战士们的身影。李生虎突然不吱声了，我还等着他继续往下讲。一侧脸，发现他眼里满是泪水。

我不敢再问，抬头看了看天，天上连一丝云彩也看不见。蓝得空旷、苍茫、孤独，我们静静坐在风里。听风从时间里穿过。四周是不见一抹绿色的焦黑的群山。环绕，起伏，高耸入云。

连队官兵执意要留我多住一天，我也想，可头痛胸闷，呕吐不止，生不如死，只好逃离。

车子已经爬上半山坡，我回过头，看见连队官兵还站在院子里挥手。

五

雷德强从排长到连长，像一颗钉子，已在扎西岗扎了整整六年。

扎西岗，藏语意为吉祥的山岗，坐落在大风口上。战士们像账房先生，掐着指头给我算了一遍，说一年里不刮风的日子不到一个月。

几天前，连队三名战士抬一块木板去训练场，路上一股大风迎面刮来，木板被卷上天，像风筝一样在空中飞转，机智的战士顺势趴倒在地，躲过一劫。

很凑巧，我抵达时，雷德强刚从老家探亲回到连队。一路上他不辞辛苦，跋山涉水，宝贝似的，从漫漫几千公里外的陕西用棉大衣包回三十多棵草莓苗。战士们看到连长带回的一盆绿苗苗，一个个高兴得欢天喜地，满院子嚷嚷，说今年能吃上草莓了。舟车劳顿的雷连长顾不上休息，急火火带战士去温棚里栽种。

宿舍的窗台上，摆着官兵们种在木箱和铁桶里的鲜花。说是花，其实，就是一盆盆绿色植物，比如冬青，有几盆植物我也叫不出名字。有两盆很惹眼，也让人很心酸，一盆是蒜苗，另一个盆里，栽着一棵大白菜。这些都被战士们当作花精心地呵护着。

高原上连一只麻雀都活不下去，战士们能养活这么多绿色植物，已算得上是奇迹了。一个战士告诉我，每年夏天，连队都会开展养花比赛。

官兵们满脸开心，争着给我讲他们养花草的经历，我心里却一阵一阵地下沉，像有什么东西一把一把扯我的心。

指导员王宝华说："四周都是雪山，以前，战士想看个花花草草只有等下山。这两年，连里动员大家发挥聪明才智养花种草，下山出差，探亲休假，你带一棵花根，他捎一把花籽，就慢慢地养了这么多。"

以往，连队的蔬菜全部来自上千公里外的拉萨和新疆叶城，车子要在路上跑三四天，等菜送到连队已是黄的黄，干的干，烂的烂，并不是全部都能吃到嘴里。有年冬天大雪封山，连队十棵大白菜，外加粉条、海带和盐煮黄豆，吃了三个月。

既然花能养活，就肯定能种成菜。战士们在山脚背风处，挖石填土，搞出一座塑料大棚。冬天烧火墙，为大棚保温，等菜苗熬过漫长的冬季，到了夏秋季节，就可以吃上几样自己种的新鲜蔬菜。

我跟着雷连长在大棚里转了一圈，只看到两畦小白菜和一畦红萝卜，叶子都刚探出地皮，瘦瘦弱弱。雷连长笑呵呵地说："还有黄瓜、番茄和辣椒，已经种下去，山上太冷，温度上不来，长出来还得过些日子。"

雪山上没有春天和秋天，只有冬夏两季，一年里四季穿棉衣。现在，时令已是初夏，大棚里的那些菜啥时才能当菜吃呢？

路上，我的脑海里老是惦记着雷连长的草莓苗，但愿它们能在雪山上结出一点酸甜的草莓。等战士们在雪山上尝到草莓味道，内地就该是初秋时节了吧。

（2014 年 1 月改定于广州）

弹道有痕

　　月亮像一弯镰刀，静静地悬在夜空。风，如老人的呓语，有一阵没一阵，各种叫不上名字的虫子低吟浅唱，溪水淙淙。但这些杂乱的和声，并未影响他的判断，凭直觉，那些窸窸窣窣的脚步声还是隐隐约约飘进了他的耳朵。那是蓝军一个建制排在茂密的山林里进行拉网式搜索，他们要为凌晨的"斩首"行动扫清一切障碍。

　　但这支慎重的蓝军分队还是大意了。他们没有察觉到，两百米开外的一丛灌木中，一双冷峻的眼正紧紧注视着他们。这个狙击手已经忍着蚊虫叮咬在这里默默潜伏了两天两夜。

　　为避免暴露，他长时间不进食，不排泄，基本在原地保持着一种姿势。现在，他的坚守几乎逼近极限，开始出现时断时续的幻觉。不过，他的眼睛一刻都没离开瞄准镜。他在静候那个目标出现。

　　实际上，并非蓝军不谨慎，就连周围树枝上警惕性极高的鸟儿，白天都没察觉到他的存在。它们像平日一样，在平静、淡然里觅食，飞翔，歌唱。

　　蓝方指挥所悄然有了异动，像微风拂过树叶，或者一枚小石子落进湖面，夜色中的山林，忽然轻轻泛出一波诡谲的涟漪。

　　"想金蝉脱壳吗？"狙击手脑海里立即闪出一个疑问，嘴角泛出一丝冷笑。他从瞄准镜上的"十字"迅速锁定一张面孔。这张面孔已像烙印般刻在他脑海里。

　　他轻轻扣动扳机，子弹在夜色里无声地划出一道优美的线。他甚至清晰地看到了蓝方指挥员惊愕沮丧的瞬间面部表情……

　　这是某师坦克侦察连连长邓小宋的一小段实战化演习经历。他语气平

现在，他的坚守几乎逼近极限，开始出现时断时续的幻觉。不过，他的眼睛一刻都没离开瞄准镜。他在静候那个目标出现。（仓小宝绘）

静，一脸云淡风轻，你甚至无法相信这是他在向你婉婉讲述自己的故事。他的目光像出膛的子弹，执着里透着些许冰冷，从他眼角眉梢的神情与偶尔闪过的笑意里，能看到子弹飞出的痕迹。

"弹道无痕，是狙击手的最高追求与境界。"

"错，弹道有痕，弹痕在狙击手的眼里、心里。"邓小宋的话也像子弹，短促，百步穿杨。

其实，刚开始，邓小宋的狙击手之路布满荆棘，困难重重。

入伍前，影视剧里那些冷面狙击手的风范与神采，曾颇令邓小宋神往。集团军组织特战狙击手集训，邓小宋因平日步枪射击成绩优异被看中。机遇迎面而来，他却夜不能寐。

心里为何纠结？邓小宋觉得自己是新排长，从校门甫入营门，连狙击步枪啥模样都没见过，如何与那些已经过多次淬火的高手较量？他心里十分清楚，信任，有时是一种难以忍受的严酷考验。尽管二十七岁的他，在耐力、速度、眼力上，与年轻队员相比仍有优势。

"军人要么战死沙场，要么回到故乡。没上场就退却，不是军人的本色，也不是自己的性格。"在内心苦苦挣扎了几天，邓小宋决定把梦想压进枪膛，用子弹的飞翔证明一次自己。

集训三个月，邓小宋一个肩膀扛三副重担：教练员、管理队长、参赛选手，每天忙得脚打后脑勺。但再忙，每天的训练体会笔记他总是要记的。厚厚的一千多页，各种弹道插图、数据、心得，密密麻麻，勾勾画画，如同天书，几乎无人能看懂。邓小宋说，那是他的弹道数据库。

作为集训队年龄最大、资历最浅，又最没实战经验的领队，邓小宋竟然带领全组夺得集团军第一名，被集团军评为"特等射手"。这个成绩，让老资格的队员们一头雾水：怎么会是这个结果，邓小宋凭什么胜？

邓小宋脸上的笑容，像一阵风，很快就不见了。

军区组织狙击手比武，先以师、旅为单位组建集训队，层层淘汰。最后，全战区六十五名狙击高手再角逐前三名。显然，这是一场激烈的生死绝杀。

三天时间，九轮淘汰，一天两次比拼，每一枪都是最后一枪，一发子弹打不好，就直接淘汰出局。

细雨霏霏，雾气凝重得能拧出水。看着身边一个个战友浑身泥水、黯然离场，邓小宋的心像吱吱响的发条，越绷越紧。一种不好的感觉像团团浓雾，越压越低，几乎让他喘不过气来。果不其然，最后一轮，他以一分之差惨遭淘汰。

"战场上，每一枪都必须直抵靶心，因为没有打第二枪的机会，第一枪不成功，你可能会瞬间被敌人打掉。"但邓小宋觉得，人，只要意志不输，梦想就会绚丽绽放。

他找到集训队长总教头："让我再跟着练练吧，哪怕糊糊靶纸、发发弹药、记记成绩，干什么都行。"脸膛黝黑的总教头皱了皱眉头："不气馁，有追求，好，破个例！"

教练的话像炉膛里迸出的火星，一粒一粒飞溅在邓小宋的心上。

邓小宋不敢懈怠，那火星在他胸膛里燃起了烈焰。他白天跑腿打杂，晚上，将自己打过的三千二百零九张靶纸摊在灯光球场上，像大姑娘绣花似的跪在靶纸上琢磨着，他要从那些布满弹眼的破纸上，找到属于自己的精准弹道。

"无言的靶纸会说话！"现在，这句话成了邓小宋训练场上的口头禅。他说："都说神枪手是子弹喂出来的，那是扯淡，不动脑子，没有智慧，打再多子弹也成不了气候！"

别人打过实弹，靶纸拿过一看，就丢到一边不管了。邓小宋不一样，他细密的心思里藏着秘密。他把自己的靶纸一张一张收着，每个弹孔在他的笔记本上都对应着各种参数、思考、分析。比如距离、阳光、天气、风向、温度、湿度、枪管热度、心理状态、心跳节奏等。

邓小宋从那些"会说话的靶纸"上找到了什么秘密？没人知道。队员们看到他成为候补队员后，成绩越打越好，不光出人意料地进入了种子选手行列，还以四个科目三项第一的成绩，斩获战区比武桂冠。队员们夸教练眼毒。黑脸教练眼睛眯成一条缝："邓小宋心中有弹道！"

生活中的邓小宋性格乐观、开朗，爱说爱笑。但参加完全军特种部队海上科目比武回到连队，战友忽然发现邓小宋不对劲，神情木木的，成了一个沉默寡言的闷葫芦。

军医告诉邓小宋：你患上了"短期语言困难综合征"。邓小宋不信，怎么可能？他觉得医生的话过于玄乎。夜里，他躺在床上翻来覆去在脑海里对自己过电影，备战三个月，他埋头只干六件事：吃饭、睡觉、上厕所、跑步、射击、看靶纸，每天说过的话不超过十句，绝不会再多一句。

一次，邓小宋去食堂就餐，看见醋溜大白菜不错，想让打菜的战士多打一点，但他嗯嗯啊啊半天，脑子里像断了电，硬是想不起这个菜叫什么。

邓小宋的"短期语言困难综合征"最终慢慢调整过来了，却从此迷上了看靶纸。他说，这是自己练就绝杀本领的秘密之一。

那十大本厚厚的笔记和一大摞靶纸，邓小宋至今仍把它们当宝贝收着："现在我只要看到这些靶纸，心里、手上人枪合一的感觉就会油然而生。"

有人不信，随便抽出一张靶纸，顺手指着上面一个黄豆大的弹眼："邓小宋，说说看？"

"距离三百米、阳光西照四十五度、天气晴、无风……"随着一项项准确无误的参数脱口而出，对方红了脸，竟一时无语。没人知道，那些密集的弹眼与纷繁的射击参数，已镜像般深深定格在邓小宋的脑海里。

邓小宋最爱读哈伯德的《把信送给加西亚》。书中那个名叫罗文的美军中尉，徒步3周，历经艰难险阻，最终在重伤之下把信送给古巴将领加西亚的故事，他有时会读得泪眼婆娑。

"爱上他，我有过不解、埋怨，甚至想到过放弃，但现在不一样，更多的是幸福与自豪。"

"为什么？"

"理解，理解就是爱！"女友黄海萍说起邓小宋，笑靥里隐隐有不易觉察的泪花。

备战比武竞赛，训练任务重、时间紧，为集中精力，邓小宋几乎不带手机，回到宿舍，总有黄海萍的许多未接电话。碰巧接上了，邓小宋的话也简约得让人难以接受：

"忙着呢，再打吧！"

"有事，再说！"

黄海萍曾经气得在短信里一次次提出分手。比武结束，邓小宋捧着奖杯拍照，发送，用惊喜不断坚定黄海萍的芳心。照片里的奖杯，加上电话里一箩筐一箩筐的甜言蜜语，黄海萍的心如春风吹过了田野，繁花满枝。慢慢地，她开始换一种视角读邓小宋。

2013年6月，邓小宋正参加狙击手比武，噩耗突然传来，母亲查出宫颈癌晚期。妹妹在电话里哭着说："哥，就算有天大的事，也得赶紧回来看看妈……"

邓小宋咬牙坚持着，心痛得一夜一夜无法入眠。比赛结束哨音一落，邓小宋像被大黄蜂追着，撒腿就往家赶。一进门，就"扑通"一声跪在了母亲的病床前……

（2016年1月于广西）

东瑁洲岛记

这是一座特别、奇巧的小岛。四点一海里，是它离陆地最短的距离。

登陆艇离开三亚湾码头不到十分钟，两座相距约二点一海里、东西对望的小岛出现在苍茫的海面上。远看，像两只静静漂浮着的海龟。我心里疑惑，一个巨浪扑过去，会不会将它们淹没，或掀进海底？我觉得，它们更像两只据守平安的雄狮。

西边是西瑁洲岛，面积大且高，是一个有常居渔民的岛。岛上有一支西岛女子民兵连，电影《海霞》就是以她们为原型创作拍摄的，名气响亮。我登上的是面积仅零点八三平方公里的东瑁洲岛。"东瑁洲模范海防连"驻守在上面。

小岛地势南高北低，最高点六十一点二米，海岸线长三点四公里，无淡水，也无居民，被渔民称为"遍地珊瑚礁，鸟儿不落脚"的地方，是风岛、火岛、咸岛、蚊岛。

我昂头听树上鸟声，连队指导员苏博笑眯眯地解释道："这些年，岛上绿化建设好了，鸟儿越来越多。"

风声、鸟声，和着海浪的轰鸣声，在小岛上涌动，盘旋，升腾。节气已过大雪。中午，气温二十九摄氏度，闷热，仿佛置身炎炎夏日。上岛时，寒潮正疯狂席卷大半个中国，气温骤降，大雪纷飞，许多南方城市也纷纷拉响寒潮预警，冷得发紫、发抖。让我诧异的是，小岛上竟有蝉鸣在茂密的树林里此起彼伏。

晚上，穹顶看不到一粒星子，一片漆黑。风里有微薄的凉爽，亦有淡淡的海腥味，咸味。涛声一波一波涌动，轰鸣。

远处海面上，有稀疏的渔船，一丛一丛灯光在暗夜里静默、等待。静候鱼群向灯火处涌动，打一场生死伏击。

晚饭后，我跟苏博在林荫道上漫步，天色阴沉，灰蒙蒙的。树叶在风里哗哗啦啦，时疾时缓。树丛里忽然闪出几只小黑影。

"嘿，这岛上有羊？！"

苏博说："好多年了，是连队干部带上来的，刚上来时是三只，圈养了一阵，战士们觉得整天圈在栅栏里，可怜，就放开让它们自己吃草，生息。听战士们说，现在可能有五十多只，都隐没在林子里。"

几只狗，忽隐忽现的羊，路边、树下一堆堆羊粪，使小岛多了一点人间的气息，让我心里忽然浮起炊烟升腾、田园耕作、围炉夜话的一些温暖情景。

"逢年过节可以宰杀吗？"

"不好抓，也舍不得。"

苏博，湖南望城人，去年才上岛，是连队守岛时间最短的人。苏博跟岛上战士一样，黑不溜秋，我踅摸他的个子最多一米六零。上岛前，他已在另一个连队埋头干了两年多指导员。

官兵们常年守在岛上，对亲人的思念也许比一般地方的人更浓烈一些。

"我老在梦里梦见奶奶和外婆。"这个矮小结实的军人，嘴里蹦出的话让我很恍惚。为什么是奶奶和外婆，亲生父母呢？他淡淡地笑："我以前是留守儿童！"

出生不到两岁，父母外出打工。他先跟着外婆，五岁回到奶奶身边，一直跟奶奶生活到参军。任性、捣蛋，顽皮少年干的事，他一样不落，被重点中学劝退，他不慌，再考一所。在哄闹中读完高中，无事可做，去海口父母处玩耍。吃过午饭要动身回老家，母亲忽然问：愿不愿当兵？他反问：为啥当兵，当兵去做什么？

但转念一想，反正闲着，也无事可做，去就去吧。就那样，他离开了曾经的少年江湖。

新训结束，他觉得当兵来对了，军营是自己成长的地方，在心里不声不响定下一个目标：踏实训练，认真做事，考军校，做一个沙场点兵、一剑封喉的军人，蛮好。

我们立在码头上。对面不远处，灯火璀璨，夜幕下的繁华随着三亚湾海岸起伏，如伸手可触的海市蜃楼，近得似乎能听到那市井里的熙攘、喧嚣。岛上黑得伸手不见五指。风野蛮地往脸上扑。在轰鸣的涛声与巨大的寂寥里，我们立在风里眺望对岸闪烁的霓虹。

我知道，身后每一班哨位上挺立的战士，也会像我俩一样翘望、凝视对岸的人间烟火。

凤凰木、山枇杷、马尾松、椰子树、相思树、高山榕，是岛上最显眼的树木，多且高大。我先前以为，凤凰木都会开花。苏博说，母树开花，那些垂悬着尺许长黑豆荚的凤凰木，结籽不开花。我愕然。

他翻动手机里的照片，一张一张给我看火焰般燃烧的凤凰花，还有树下红地毯似的落英。我在香港、深圳、广州街头欣赏过凤凰花，晓得它五月怒放。

"等花开时，站在山顶哨楼上俯瞰，一树一树艳红，在海之上、绿之中，一片一片，像红色绸缎在绿色里起伏，非常好看！"

我一边听他说，一边在想象里铺展他眼里的醉人美景。很遗憾我不是画家，若是水墨高手，我想我的笔下也许会有一幅佳作。

天刚蒙蒙亮，我就被鸟声从沉沉的睡意里叫醒。雨可能是后半夜下起的。或许是太安静的缘故，半夜里，我被水波一样的哗啦声唤醒。是风声，还是雨敲打树叶？我爬起来，想知道什么在暗夜里争吵，喧哗。

窗外，路灯发着橘黄的光。除此，什么都看不见，一切都隐藏在巨大沉重的黑夜之中。

不远处，黑乎乎茂密树丛后边，沉闷的轰鸣声，像要翻过那屏障盖过来。

六点二十分，夜色还未褪净，岛上已响起官兵出操的跑步声、番号声。他们用响亮的青春唤醒沉睡。小岛开始了生机勃勃的崭新一天。

地面上斑驳的湿点告诉我，昨夜的雨很小，只零星落了几滴。风在树

这个小岛，在这个地方存在了无数年，有多少人会将自己的青春、热情和梦想跟这岛联系起来？
它的令人窒息的狭小与寂寥，为多少曾经守望过它的人打开过另一扇门或窗？（王雁翔摄）

梢上吵吵嚷嚷了一夜。

这不是官兵们期望的雨。苏博说，岛上雨水很少，四周是茫茫大海，没任何遮挡，那些饱含雨水的云团，瞬间就会被风带走，即便近在咫尺的三亚那边大雨如注，这边仍滴雨不落。有时台风来了，会落一场大雨。每年八月到来年五月，岛上极少下雨。

小岛被大海簇拥着，树木花草却在焦渴里苦苦挣扎着。密密匝匝的绿植，多是灌木，细小的叶片在炽烈的阳光下蜷缩，看上去很快就会枯蔫。

大清早，布谷鸟圆润嘹亮的叫声，就一声一声在树梢上滑翔。我心里好生奇怪，这岛上真没时令节气吗？这个季节，知了和布谷，是早该隐遁、歇息了的，为何还在这里欢唱？浓密的树丛里，鸟声鼎沸，一片叽叽喳喳。

岛上的鸟，不像陆地上，成群地飞起，落下，落在打麦场、屋顶和空地上，在田野上飞翔。这里的鸟，都隐在林子里，逗趣、争吵、欢唱，只闻其声，难见其踪。单凭声音，我很难判断它们的种类和名字。

飞机的轰鸣不时从小岛上空划过。刚飞过一架，又跟一架。初期，我以为是部队战鹰在训练，抬头细看，发现直升机色彩不像部队的。炮班班长、上士何小波说，是对面三亚一家游乐公司的直升机，载着游客玩呢，可以从空中鸟瞰大海和岛屿，坐一次八百元。

箭镞一样的游艇，一艘又一艘，在不远处的海面上飞驰。笑声、尖叫、情侣间的私语，像浪花，在海面上一浪一浪地飞溅。

二十九岁的何小波是贵州遵义人，已上岛十年。那年，他入伍登岛时，这岛还是名副其实的"三无岛"，用电，靠柴油发电机限时供电，晚上两小时看电视、写家信的时间一过，岛上一片漆黑。夏天气温高达四十摄氏度，中午和晚上热得没法睡，他跟老兵学，睡地板，一觉起来，汗水在水磨石地板上浸出一个湿淋淋的人形。

"刚上岛那会儿，觉得这里真美，我的老家连一条像样的河都没有，第一次看见大海，激动、兴奋得几晚上睡不着。"何小波说。

激动与兴奋，像潮水一样退去之后，他跟一茬茬老兵一样，渐渐学会在平静中重复与坚守。除公务和每年参加上级实弹演训，他很少下岛。

相思树是耐旱耐瘠树种，岛上很多。相传战国时期，一对恩爱夫妻死后，坟墓上长出两棵相互交缠的树，雌雄鸳鸯常在树冠上交颈而鸣，人们便将这树称为相思树。相思树开花结果会有豆荚，鲜红的豆粒饱满，圆润。何小波利用闲暇时间，将采集的相思豆串成项链，寄给了老家一位姑娘。

去年，他和这姑娘喜结连理。按照上级管理规定，士官成家后，每天课余时间可使用手机。不管工作多忙，晚饭后，何小波都会跟妻子通几分钟视频，看看远方三个月大的儿子。

现在女孩蛮现实，都想嫁有房有车有存款的，你一串相思豆能拨动她的芳心？何小波看着我，咧嘴一笑：她崇敬军人！神情颇自豪，开心。

妻子只知道他在三亚当兵，具体在哪里，干什么，他不讲，也不让她问。

何小波跟妻子视频的地点都很美。连队门前的盆景园里，三角梅、福建茶、仙人掌、鸡蛋花……上百盆花卉四季里蓬蓬勃勃地开着。旁边的装备模型园也颇有情趣，连队官兵自己动手，用弹壳拼接成坦克、航母、军舰、战炮等各种模型，模型列阵的花丛和草坪，宛如丛林和大海。小天地里有官兵们打发寂寞的消遣，也有深深的爱与期望。还有英模铜像园、文化长廊、椰亭和果园。妻子常在电话里赞叹和羡慕：部队营区好漂亮，像花园和公园！

"跟老一代守岛军人比，我们现在幸福太多。"他说，2012年岛上建了一座五十千瓦的太阳能光伏发电站。我们还沉浸在兴奋里，没想到很快又通了海缆和电缆，用上了市电，幸福生活又往前迈一大步。人懂得感恩和知足，再孤单的生活都会觉得敞亮。

连队宿舍到码头主干道两边的树上，挂满"格言"牌。木牌形状如鸟、如椰、如心、如手掌……木牌的造型、大小，上边的字皆不一样，都是战士在岛上就地取材，自己亲手制作的，略显粗糙。每个木牌上都有一个战士的名字，上面的话语朴实简短，兵味十足，有的看上去已有些年头，字迹被风雨吹打得有些模糊、斑驳。

战士们来自不同的地方和家庭，心理、性格和适应能力各异，一起

连队宿舍到码头主干道两边的树上，挂满"格言"牌。木牌形状如鸟、如椰、如心、如手掌……木牌的造型、大小，上边的字皆不一样，都是战士在岛上就地取材，自己亲手制作的。（王雁翔摄）

坚守在这巴掌大的小岛上，他们一茬茬在这里怎样放飞青春的梦想？我在树下看着、想着，眼前浮现出一张张纯朴、黝黑的脸庞。小岛上的环境孕育、改变着他们，他们也在接力中创造、改变着小岛的生态和文化环境。一个木牌上的一句话，就是一个守岛军人的性格、情趣、行动和希望。这里的花草树木上，礁石上，巡逻和潜伏的阵地上，都留着他们曾经的欢笑、喧闹、烦恼、思索、疼痛、憧憬。

流年似水，对那些曾在这里守岛的军人来说，未来早已来临。这条不宽的林荫路，是一条通往历史、时间和梦想的路。那些曾经、现在，甚至后来者的欢喜、迷恋、难过、悲伤，都让我心生敬意。

我只是一个短暂的来采者，这些守岛军人的故事，使我的心不停地泛起涟漪。没有这些枕戈待旦之人，这里不过是一块荒岛。

我和岛上官兵聊天，他们对旅长黄文忠守岛时的故事，仍如数家珍，像欣赏、赞叹一朵凝固为石头的花朵。

那年，黑不溜秋的中尉连长黄文忠上岛时，东瑂洲岛海防连的建设正在谷底徘徊、挣扎着，甚至发生干部溺亡事故。

上任前，他刚把一个高炮连队从烂泥滩里拖出来。那是个离景区不远，四处"冒烟"，事故频出的连队，连队主官走马灯似的换，建设却像坡上的石头，一路往沟底跌。当排长不满三年的黄文忠被破格升任连长。

黄文忠不负众望，上任只短短一年，连队就甩掉后进帽子，跨步进入先进连队行列。黄文忠没想到，自己正干得风生水起，带着官兵往标兵连队冲锋，上级突然一纸命令——赴东瑂洲岛海防连任连长。

他心里清楚，这是一个棘手问题成堆的地方，困难和挑战远比想象的多。

上岛当天晚上，他跟过去一样，熄灯后不久，捏着手电筒去班排查看战士休息情况。

"为啥那么多铺位上没人，战士都去了哪里？"他一把将值班排长从床上拉起来。

排长不吱声，不紧不慢穿好衣服，拿起手电筒，埋头领着黄文忠就往海边走。

海边，十多个战士正围着两堆火忙活着。风里有一股股烤鱼的焦香味。

连长突然出现，战士们都吓了一跳，几个战士拔腿要跑。黄文忠说："既没偷，又没抢，跑什么！"

他没发火，从一名战士手里接过一串螺肉，在鼻头上闻了闻："吃这个我比你们在行，没熟透，吃了闹肚子，再烤烤。"

战士们都有些蒙，觉得新连长脾气蛮好。他们不知道新连长已从当天第一餐饭里吃出了端倪。黄文忠故意把话题引到伙食上，战士们也不客气，把肚子里的牢骚稀里哗啦倒了一堆。他细心听完，说："今后咱们在一个锅里吃饭，伙食的事交给我。明天还有训练任务，都早点回去睡觉。"

战士们默默跟着他回了连队。

这一夜，黄文忠辗转难眠。

第二天早晨，值班排长集合报告完毕，黄文忠唰唰两步走到队列正中，叭一个立正，亮声道：

"早操内容：全体到海滩上捡炊具。要求：筷子、碟子、碗、菜刀，不管好坏，一件不落，全部捡回！"

一小时后，几路人马回到操场，捡回一堆炊具。黄文忠的目光，像慢镜头，从官兵脸上一个一个扫过。末了，他平静地说："过去一页就此翻过，从今天开始，伙食不好，请找我，任何人不得去海边抓鱼、烧烤，我的职责不容，部队纪律更不容。我只讲这一次，绝不重复。谁若我行我素，就试试看。"重锤般带着质感的声音，震得空气嗡嗡嗡。

找准问题，还得拿出科学的解决办法。黄文忠决定开个连务会，听听大家的建议。

会上，他开门见山讲了自己的想法：利用课余时间，一周之内把撂荒的菜地重整出来，抓紧种上菜；清理杂草，整治营区，让生活环境美起来。

黄文忠苦口婆心讲了半天，现场没人支持，也没人反对，皆不吱声。他拧身从文书手里拿过会议记录本，认真看了看，一脸严肃："这样笼统、模糊记录不行，工作落实要一项一项记清爽，责任到人，谁出问题，板子就往谁屁股上打。"

黄文忠心里清楚，要滚石上山，就得咬紧牙关，狠下心，拿刀子将影响连队建设发展的"瘤子"一个个剔除干净，从长远处谋棋布局。

几个月后，战士们发现营区越变越美，渐渐形成了一个缤纷花园。荒芜的菜园里长满一畦畦碧绿的青菜。从陆上移上来的一棵棵果树苗已开始发芽。

如何让官兵身在岛上，心也在岛上，黄文忠心里有一个清晰的棋盘，每一粒棋子，落在哪里，何时落，怎么落，他在心里都有反复思忖。吃的问题妥了，新的攻坚战又在紧锣密鼓里打响。

他带着官兵修建标准化篮球场、羽毛球场、沙滩排球场、多功能器械场、投弹场、射击场、障碍场；用水泥制作出数百个花盆，种上各样花卉，发动战士们制作根雕和盆景；整修图书室和网络室，定期组织读书演讲、书评、影评、故事会等文化活动，开展竹竿舞、棍术、沙滩排球和椰子保龄球等比赛；从三亚请老师，在岛上不定期开办书画、家电维修、种养殖小课堂……

老话说，隔行如隔山。黄文忠学的是高炮专业，步兵指挥和加农炮都是外行。在全连大会上，他的话生猛如打铁，火星四溅："三个月拿下，否则，我一辈子不结婚！"

他坚信，再难的事，只要扑下身子去干、去学，就没有啃不下的硬骨头。

不到两个月，黄文忠不光地炮和步兵指挥从"门外汉"转身"掌门人"，共同科目亦一马当先。四百米障碍一分二十五秒，单双杠一到八练习，全连无人能比。

连队是20世纪六七十年代的老营房，上级决定给连队建一栋四层新楼。黄文忠开心得像要娶新娘。

有人笑他：高兴个啥，吃苦受累建好新楼，你肯定住不上。

黄文忠脖子一梗：就是老子明天调走，今天也得踏踏实实干，抓紧干。

他带着全连官兵，顶着烈日酷暑，从海滩上捡回上千立方礁石不说，还甩着汗瓣子铺出一条长三百米、宽四米的水泥路。短短几个月，全连人均磨烂八双帆布手套，八双解放鞋，穿烂四套迷彩服。一个个晒得像非洲黑人，一笑，牙齿白得灼眼。

在滚烫的汗水里，"棋子"一枚接一枚落下，连队各项建设一个台阶一个台阶快速向上攀升。年底，连队党支部决定给黄文忠报请三等功。他黑着脸坚决反对，说自己上岛时间太短，成绩不值一个三等功。

不料，在省军区年终表彰大会上，黄文忠荣立二等功。战友们向他道喜，他嘿嘿一笑："不是我干得好，是连队官兵素质好，争气。"

第二年，连队一跃而起，被表彰为基层建设标兵连，荣立集体二等功。黄文忠胸前也戴上了红花，被评为"海南十大杰出青年"，再次荣立二等功。

面对欢喜，黄文忠不敢喘息、松劲，仍是玩命的干法，铆着劲埋头耕耘。第三年，随着连队的稳步发展，黄文忠被警备区、省军区表彰为"优秀带兵干部"和"优秀共产党员"。

2001 年 5 月，黄文忠被破格提升为营长。连队建设像张满帆的船，继续劈波斩浪，一路向前。

黄文忠下岛不到一年，守岛官兵又迎来了连队建设发展史上的一个巨大盛典：被授予"东瑁洲岛模范海防连"荣誉称号。

在一大片整齐的果园里，碗口粗的杨桃、芒果和荔枝树，枝繁叶茂，每种果树一片，疏密有致。眼下正是杨桃成熟的季节，树枝上挂满硕大、金黄的果子。

"岛上拴心留心的好环境是老连长留给我们的，这些果树，都是他当年带着战士种的。"苏博一边捡拾地上熟落的杨桃，一边自豪地说，"老连长当年留下的好作风好传统，守岛官兵们一茬接一茬一直传承着，今年六月，连队党支部被陆军表彰为'先进基层党支部'。"

在这狭小、寂寥的岛上，黄文忠当然也是无数后来者中的一个，他的故事，跟那些曾经发生在这岛上的日常一样，像一丛美丽的珊瑚，一声明朗的鸟鸣，一棵迎风挺立的树，一缕碎金般的阳光，不断落进许多后来者的眼里和心里，并在时间里不断开花、结籽。这些曾经和正在发生的故事相互照耀、涵养、生长，如一个人身体里流淌的生与死、苦与痛、喜与

栽种这些椰树的人，大都生活在一些很远的地方，有的已经不在人世，有的已从曾经的岗位退下来，隐匿于平淡普通的市井生活。但这些椰树，一直在他们当时栽种的位置上生长着。（王雁翔摄）

悲,蕴涵出一支部队所向披靡、英勇冲锋的品质和力量。这品质,也许就是一支部队的发展史诗和血脉传承。

　　岛上有一大片亮眼的椰树林,它们个头呈一个斜面相跟着生长。有的身粗如盘,高十余米,上边缀着繁密的椰子,有的个头不小,尚未挂果,有些看上去刚栽下不久,周围还撑着固定身形的木棍。纯净的阳光,像战士们的目光,一层一层落在嫩黄、碧绿的阔大椰叶上。每棵椰树旁都有一个牌子,上面标注着栽种者的名字和年份。我在椰林里徘徊,并在一种意象里想象那些栽种椰树的人,与某一茬守岛官兵在这里邂逅,他们将自己的曾经和一些厚爱、嘱托、喧哗留在这里,匆匆离开。然后,一切又重新交给岛上的时间和人。

　　栽种这些椰树的人,大都生活在一些很远的地方,有的已经不在人世,有的已从曾经的岗位退下来,隐匿于平淡普通的市井生活。但这些椰树,一直在他们当时栽种的位置上生长着,它们在风雨、寂静、喧哗里不停地往地下扎根,向着阳光生长,按时结满成熟的果实。

　　连队 1953 年 5 月驻岛后,六十多年间,刘少奇、陆定一、郭沫若、叶剑英、王震……这个上岛视察,为官兵们送来关怀与激励的名单,可以列很长。

　　"这片椰林,一共有三百二十八棵。"苏博说。

　　"这片林子还会在时间里不断延伸。"我看到旁边一小片空地,正在寂静里等待着。

　　1961 年 2 月,郭沫若不仅在这片椰林里亲手栽下一棵椰树,还为小岛官兵写下一首诗:小树夹花处处黄,珊瑚礁石砌围墙。榆林港外东西瑁,睁大眼睛固国防。

　　时间和经历,会不声不响地留在守岛官兵的脸上、眼角、额头,也会像那些懵懂少年拿刀子刻在树上的字,一笔一笔在他们心上留下深浅不一的印迹。岛对面的高楼大厦鳞次栉比,迷离如仙境的繁华,与脚下荒原般的寂寞是两种天地,选择什么,似乎不仅仅是一种人与人生活上的区别,那些坚守背后的秘密,有多少人愿意用心聆听和解读?

跟许多第一次登上这小岛的人一样，我满眼陌生、惊奇，早晚在这巴掌大的一小片人间徘徊、注视、思索、聆听。

苏博将自己手机里那些纯净、艳丽，烈焰般燃烧的凤凰花照片，一张张转发给了我。我很喜爱这种红得纯正、热烈的花，几乎看不到绿叶，花朵纷繁，红得像军人血管里的血、青春和梦想。一树一树的凤凰花，在寂寥里按时盛开，一年又一年，多像岛上来来去去的军人。

三十二岁的四级军士陆建登，是连队卫生员。看上去约有一米八零，身形高大、健壮，皮肤黝黑。他和一群战士跟我坐一起聊天，只在旁边默默地听，极少插话，像海滩上一块沉默的礁石。

"建登是全连守岛时间最长的人，也是全连官兵最焦虑的大龄青年！"苏博笑着说。我转脸看陆建登，他笑眯眯地低着头，不吱声。

陆建登来自广西桂平，2003年12月入伍上岛后，一直守在岛上。此前别人在三亚给他介绍过几个对象，他下岛匆匆见一面，回来就没了消息。他说："见了面，不知道跟人家说什么，找不到共同话题。"

几次受挫后，他想在老家找女朋友，但每次休假回去，村子里一派寂静，适龄女孩子，曾经的发小和同学，都在外边打工，他在村子里转一圈，有时连个说闲话的人都碰不到。埋头帮家里干一段时间农活，又默默回到了岛上。

其实，他有过调离小岛的机会。四年前，三亚警备区门诊部要调他，战友们都挺羡慕，他担心自己适应不了那里的环境，放弃了。

战友们的各种训练伤和一些突发性疾病，鼻梁挺拔、浑身透着帅气的陆建登几乎都有应对办法。他曾五次成功抢救被毒蛇咬伤的战友。大家都纳闷："他怎么会读不懂女孩子的心呢？"

"我在岛上选改了下士，第一次下岛去三亚，觉得那城市很陌生，出门不敢往远处走，怕迷了路。"他看我一眼，红着脸，神情拘束。我想听听这些年他在岛上经历的人和事，他总拿一句"很平淡的"回我，我觉得他性格有些腼腆。他低头笑，说自己不是沉默寡言的人，挺开朗的。

是不熟悉，抑或我肩上的大校军衔让他拘谨？应该不是。他见过那么

小岛地势南高北低，最高点六十一点二米，海岸线长三点四公里，无淡水，也无居民，被渔民称为"遍地珊瑚礁，鸟儿不落脚"的地方，是风岛、火岛、咸岛、蚊岛。（王雁翔摄）

多上岛视察的大领导，和他们握手，寒暄，介绍卫生室的设备、药品，甚至自己的医技。

我试图了解、认识他，交流却有些拧巴。我们之间的聊天，生涩、隔膜，甚至困倦、艰难，对话像一堆无法拼接的碎片，零乱、简短，被停顿与沉默中断，无法呼应。似乎他自己的真实日常，是无法用言语讲述的。

在长时间的沉默、空白里，我忽然想起里尔克的诗《杜伊诺哀歌》：

我们也许在此时此地，是为说：房屋，
桥，井，罐，果树，窗户，——
充其量：圆柱，塔楼……但要知道，是为了说，
哦为了这样说，犹如事物本身从来没有
热切希望存在一样。

我知道，所谓历史，无非是今天鲜活日常生活的细节。但是，每一个人的细节，都是一个小径分岔的秘密花园，就像连队盆景园里那些缤纷的花朵，每一朵都是不同的，我想看见一个真实的，曾经和现在浑然长在一起的陆建登，他生命里那些饱满的甜蜜，抑或绵细的惆怅。诗人穆旦在一首诗里写道：

这是一个不美丽的城，
在它的烟尘笼罩的一角，
像蜘蛛结网的山洞，
一些人的生活蛛网相交。
我就镶在那个网上。

和他聊天，我为什么会没来由地想到穆旦《有别》里的诗句？说真的，我并不十分清楚。但这些文字，像飞翔的鸟群，没来由地从我的天空掠过。

闭上眼吧！让那些亲密的夜

和生疏的地方在我们心里：

我们的生命像那窗外的原野，

我们在朦胧的原野上认出来

一棵树、一闪湖光，它一望无际

藏着忘却的过去、隐约的将来。

我和他面对面坐着，近得几乎能听到他身体里的嘶吼、快乐、痛苦、海浪般蓬勃、涌动的挣扎，还有岛上那些被他无数次凝视、冥想过的树、花朵、礁石、狗、黑山羊。但我的好奇和聆听得不到响应。我觉得他心里的话都没说出来，那应当是一种经过时间的反复淘洗，亮晶晶地长在他的骨头里，流淌在他的血管里，或者雾一样挥之不去的东西。他的沉默使我的脑海里又浮起了冯至先生的诗。这很奇怪，是以前很少有过，或者不曾有过的。

在我与他简短、无声的交谈里，这些雪花般飘落的诗句，不断在我的脑海里涌动、闪烁。而陆建登，在我眼前慢慢变换成一种复杂的难以呈现的意象。

但是，从他安静的神情里，我能清晰地感受到他内心的淡定与从容，他的不声不响、不焦虑、不急躁的品性，也许正是这小岛给予他的一种品质。

与陆建登同岁的四级军士长何洪海，是炮排六班长。这个六岁女孩的爸爸，跟我聊天，身子会不经意地前倾、侧脸。从他的姿态和神情里，我觉得我们之间的交谈有问题，被什么阻隔着。一问，才晓得他一直铆在炮长岗上，被实弹射击的巨大炮声，震伤一只耳朵。听人说话，他必须侧耳聆听。

二十八岁的上士彭桂，今年刚结婚。说话时，眼角眉梢会不经意间荡漾水波似的笑。

时光呼啸，十年过去，当年同他一起上岛的七个战友，有的调走，有的退伍。现在，那一茬兵里，只有他还坚守在岛上。

他记得刚上岛时，在岛上待了不到一个月，就撑不住了，"日子太寂寞，太枯燥"。

他一次次给部队上的叔叔打电话，要去学驾驶。他想出去学完车，离开小岛，永远不再回来。叔叔说：学车什么时候不能学，什么地方不能学，在岛上好好干，先当一个优秀军人，不要这山望着那山高。

怎样的军人才是优秀的军人？彭桂心里是模糊的，至少还不完全清晰。

夏天，小岛热得像一个蒸笼。但他几乎每天都能看到一个同年兵，像从海里捞上来似的，人在前边跑，身后的汗珠子一滴滴落在水泥地上，滋啦一声就不见了。他玩命跑五公里，要将自己的短板变成强项。

有一天，这个战友在跑步中中暑，送到三亚人已经休克。但医生最后用电击硬将他从死神手里抢了回来。

第二年，这个战友退伍下岛，彭桂噙着满眼泪水，在一块礁石上坐了整整两个小时。彭桂在风里无声地跟他反复交谈，他追问他玩命背后那个看不见的推力。

彭桂兄妹三人，他在家里排行老三。那年母亲怀他，算严重超生，为躲避惩罚，父亲先带着母亲东躲西藏。他长到八个月大，父亲又带着母亲和他逃到山西，靠下矿井挖煤糊口，在外边一直熬到上学才回老家。

这个战友下岛后，彭桂再没向叔叔提过调动的事，也开始默默地玩命，并很快成长为连队步兵和地炮专业多能指挥班长。

2014年，连队选送他参加上级汽车维修。学习结束，集训单位想留下他当培训队教员，彭桂没留在广州，毅然回到了岛上。

他扭过脸："你别看这岛小，却是人才的摇篮，这几年，我连队有十一名战士考进了军校，四名战士提了干。"神情颇自豪。

是什么让他的梦想逐渐清晰起来的？是那个战友，还是他的童年？跟他在一起聊天，我隐隐感受到他性格里有一种浑然难辨的东西，像苦与痛蕴含于爱，水溶于水中。我知道，有时一个人不经意间的一件事、一句话，会悄然改变或影响另一个人的成长方向。就像岛上这些树，即使脚下的泥土是贫瘠的，水是咸的，它们仍会相跟着，向着阳光明亮的方向生长。

岛上的淡水是金贵的，一直靠船定期补给。洗漱、洗澡和洗衣服，只能用地表净化过的水，漱口有淡淡的咸味，发涩、黏稠。

散步聊天时，彭桂突然对我说："我带你去看两个地方。"

他领着我来到离码头不远的一处海边。

1939 年 2 月 14 日，日本侵略者从三亚湾登陆，占领这座小岛，一直盘踞到投降后才撤离。撤退时，匆匆忙忙炸毁了上岛时建设的码头，留下一个炸毁的旧码头，在潮水里时隐时现。

然后，他又带我爬上小岛一块高地。在一截露出岩石尺许的四方水泥桩上写着：昭和十四年，海军水準。

站在这个战争的遗迹、侵略者的罪证前，我正在心里揣摸他为何要领我看这两块辣眼的伤疤，他肯定无数次注视过这毒刺一样的桩子。他翘望着对面的城市兀自说："我班长说，三十年前，三亚湾还是一个小渔村。这几年变化好快，一年一个样，海南建成国际旅游岛，三亚肯定比现在更迷人。"似乎那座城里的繁华、时尚、前卫，他是熟悉的。

我拿手机埋头拍仙人掌上金黄的花朵和一颗颗紫红的果实。他站在旁边看："有时累了，心里恼躁，我会爬上这里坐一会，心就静了，也亮堂了。"

我没问为啥，没必要问。立在轰轰隆隆的风里，我把视线投向苍茫的大海和复杂的人间，这个小岛，在这个地方存在了无数年，有多少人会将自己的青春、热情和梦想跟这岛联系起来？它的令人窒息的狭小与寂寥，为多少曾经守望过它的人打开过另一扇门或窗？

脚下的后山长满仙人掌，荆棘密布，平均坡度 60 度，陡峭崎岖，一直没路。去年春天，上级请了两个地方工程队上来勘察，都说这个悬崖似的地方没法修路。

真不能修吗？连队官兵没灰心，主动请战："别人不干，咱自己干！"

没有机械，用背驮，杠子抬，绳子吊，官兵们顶着烈日，劈石背沙，不到一个月，就修出了这条百米长的石阶路，彻底打通了环岛巡逻线。现在算上这条路，岛上有九条路。在这荒草、礁石、寂寥密布的岛上，有多少坚毅峥嵘的背影，一茬接一茬伫立在呼啸的风和时间里？

船在涌动的涛声里离开码头。我回头，小岛最高处哨楼前的旗杆上，国旗迎风招展，如一块碧玉上怒放的凤凰花，红得耀眼。那些守岛军人的故事，多像簇拥着她的植物，茂密、蓬勃。

（2019 年 3 月于三亚）

歌声飞过蓝天

在不停的行走中，我与这些年轻的脸庞偶然相遇，却久久不能忘怀。故事是平淡的、细碎的，人和岗位亦是平凡的。但苍茫大地上，谁不是渺小如菌呢。

一

初冬时节，天气已经很冷，我去中蒙边境一个边防连采访。在连绵起伏的大山里，与士官王北星邂逅。他是某边防团养护国防公路的刮路机机械手。

那天，碰到王北星时，他满头满脸灰尘，像一个刚出土的秦俑，棉大衣上一片一片的油渍，上面又是一层层的灰土，脏得几乎看不出颜色。他驾驶一台刮路机，轰轰隆隆地在雪山险道上像虫子似的缓缓移动着。后面拖着不足六平方米的绿皮车厢，就是他和上等兵范伟伟流动的家。

刺骨的寒风在茫茫荒原上呼啸，无遮无拦地往脸上扑打。山连着山，山拥着山，满眼里皆黑褐色的山。通往边防哨所的简易国防公路，像一条灰色飘带，在深山峡谷里缠绕着、起伏着。

太阳还有一竿子高，王北星从驾驶室探出头对范伟伟说："收工，赶紧拾点柴火做饭。"

"我看宿营车上有煤气灶么，咋不用？""气用完了！"他跟我说着话，手脚麻利，挥锹挖灶的动作里，透出一种野战作业的味道。

范伟伟是河南汝州人，独生子，在家别说做饭，连盐和味精都分不清楚。跟王北星上路四个月，范伟伟也进步了，会炒几样家常菜。但宿营车上条件有限，没法蒸馒头，两人天天焖米饭，下面条。

王北星抓起旁边的大衣，一把扔过来："你坐那休息一会，饭很快就好。"又朝范伟伟喊："今天有客人，咱改善一下伙食，白菜粉条炖肉。"说罢，他转身从车厢外挂钩上，取下一块黑乎乎的东西，砖头大小，看不清是什么，放在菜板上使劲抡着刀砍，费了好大劲，才砍下一小块。然后，放进水碗里泡着。"这是风干肉，好东西！"我知道他回头的瞬间从我眼神里看到了什么，我也从他面部表情的变化里，捕捉到了他微妙的心理变化。他转开话题说："山上风大，新鲜菜三两天就干了，有鲜菜，就抓紧吃两顿，解解馋，没好的了，就凑合着。"

我揭开装菜的泡沫箱子，蒜薹和茄子已经干蔫，估计是半个月前的，只有几个土豆、一棵白菜和两个洋葱头还勉强能吃。

路上生活，如脚下碎石，沉默而寡淡。他俩开着刮路机，天不亮上路干活，中午也不休息，天黑时，路维护到哪里，就在哪里宿营。第二天，再接着往前护养，天天如此。遇上往边防哨所送给养的车辆，生活上缺啥，王北星会主动上去要一点。遇不上，断粮断菜是常有的事。

漫漫山道上，最珍贵的当然是水。两只塑料大桶，每只装六十公斤水，用完了到边防连或有水的河沟才能补充。一盆水，洗完菜洗碗，沉淀后，再加到刮路机水箱里。夏季，山上有时几个月不见一滴雨水，遇不上水源，十天半月都没水洗脸。

吃过晚饭，已是暝色入群山，天逐渐黑下来，沉寂的大山里看不见一星灯火，四周里一片漆黑，头顶上繁星如斗。风比白天凌厉粗硬了不少。王北星端着脸盆从水箱里往外放水，说夜里温度会骤降至零下二十摄氏度，如果水箱冻了，第二天会很麻烦。

"发动机不熄火不行吗？"话一出口，我就在心里骂自己没脑子。他抬了一下头，我没看清他脸上的表情，但感觉他的目光扫了我一下。半天，他说："转一晚上要烧二十五公斤柴油。"

团领导怕他俩路上寂寞，要给宿营车配影碟机和小型发电机，王北星说，那玩意好是好，太烧钱，还是别折腾，寂寞了我们看书。

其实，王北星不喜欢读书。

他有点没话找话地说："在山里工作久了，夜里听到狼叫都觉得亲切。"我问他碰上过狼没有。他道："夜里常听到狼嗥，叫声时远时近，不过，从没在我们眼前露过面。"

刚上山时，两人都有说不完的话，范伟伟甚至觉得有点浪漫。可两个人每天晚上东扯葫芦西扯叶，一聊大半夜，肚子里故事再多，也有扯完的时候。讲烦了，听腻了，常相对无言。有时在路上干一天活，也见不到一个人影，实在寂寞了，两人就把刮路机停到路边，在山上甩开膀子冲一趟五公里，收一身臭汗。王北星喜欢唱歌，但嗓子不长脸，像一面破锣。在刮路机的隆隆声里，他有时会敞开嗓子吼一阵，有曲没调。

范伟伟在一旁听得直笑，说你那不是唱，是吼叫、释放，健康人听多了，会患心理疾病。

"读书得有爱好、兴趣对吧，我天生不是读书的料，一拿起书，眼皮上就像抹了一刷子糨糊，往一块儿粘，瞌睡得不行，硬着头皮读，那不是折磨自己吗？"他的话很突兀，我说："就是。"没想王北星一听，大手使劲拍拍身后的箱子："这里边的书我全看了！"

我说："你不是说你不喜欢看书吗？"他咧着嘴嘿嘿地笑。

白天干活，晚上睡不着觉，就在摇曳的烛光下拿书搅心慌，跟书彼此消磨一段时间，王北星竟奇迹般迷上了书。带在车上的书读完了，就给山下战友捎话带书。

他忽然道："日子平淡，人生不能平淡，把平凡的工作干得可圈可点就是不平凡。"他神情里透着满足和得意。我不晓得这话是他从书里看来的，还是从路上生活里磨出来的感悟。

夏天，铁皮宿营车在烈日下烤一整天，夜里钻进去，闷热异常，没法睡，王北星就坐在山头上一边吹山风，一边深思、远眺，像一块沉默的石头。他说，怀着万千思绪，坐在大山的怀抱里想事情，爽快。

他的言语与一般战士不同，跳跃性很大，还时不时蹦出一些文学语言。我猜，可能是箱子里那些书在他的脑子里闹腾着。

夜里，宿营车里冷得像冰窟，烛光跳动，寒风在车厢外"呼隆呼隆"地刮着。除了风沙拍打车厢的噼啪声和呼啸声，大山里再听不到别的声

歌声飞过蓝天。（刘晓东摄）

音。我们裹着大衣和棉被，还是冻得浑身发抖。"信不信？"王北星说，"我现在理解了那句名言，'人不过是一根芦苇，是自然里面最脆弱的东西，但他是一根会思想的芦苇'。"我抬头看着他，等待某种积郁多年的东西从他心里流淌出来。

他看着我，笑呵呵地说，人为啥怕孤独和寂寞，因为不敢面对真实的自己。

我说你的职业应当是作家或者哲学家什么的，每天开刮路机在这搓板路上消磨时光，似乎不太合适。他忽然低了头，好像自己说错了什么。

那年，刮路机第三任机械手复员，王北星主动去找团领导，说我来干吧。领导说那是苦差事，你可想好。他说，我想好了。王北星就这样当了刮路机机械手。他说："人要学会担当，需要自己出现的时候，就应该主动走上去。"

每年初春，戈壁滩上的红柳泛出第一抹新绿，王北星就得驾驶刮路机上路。上山前，他一定会记着给家里打个长途电话，告诉父母他上山了，让他们不要牵挂。在山上维护七个月边防公路，再回到山下，已是漫天飞雪。

一次，刮路机坏在路上，他带着一个新战士，没吃没喝，在荒无人烟的雪山上守了一天一夜，差点冻死。他说在北塔山1100多公里的国防公路上来来回回五年，那样的生死考验自己经历过不下十次。但他从不跟别人提及。

我说，有一些苦险经历，不是坏事，人不被物质世界绊住脚，生命才会有更宽广的向度。他重重地拍一把范伟伟道："赶紧拿本子记下来！"他的举动与兴奋，反倒让我有些不好意思。或许，是我的话语不经意间触到了他心灵深处的某种东西。

这一夜，我们都没有合眼。早上，天刚麻麻亮，王北星和范伟伟就钻出宿营车忙活开了。昨晚从水箱里放出来的两盆水，结成了冰坨子。我正收拾行李，王北星把头探进宿营车说："问一下，今天几号？"我说："十月八号。"他翻出一个用细绳扎着的台历，我扫了一眼，上面的日期只翻到九月二十八日。"我还想着过国庆节呢。"说完，他看着我，哑然一笑。

二

猛然看上去，他是那种丢在人堆里半天也难寻见的角儿，长得有限，亦看不出身上有什么猴子的性格，战友们却管席志强叫"猴子"，仅仅因为他爬电线杆子身手敏捷吗？

那年七月，席志强背着背包走进茫茫戈壁深处的总站线路维护连，没曾想，一到就赶上连队线路改架。

早晨六点起床，早饭和晚饭在连队吃。午饭在野外工地上，榨菜、水、火腿肠和干馕。

炎炎夏日，戈壁热浪滚滚，地表温度高达七十摄氏度，一颗颗豆大的汗珠子砸到石头上，"吱"一声就不见了。一天攀上百根杆子，早晨出发时领两双新手套，撑不到下午，就已烂得没法戴。席志强蹲在戈壁滩放声大哭。他觉得自己实在撑不住了。

"当时，我心里真的后悔过，要是听我爸劝，不来当兵，哪里会吃那种苦。"他两手一摊，"但说实话，哭归哭，哭完了，该干啥还得干啥。"

如果从说话的表情上看，肯定觉得他在开玩笑。但我知道，这是真的。

我笑着逗他："你是班长，可以爬杆子，也可以不爬杆子嘛。"

他道："刚开始，还有十来个民工，热得撑不住，中途都跑掉了，人家是老百姓，可以走，咱是军人，工地就是战场，施工就是打仗，轻伤不下火线。"

头上的遮阳帽，根本无法阻挡戈壁滩的酷热。满脸灰尘汗渍，却不敢洗，一洗痛如刀割。"一个多月没洗过脸，脸上的黑皮，用手可以一片一片揭下来。"他说着，把手伸到脸上，做出美女揭面膜的样子，意思是，"就这样，一层一层慢慢往下揭，动作不能猛。"他龇牙咧嘴，"嗷——"一声，表情很疼痛的样子，惹得旁边战友一片笑声。

几个月下来，席志强发现自己并没被苦累压倒，挥汗如雨的艰辛，反倒让他体会到一种寻找自己、发现自己、挑战自己的畅快。

"啥叫脱胎换骨，你说那种经历算不算？我觉得应该算。"他似问我，又似自问自答。

他说当兵第一年，记忆里几乎没留下多少难忘的事。真正让他刻骨铭心的，就是第二年的那个盛夏。

五年前，席志强从河南老家入伍时，不满十七岁，初中文化。

虽说家在农村，但他家开着石灰厂，还有两辆运输车，一年有三十多万元收入。在 2001 年前，这当然是一个不小的数字。父母都反对他当兵，要他跑销售。席志强说，我去体验一下当兵的生活，两年，一眨眼就回来。

两年服役期满，最后一次在戈壁上巡线，望着自己和连队官兵架设的线杆笔直如线，在茫茫苍苍的戈壁上伸向远方，他忽然有点舍不得离开那一根根黑线杆子和并肩战斗的战友。寒风在缆线上一阵一阵尖叫着。他独自坐在线杆下，心里五味杂陈，默默地眨眼，收住快要溢出眼眶的泪水。

父母一次次打电话，催他赶紧复员，说新厂子等着他回去管理。席志强嘴上应着，心里却早做了决定。

年底选改士官，席志强全连民主测评得票最高。他选择了留队。

连队一套光缆抢代通设备，老在训练场上趴窝，很少有代通的时候，全连官兵都认为是设备太老旧。席志强说，设备性能发挥不正常，不能怪设备，原因该从操作的人身上找。

琢磨来琢磨去，他发现光纤适配器不断损坏，症结出在代通光纤用的匹配膏上。"瞎扯，这经验是老班长们一茬茬传下来的，能错？"几名技术骨干不信。席志强粲然一笑，说，经验使人老练，也让人陈腐，它跟人一样，也会在时间里衰老，新情况新问题得用新办法解决，拿老经验解决新问题不行。他放弃用匹配膏，把光纤切割后的长度缩短了零点六厘米，那套面临淘汰的老设备，立马起死回生。

光缆抢代通专业实践操作，心理状态要好，稍一紧张，细如发丝的芯儿就会被剪断。有战友问他，"你操作时咋不紧张？"

他眯缝着眼道："你说呢？道理明摆着，有真本事就不会紧张！"然后，重重地拍一下人家的肩膀说，啥叫老兵，学着点，这是从实战里淘来

慕士塔格峰与卡拉库里湖。（韩拴柱摄）

的，教材上没有。

四月里，有个村子挖排水沟，村民们几镐头下去，挖断了部队光缆。席志强说，"我去吧？"连长有点迟疑，说这可不是平时训练，跟上战场一样，以前咱们用这种老设备还没代通过光缆，你真去？

席志强胸脯拍得山响，说："去，不去咋知道自己不行！"

他带着一名战士在夜色里赶赴现场，前后不到二十分钟就顺利完成任务。

席志强老爹不信，觉得信里说的那些光荣，是儿子坐在新疆军营里吹牛皮，就一身名牌西装，拎着大包小包儿子爱吃的东西，专门来了一趟部队。

席志强抱出一个小箱子，把自己五年里在部队获得的优秀线路维护员、"四会"教练员、岗位成才标兵，还有各种比武竞赛的金银铜奖牌和证书，哗啦一声，往桌上一倒，说：士别三日，当刮目相看。

然后，他上下打量着老爹一身行头说，以后咱别把自己打扮成土豪行吗？

"晓得，晓得。"他老爹拨拉着满桌子"荣誉"说，"往后我是该换了眼睛看你。"

三

下士刘海强的确有些与众不同。

我是偶然认识刘海强的。那天，我在装甲团修理连采访，临走，想在连队随便看看。转到炊事班宿舍，一名战士正在熨衣板上打理衣服，军装笔挺，动作娴熟，嘴里哼着小曲，蒸汽熨斗"哧哧"声伴着，声音低浅而清亮，场景甚是惬意。我的脑海里瞬时冒出一个判断：这是个有意思的兵！

连队干部告诉我，他叫刘海强，是炊事班副班长。他扫我一眼，淡淡一笑，身上隐隐有一股子说不出的味道，一股子与优秀不大沾边的味道。

刘海强是城市兵，父母皆国家公务员。他是家中独子。

新兵连里，刘海强军事训练科目三分之二拿了优秀，人机灵，干工作也利索。班长们都争着要他。刘海强笑眯眯地问带他的班长："连队啥岗位最苦最累？"

班长说："炊事班。"

他又问："炊事班啥活最累最苦？"

"烧火！"班长有些莫名其妙。

"班长，我要求到炊事班工作，当烧火员。"

班长没说话，觉得他是逗乐子、开玩笑，没往心里去。

谁知刘海强没开玩笑，真进了炊事班。

在炊事班第一次班务会上，刘海强说，咱炊事班不光军事训练要向战斗班看齐，个人形象上也得不断向战斗班战士学习，不能老给大家一种黑乎乎、油乎乎、脏乎乎的印象，为此，我提三条建议：第一，每周每人做到"三洗"，就是洗一次澡，洗两次衣服，洗三次头发，把衣服熨平展了穿，显得精神、有朝气。第二，操作间每天清扫四次，标准是地板能映出人影。第三，消毒柜每天通电三小时。

有人听他这么说，就急了，说你是班长啊！刘海强说，我不是班长，我是建议。

战士们都乐了，说你是新兵刘海强，不叫刘建议。

大家你一言、我一语，一时间竟扯得脸红脖子粗，气氛有些僵。

扯到最后，班里几个战士对刘海强的一致意见是："你是新同志，刚进炊事班，脚踏实地，少说多干，把火烧好就不简单。"

刘海强道："我一定把不简单的工作干简单！"

听他这么说，全班战士像风吹树叶，哗啦啦都笑弯了腰。班长当然也笑了，但笑得意味深长、模棱两可。

谁都没想到，一周后，刘海强的三条建议竟然被班长列入炊事班日常管理规定。

刘海强走上烧火岗位后，修理连再没吃过塌火馒头、夹生米饭。全连官兵乐得脸上开花，都说炊事班工作有新变化新进步。

烧火头一年，刘海强把各连"伙头军"招呼起来，切磋技术，博采众长，对修理连的炉灶进行了一次改造。

他在炉膛出烟口安装了一个水箱，借火道余火加热水箱，再让水箱里的蒸汽通过管道进入蒸箱，蒸馍馍、焖米饭。炊事班工作效率大增。

别人烧火，一拿煤铲子，衣服、脸上，弄得到处是煤，像挖煤的矿工，刘海强却例外。

有战士问他："咋整的，你的衣服那么干净？"

刘海强眼皮轻轻往上一撩："仅仅凭吃苦是不行的，这是技术活，得有点智慧才行。"

因他把煤末子掺土打成小煤块和小煤球，告别了煤灰飞扬不说，一算，一年下来能节省近五吨煤。

"别扯了，烧火那点事，是个人都会干，要啥智慧，你小子瞎吹牛。"战士们仍不信。

刘海强不争辩，继续不声不响地捣鼓着。他给鼓风机加了一个线圈和电磁继电器，把风轮转速定为弱、中、强三档，以此控制火候，省心省力。

服役期满，连队干部征求意见，希望他留队选改士官。刘海强说："好，我心里也这么想。"

实际上，从报名应征一直到新兵下连，刘海强压根就没想过要在部队长期干。

刘海强后来的感情为什么会悄然发生变化？是什么东西在不知不觉间改变了他内心的真实想法？这些问题，他没说，我也没问。

现在，采纳刘海强建议的那个班长复员了。已升为副班长的刘海强，每天上班时间一到，跟复员的老班长一样，会习惯性扯亮喉咙喊一嗓子："上班了——赶紧起火！"声音如早春里清亮的阳光。

刘海强的声音还在院子里浮动着，脚步已到了烧火间。因他正带着烧火的徒弟，起火烧火的事，亦常是他的工作。

四

没有特殊情况，朱代发周末会在家为妻儿忙碌一天。做饭、拖地、擦玻璃，把狭小简陋的家收拾得干净整洁。偶尔，还会抽空陪十四岁的儿子

雪山上的电线杆。（韩栓柱摄）

到乒乓球俱乐部打打球。

那天上午，我如约赶到他家时，他正在家里为这些事忙得满头热汗。

"这些都是我爸爸的，我特敬佩我爸！"他儿子把一个纸箱子抱给我。我翻了翻，里面除了一枚二等功和四枚三等功军功章，还有三十多个荣誉证书。

看着儿子满脸自豪，他很腼腆很幸福地笑着，说那都是过去的事，不算个啥。

"他呀，就会摆弄个航模。"妻子王秀珍身子探出厨房门，手里正择着一把芹菜，说你看他那憨样，还能弄啥。朱代发在沙发上坐得端端正正，低头听着。

四十岁的朱代发只有初中文化，老家在陕西安康，1985年当兵时，航模靶机经常飞不上天，好不容易飞上去，飞行时间却很短。空中没有目标，他和战士们坐在火炮上常常一等就是几个小时。也许正是无休止的等待触动了朱代发的心。

刚开始，密密麻麻的线路和电路装置，让朱代发感到头很大，摸不着北。但他是硬汉子性格，不认输，说人只要敢挑战自己，就能创造奇迹。

别的略去不说，单从航模操作手到航模指挥组长，几年里，他培养了十五名呱呱叫的"徒弟"，且大都作为技术骨干留在部队转了士官。但"徒弟"们认为航模专业太单一，在部队年龄熬大了，到地方不好安置，干满二期或三期就不愿再干。他为此心里很伤感，觉得自己航模组长没当好，很失败。

朱代发三期士官期满那年，老家镇上的土地管理所同意接收他，一个开工厂的同学想以十万元年薪请他去当副厂长，一家人都为他高兴。部队没有转四期的名额，朱代发只好回老家。

朱代发办完转业手续，正准备去镇土地管理所报到，旅里突然打电话让他回部队，说打上去的报告批了，特批一个名额给他选改四期。朱代发兴奋得一夜未眠，第二天扛起行李就往部队赶。有人骂他是一根筋，说有你后悔的时候。

"现在人到中年，面对走留，你后悔过吗？"话一出口，我就后悔问得有些唐突。他想了一下，默默地摆弄着手里的航模模拟操纵盒，淡淡地说："有啥后悔的，是老兵，肩上就有一份老兵的责任。"

母亲去世时，朱代发正在戈壁上担负演习航模飞行保障任务，父亲怕他工作分心，一个月后才在一封家信里说了实情。他背过战友，大哭一场，该干啥，仍埋头干啥。两年后，父亲患重病，得到消息，他坐了三天三夜火车，没想到，紧赶慢赶跑回家，还是没能跟父亲说上一句话。

去年七月，朱代发带领航模小组在戈壁滩上执行演习飞行保障任务。飞行任务完了，航模却在空中死活不接收返回指令。他急出一身冷汗，眼睁睁地看着航模像断线的风筝，在空中乱飘。最后，航模重重地摔到戈壁滩上，成了一堆碎片，朱代发心如针扎，一个人跑到山坡后面放声痛哭。

他拧过脸说："如果让战士打下来，我特高兴，它检验和保障了训练。那样摔了，太可惜。"

冬天温暖的阳光从窗户透进来，照在他的脸上，有晶亮的东西在他的眼眶里晃动。

他伸手在脸上摸了两把，涩涩地说："一架航模七万多元，有故障，自己却没有办法，钱白白打了水漂。"

朱代发执行靶机飞行保障任务，放飞航模近千次，几乎没出过问题。这次意外，让他心里结了一个疤，一直无法消散。

后来，他苦苦思索、折腾两个月，成功研制出Ⅱ型靶机停车控制器。

"那段时间，我晚上做梦都在回收航模。"

"看到各种机型的航模通过我的手，在空中自如飞翔，我特别开心。"他这样说的时候，显得有些激动，很幸福的样子，脸上的表情也忽然有了灿烂。

五

朱海兵小眼睛，脸膛黝黑，是坦克六级修理工。结婚一年多，他和妻子的爱情故事，战友们都不信，说是吹牛呢。

朱海兵家在四川开江农村。四年前一个金风送爽的秋日，一个朋友给他介绍对象，女孩是乌鲁木齐一家报社的记者，北大毕业。朱海兵一听，手摆得像赶苍蝇，说拿老实人寻开心，不好玩，也不厚道。但他拗不过朋友的一片好心，硬着头皮答应跟女孩见一面。

那次匆匆一见，朱海兵觉得自己在合适的时间、合适的地点、见到了一个感觉不错的人。但他的选择不是追求，而是放弃、撤退。他说，人家是硕士，又长得像荷花一样好看，怎么会嫁给一个坦克修理工嘛。然而，看似不可能的事却平平淡淡地发展着。

消息像长了翅膀，很快传开。有战友劝朱海兵说，你得看清自己的现实差距，别没事自己找烦恼。女孩那边也炸了锅，朋友、同事都坐不住了，说你一个人见人追的大美人儿，找个指甲缝里沾着油泥的战士当老公，事儿想想可以，浪漫一下也行，就是千万不敢当真。

女孩犹豫一阵，决定放弃。分手前，她想到朱海兵的连队瞧瞧，算是分别，好说好散。

春天的阳光碎金一样洒落在身上，女孩坐在绿茵茵的草地上，听战士讲述朱海兵的故事。

有一年，父母在老家给朱海兵张罗了一个对象，催他回家相亲，连队给他一个月探亲假。没曾想，在回家的列车上，朱海兵从杂志上看到北京一所学院研制出一种微电脑不解体检测仪，不拆卸装备部件，就能准确判明故障。他把探家相亲的事忘到九霄云外，直接从宝鸡转车去了北京。回到连队，连里官兵问他相亲的事，他嘿嘿一笑，说黄了。

转过年，这种新型检测设备配发连队，朱海兵一马当先，担任技术培训教员。

团里搞便携式拆卸支架技术项目攻关，朱海兵任组长。十多名技术骨干苦苦钻研两个多月，蹲在训练场上反复试验，结果都是失败。有人说，专家都干不了的事，咱几个战士逞啥能。当时正值盛夏，戈壁滩上地表温度高达八十摄氏度，坦克表面像烙铁一样烫手，拆卸的装甲部件有的重达三百多公斤。但朱海兵带着战友攻破了难关。

参加军区实兵演习，连队担负演习装备维修任务。战斗刚刚打响，两辆坦克发动机突然发生故障，团里派出两名工程师抢修，无功而返。当时，发烧的朱海兵正在帐篷里输液。听到消息，他趁医生不注意悄悄跑出来，搭一辆送给养的车上了演习场。发动机故障排除，他却晕倒在演习场……

连队官兵对朱海兵的故事如数家珍。女孩听得眼睛有些潮湿。那些故事像春天灿烂的阳光，在她的心里一片一片地铺展开来。

发生在这个春天的讲述与倾听，朱海兵后来知道时，女孩已经铁了心要嫁给他。

女孩说："这些事他从来没给我说过，那个春天，我听到了自己内心的声音。"

前两天，闲来无事，被几个朋友约了出去喝茶。我把他俩的故事讲给朋友。朋友听了，一脸迷惑："现在的女孩子都追求干得好不如嫁得好，一个比一个现实，你说的是真的假的？"

我说："小两口我见过，那女子确实像荷花，聪慧、漂亮。"

六

马年春节前，天气异常寒冷，我去了一趟阿勒泰边防。

连队孤零零地坐落在雪山脚下的戈壁滩上，距县城有两百多公里。听不到天气预报，战士们把温度计拴在院里一棵小树上，测量日子冷暖。

在连队住了几天，那棵小树上的温度计上的数字一直在零下四十摄氏度上下徘徊。战士们说，有付斌在就不冷。

付斌是谁？连长说，是负责全连水、电、暖的士官。

那天，付斌出现在我的视野里时，正在埋头干一件与他本职工作无关的事。

听连队官兵不停地夸赞他，我心生好奇，就想跟他聊聊天。转了几圈，找不见人，看见营门外有一个战士趴在雪地上修摩托雪橇，我走了过去。

无遮无拦的白毛风在茫茫雪野上呼呼狂叫。他双手肿得像馒头，手背上布满血口子。

"手怎么冻得这么厉害？"

"不打紧，每年冬天都这样，老毛病。"他跟我说着话，手里活并不停，也不抬头看我。好像立在旁边跟他说话的不是一个大活人，是一根拴马桩子。

我心里掠过一丝不快，站着看了一会儿，建议他把雪橇抬到屋里去修，屋里有暖气。他摇摇头说："屋里暖和，但试车抬出抬进，要麻烦别人，在外面边修边试，方便。"

不一会儿，我的腮帮子木麻麻的，手摸上去，像打了麻醉药，没知觉，赶紧往房子里跑。

为了不影响连队第二天巡逻，那天下午，付斌顶着寒风在雪地里整整忙了三个小时，修好摩托雪橇，已到晚饭时间。

"从当兵到现在，付斌还没探过家。"连长说。

十月里，付斌的母亲收秋庄稼时，从土崖上跌落，摔成了重伤。付斌给家里寄去两千元钱，仍旧一如既往地干自己的工作。

"说没想过回去，那是假的，我还背过人哭过，爸妈就我一个儿子，我做梦都想回去，但锅炉刚开始供暖，是问题最多最操心的时候，我回去了，没个顶事的，连队官兵就会受冻。"付斌搓着馒头似的肿手说。

吃过晚饭，战士们都在电视房里看电视。付斌夹着几张报纸，去锅炉房换班。我也跟了去。

当兵六年，种菜、发电、烧锅炉，一身油渍一身灰，付斌干的全是连队最苦最累的工作。我说，你可以去战斗班排，工作相对单一，也省心些。他埋头往炉膛里加煤，没说话。

新兵下连刚进菜地时，付斌想不通，找着碴儿闹情绪。在西藏当过八年兵的父亲专门给他写了一封信。信很长，但中心思想就五个字：行行出状元！付斌把父亲的信摊在膝盖上，在菜畦边上坐了很久。之后，再没闹过情绪。那一年，连队蔬菜大丰收。

去年冬天，驻地发生雪灾。连队军马和羊缺草料，巡逻、救灾任务重，连里人手拉不开栓，付斌每天天不亮出门，天黑回连队，开着摩托雪橇，走村庄、进牧包，一车一车地收购马草。整整一个冬天，白毛风一场接一场地刮，饥饿、寒冷与他形影不离，他咬牙挺着。晚上回到连队，不管多累，都会去锅炉房陪一个名叫芦瑶的战士烧锅炉。

他说："在冰天雪地里跑一天，谁不想好好睡个囫囵觉，小芦熬不住夜，爱打瞌睡，心操不到，温度上不去，全连人挨冻不说，弄不好暖气管道会冻裂。"

芦瑶最初也不情愿去锅炉房烧锅炉。两个月后，连队干部要给芦瑶换岗位，他却不愿离开，跟着付斌烧了一冬天锅炉。

付斌一会儿往外倒煤渣，一会去电机房照看发电机，我也来来回回地跟着，双脚冻得知觉都没了。但这样的冬夜，付斌已经坚持了三十多个月。

连队选送付斌去乌鲁木齐学习，他花六十元给自己买一件衬衣、一条裤子，却买了八百多元的书。

寂寞漫长的冬夜里，他一本接一本读买回来的书，一宿一宿守着锅炉为连队官兵输送温暖。

今年年底，连队评选立功人员，付斌票数又是全连最高，跟往年一样，这次又被他拒绝。六年时间，他主动放弃了三次立功受奖机会。

"为什么不要，荣誉是对一个人工作成绩的肯定与褒奖嘛。"

"我放弃了吗？"

他的话让我一时语塞，不知道该怎么说。沉默一阵，他说："工作着就是幸福的，付出和奉献的过程，就是感受着光荣和幸福的过程。"

我有些惊讶。他低头不停地搓着手，炉膛里红红的火光映着他的脸。

我们彼此无话，安静地坐着。他忽然抬头对我说："你在乌鲁木齐方便，能不能帮我打问打问，柴油机平衡铁经常被打断是啥原因。"

我问他，"是连队现在用的这台柴油发电机吗？"

"不是，是我们团另外一个连的，我查了好些书都没找到解决办法。"他仍旧盯着炉膛里的火光。我知道他心里在琢磨什么。

七

老实说，在去那个无名小站的路上，我有些后悔。滴水成冰，跑那么远，去干什么呢？而我为此已经在路上折腾了两天。

"到了，那就是仓库的转运站！"司机拍着方向盘说，样子很兴奋。

白雪覆盖的茫茫戈壁上，孤零零立着几栋房子，当然还有铁轨和电线杆子，但除此，看不到别的。

两个小战士，常年守在这种荒无人烟的环境里，生活会是什么样子？我心里忽然有一种强烈的好奇。

寒风如刀，刮到脸上，似要揭下皮肉来。上等兵刘宣胜和孙元明在站台上埋头扫雪。事先，我没让仓库通知，正暗合了我的好奇。他俩并不清楚雪地里野狼一样扑上来的越野车是冲着小站来的。

看到来人，两人扔下工具，笑呵呵地跑过来，军容严整，军礼标准。

"每天都整内务吗？"

"跟连队一样。"刘宣胜说着转身去找暖瓶倒水。我顺手开了桌上的电视，调了一遍频道，只看到一个飘着雪花的吐鲁番台。坐在旁边一直没吱声的孙元明解释，仓库已给小站换过好几次天线，效果都不好，只能收到这个台。

孙元明从窗外挂钩上取下一块冻肉，张罗着要给我们做一顿最拿手的汤饭。

刘宣胜和面，孙元明切菜，忙得有板有眼。他俩同年入伍，都是城市兵。性格内向的孙元明中专毕业，入伍前在库尔勒热电厂上班。刘宣胜来自河南周口市。

刚到转运站时，两人曾经为吃饭的事吃过不少苦头，不是米饭夹生，就是炒出来的菜咸得难以下咽。不会发面，蒸出来的馒头老是死面疙瘩。

转运站的工作并不复杂，军列进站后，他俩电话报告仓库，再负责几个小时的警戒巡逻。从仓库赶来的官兵把卸下来的货装上车拉走，军列开动，热闹也被一阵风似的带走，小站又恢复往日的沉寂。然后，两个人再眼巴巴地盼着下一趟军列进站。车来了，小站就有了欢声笑语，单调寂寞的生活就有了生气。

刘宣胜把家信当日记写，有时一周给家里写三封信。收到家信，他像小学生读课文那样，坐在铁轨上高声朗读，声情并茂，有时还带着手势，

刺骨的寒风在茫茫荒原上呼啸，无遮无拦地往脸上扑打。山连着山，山拥着山，满眼里皆黑褐色的山。（韩栓柱摄）

有点像练习演讲。

吃过午饭，孙元明和刘宣胜要去烈士陵园扫雪。我们顶着零下二十七摄氏度的严寒，在雪地里高一脚低一脚走着。烈士陵园离转运站不远，在三四公里外的一面山坡上。扫完雪，祭奠过烈士，走回小站，天已经黑下来。戈壁上看不到一星灯火，除了风声，再也听不到任何声响。

外边来人很少在这里住，小站也没有多余的床铺，我们把两张单人床合在一起，四个人两床被子，四件大衣，睡小通铺。

刘宣胜说，他刚进站那阵儿，每天面对戈壁荒漠，心里憋得慌，老想走出去找个人说说话。有时心里不痛快，心烦气躁了，会沿铁轨一口气走上老长一段。远处是兰新铁路，有时他俩会静静地坐在门前，看远处载着旅客的列车像虫子一样爬动，听火车的隆隆声时近时远。有时会情不自禁地跑过去，向车上一闪而过的乘客挥挥手。

这一夜，我们基本上都没合眼。早上，刘宣胜和孙元明炒了昨晚我们吃剩的米饭作早餐，还有一小盘切成片的火腿肠。

分别时，两个战士抢着替我拎东西，走到车跟前了，却没有放到车上的意思。我知道，两人还想和我再走一段。我让司机把车开到两公里外的地方等着。

我们默默地走着，都没了言语，地上厚厚的积雪，被我们踩得"嘎吱嘎吱"地响。

（2014年3月改定于广州）

海子口的马蹄声

海子口，是地名，亦是一个高山堰塞湖。对内地人来说，海子口的气势和规模已经非常大，但新疆人眼宽，说小得很，是仙女随手丢在山里的一面小镜子嘛。

这里最美的季节是夏季。水碧天蓝，绿草地向雪山和天边铺展，红的、黄的、白的、粉的、紫的，各色野花恣意怒放，空气里浮动着浓烈的花香，还有温泉、牧包里的美食，是旅游度假的胜地。可可托海边防连的军马场就在鲜花摇曳的湖边上。

海子口海市蜃楼般的湖光山色、缤纷花海、万般风情，在军马场饲养员，二十四岁的中士李全虎的记忆里是遥远的、模糊的，甚至是一片空白。

可可托海边防连有两个季节性执勤点，离连队都很远，且路途艰险。每年六月初，大雪封山期一过，冰雪消融，携着寒意的春风刚染绿海子口，野花还未从茎秆上探出花苞，连队官兵就要骑上马，驮运着各种生活物资向中蒙边境上的夏季执勤点进发。李全虎是照料军马的饲料员，又是连队的指挥班长，上山巡逻执勤，自然少不得他。

九月大雪飞落，官兵们像候鸟一样，从挂在天边边的执勤点上撤回连队，海子口已冰封雪裹，一派寂静。每年这样踩着季节来回迁徙，海子口如诗如画的壮阔美景，便跟李全虎和他的战友一次次擦肩而过。

其实，机会也不是没有，申请留守，少去一趟夏季执勤点，就能亲眼揭开海子口夏日的美丽面纱，但李全虎宁愿将遗憾和惆怅永远留在心里，也要跟着自己的战马出征。他说，我是来当兵守边防的，又不是来看花赏景的。

所以，李全虎在这里痴痴守望六年，海子口的遍地芬芳，他一次都没欣赏过。

"听老兵说，这里夏天特别美！"说这话时，李全虎忽然像一个害羞的女子，红了脸，眼神里有兴奋、向往，也有不好意思的腼腆。他说，我就是想让家里人别担心，我在边防挺好的。

我们相跟着走在雪地里，翻毛皮鞋在脚下踩出一路嘎吱声，视野里亦是白茫茫的冰雪世界。天蓝得出奇。

海子口的夏日美景在李全虎的心里，亦在他写给家人的一封封信里。他笔下的海子口，是青草和鲜花的海洋，雪山和白云倒映在碧蓝的湖面上，是一个诗意浓烈的童话世界。亲朋好友们对他的描述都很向往，觉得他在一个极富浪漫情调的地方当兵，简直幸福死了。

海子口的冬天，漫长，极冷，气温最低时会降至零下五十二摄氏度，连咆哮的额尔齐斯河也不得不静悄悄地沉睡。风雪弥漫的海子口无人光顾，马场自然就成了茫茫荒野上的"冰窟孤岛"。

夜里，安顿好军马，寒风在窗外呼啸，忙碌了一天的李全虎睡不着，便拿出亲朋好友的来信，坐在炉火前一封一封地看，有时看到信里的向往与羡慕，会不由自主地笑出声来。他们不知道海子口的美，是他在寂寞里用一粒粒文字编织的梦想。

李全虎冬天守在这里，唯一的任务就是带着两名战士精心饲养连队的几十匹军马，想方设法让这些无言的战友吃得膘肥体壮，养精蓄锐，默默地等待春回大地，还有巡逻路上那些难以预料的艰险与生死。

"那是去年入冬前团里新盖的宿舍和马厩。"李全虎以电影里战场指挥员常有的神情和手势，指着湖边一排漂亮的红房子说："以前是泥坯房，冬天冷得厉害，蹲一次厕所屁股都能冻裂。"在说笑声里，他笑呵呵推开屋门，我的眼前倏地一亮，屋里窗明几净，桌上一台小录音机正播放着轻音乐，曲子清清浅浅，几盆绿植，枝叶稠密、墨绿，绿萝长长的藤蔓，像他的思念与梦想，从柜子上垂挂下来。他给学习室起了个诗意名字，叫"时光茶吧"。我说，你还挺有浪漫情怀。他露出洁白的牙齿笑着解释："累了，寂寞了，在这里看看书、听听音乐，感觉挺好。"

马场只有一部通连队的电话，给父母打长途电话，他要在冰天雪地里步行几个小时，去附近的可可托海镇。马场人少，没洗澡间，李全虎跟两个战友轮换着，半个月回一趟连队。

尖厉的白毛风能削掉耳朵。几十公里山路，对脚下生风的边防战士来说，算不得什么。李全虎说，遇上大风大雪天气，路不通，回不去，就不洗了。在执勤点上十天半月洗不上澡也是常有的事。

他给我泡了茶，往火炉里加几块大炭，炉火呼呼地燃起来。然后，他坐下来给我讲山上的故事。

乌力杜尔贡夏季执勤点，距连队五十多公里，说不上远，但高山深谷，悬崖峭壁，全靠两条腿一步一步丈量。有的地方一边是垂直的悬崖，一边是奔腾的额尔齐斯河，脚下的便道宽不足一米，只能容一马慎慎地通过。

那年夏天，李全虎和战友牵着驮给养的军马上山，一匹叫大青子的军马被滑落的山石惊吓，后蹄踩空，倏地像一片树叶坠向奔腾的额尔齐斯河。

万丈绝壁直垂谷底，汹涌的额尔齐斯河像一线细细的溪流，缓缓向前。眨眼之间，山谷里寂静得似乎什么都没发生。隐隐的喧腾声往上漫，一派森气。再看前后身上驮满给养的军马，昂起鬃毛，蹄子刨地，身上皮肉在抖。

大青子的坠落声，如闪电、惊雷、重锤，突然重重地击在心上，李全虎腿抖得有些站不稳，感觉一只手黏黏的，牵马的缰绳拉破了皮肉竟浑然不知，小肚子胀得难受，想撒尿。

李全虎像受伤的狼，对着山谷发出撕心裂肺的呼唤。他无法相信他的大青子就那样倏地消失了。吼声划开空气，撞到对面的绝壁，又远远地荡回来。他和战友们吼得脖颈和腮帮上绷起了筋，吼声在山谷里一浪一浪碰撞、旋起、落下。

一只鹰扇动翅膀，在脚下的山谷里斜着飞。李全虎没有撒尿，他怕撒完尿，两腿一软，坐下去再站不起来。他的心痛得无法言语，一路上没说一句话。

海子口最美的季节是夏季。水碧天蓝，绿草地向雪山和天边铺展，红的、黄的、白的、粉的、紫的，各色野花恣意怒放，空气里浮动着浓烈的花香，还有温泉、牧包里的美食，是旅游度假的胜地。可可托海边防连的军马场就在鲜花摇曳的湖边上。（韩栓柱摄）

"衣服在汗水里湿了干，干了湿，感觉一直在向着天空攀登，要走到天上去。"说这话时，他抬头望了望窗外蓝得吓人的天空，好像这会儿他和战友们正牵着军马艰难地往蓝天上走。

山高路险，执勤点上的难处多是官兵们想办法克服。晚上，除了蜡烛，满天繁星就是哨所最亮的光源。做饭捡枯枝，吃水去额尔齐斯河背。他和战友抡起镐头挖出一个长方形大坑，将雪水引进坑里，在太阳下晒几天，就是天然浴池。一台手摇发电机，使用电台时，战士轮流着摇发电机供电。山上没有网络和信号，那是他们与外界唯一的联系方式。

炉子上的水壶吱吱地响着，他的故事像水壶里喷出的热气，听得我身上一阵一阵发热。

冬天马场里最苦情的是砸冰取水。生活和饮马用水，都取自门前的海子。海子结着几十厘米厚的冰层，刺骨的寒风在冰面上打着旋儿呼啸，冻得骨头嘎啦啦响。李全虎和两个战士换着抡两三个小时大锤，才能凿出脸盆口大一个冰眼。冰眼凿了冻，冻了再凿，天天如此。手上被大锤和钢钎震裂的伤口，也像冰眼一样反反复复张裂着、叠加着。

我说："雪这么厚，化雪水也可以嘛。"他摇头摆手道："化一天雪，还满足不了一半军马饮水。"

有一年三月，军马"旋风"得了结肠病，滴水不进。李全虎把"旋风"从马厩牵到宿舍照料。平时军马患病，他基本都能手到病除，但这次他使出浑身解数，"旋风"的病就是不见好转。危急时刻，在零下四十五摄氏度的雪山上，李全虎扛一把铁锹，只身冲进寒风呼啸的黑夜，在没膝深的雪地里徒步到铁买克乡求援。

兽医请来了，诊断结果却让李全虎心如刀割。兽医说"旋风"的病没法医治。他不信，满脸泪水："你瞎说！"

送走兽医，李全虎跪在地上，变换着各种手法给"旋风"揉肚子，把被子盖在"旋风"身上，牵了"旋风"绕着马厩一圈又一圈地走。当"旋风"奇迹般地好转起来，在地上找东西吃时，守着"旋风"三天三夜没合眼的李全虎，紧紧搂住"旋风"的脖子放声大哭。

"连队两个夏季执勤点，都在边境线上，山高水险，驮运给养、巡逻全靠军马。"说罢，他笑眯眯地看着我。

一次巡逻途中，一个战友不小心，从马背上重重地摔下来，爬起来要对军马动粗，李全虎箭一般冲过去，将脸伸给战友，噙着满眼泪水说："你要是心里不畅快，有委屈，就往我脸上打。"

自此，连队再没人敢对军马动粗。他说："马虽无言，却通人性，是我们边防军人最亲密的战友。"

大清早，我在床上被滚雷似的马蹄声叫醒，出门，朝阳已给雪地镀上一层淡淡的金晖。远处，李全虎骑在一匹枣红马上，追着马群正在雪地里飞奔。马鬃纷飞，马群像一片跃动的花朵、火苗，在洁白的雪地上轰隆隆涌动，嘶鸣像撕裂空气的箭镞，和着闪电般的蹄声飞翔。马群不时随着李全虎尖厉的口哨声，在雪地里忽左忽右，鼓点般急促的马蹄，在身后扬起一片一片雪雾。

我回屋洗漱完，听到马蹄声再次出门，飞驰的马群已停在马厩前，李全虎在马群里，亲昵地抚摸着一匹匹向他打着响鼻的军马鼻梁，眉眼间尽是开心。

我有些纳闷："天这么冷，你赶着马群在雪里追啥呢？"

"出操，马跟战士一样，每天早晨也要跑步！"李全虎笑着说。

没有风，晴空万里。朝霞将金光像纱一样铺在雪山、冰湖、马群和一身迷彩服的李全虎身上，给寂寥的海子口创造出震撼人心的美。

我知道，再过两个月，他又将和战友们一起，带着战马向天边的执勤点进发。

（2018年3月改定于广州）

军医张卫达

见张卫达不易，并非因为他肩上的将星。他太忙了。

等我急急忙忙赶过去，他又进手术室了。我只好坐下来等，翻完了包里随手带着的一本书。等他连续做完两台心脏手术，带着浑身疲惫从手术室出来，已是第二天凌晨。

顾不上换手术服，他静静地立在走廊里，透过门上的玻璃小窗，深情地凝望着病床上的妻子，眼神里有他内心涌动的难以觉察的爱。似乎不说话，就那样站着，静静地看着，心里就十分踏实。

那一刻，他静静地立在门外，心里在想什么？是他与妻子"死生契阔，与子成说。执子之手，与子偕老"的美好约定吗？

"很抱歉，让你等了大半夜，张主任太忙了，忙得脚打后脑勺！"护士长梁爱琼解释。

九年前，张卫达四处奔走，与地方政府和慈善机构联合发起"大爱救心"行动。从此，他的日子就在争分夺秒中高速运转着。他渴望更多贫困家庭的先心病患儿，都能得到及时救治。

"他放下了人生许多东西，唯独放不下病人。"与张卫达并肩战斗二十多年的科室副主任王晓武说，他是一个用行动说话的人，但行为就是最好最美的语言，人应当怎样活着，他以自己的精医、厚德、担当、执着，给我们做出了最生动的诠释。

不舍昼夜，风雨无阻，向着一个方向不懈冲锋，这个被誉为敢在"外科之花"上舞蹈的心胸外科专家，内心到底有着怎样的信念与情怀？

一

每一个生命的生与死、苦与乐，都连着家庭和社会。

十八岁的海南小伙小罗走进视野时，张卫达的心像被锥子深深扎了一下。这个身材瘦弱、个子矮小、面色青紫、呼吸急促、走路困难的少年，等父母抵押了房子、卖掉耕牛，一路搀扶着来到医院时，先天性心脏病已错过了手术时机。

面对现代医学无力改变的现实，母亲扑倒在地，哭声撕心裂肺："我就这么一个孩子，求你们救救我的孩子……"

那天在湛江义诊，一名刚入校的大学生到义诊点检查，结果跟海南的小罗一样令人心碎。

"伯伯，我啥时候能做手术？"张卫达强忍着内心的痛宽慰她：回去按时吃药，好好锻炼，也许过段时间就可以了。

那花朵一样美丽的女孩转身离开的瞬间，他眼里早已噙满泪水。

一个又一个还未来得及绽放就要凋谢的生命，让张卫达心如刀割。他心里清楚，这些花季生命的逝去，将使那些原本完整幸福的家庭支离破碎。

"我国每年新增先心病患儿十多万人，大部分能通过手术治愈，但因手术风险大、医疗费用高昂，不少贫困家庭的患者在期盼、痛苦、煎熬中失去了及时治疗的机会。"他说，人的生命是最宝贵的，作为医生，眼睁睁看着悲剧不断重复却无能为力，这种痛心和悲伤，很难用语言表述，除非你的心已经麻木。

这一年，张卫达刚从第四军医大学西京医院调入广州总医院创建起心胸外科。经过深度调研与反复思索，他决定在服务部队的同时，把专业重点转向小儿先心病，联合一切社会力量为党分忧、为民解困，让更多的先心病患者得到健康、新生。

"把专业重点放在这上面，病人有那么多吗？发展前景又在哪儿？""医院不是慈善事业机构，我们应将发展目标锁定在相关医学领域的前沿与尖端，而不是赔本赚吆喝！"

各种质疑与议论声不绝于耳。

"社会缺失什么，人们期盼什么，就是我们应当做的。"他郑重地向医院提交了报告。

爱之深，责之切，行之急。

奔走了一年，张卫达与地方政府、慈善机构联合发起"大爱救心"行动。他创造性地提出"政府报销一点、爱心资助一点、医院减免一点、家庭自筹一点"的全新救助模式。

有人说，军人的执着与担当，可以让视线聚焦、延长，看得更远。

但这是一种全新的医疗救助探索，是一条从未有人走过的路，漫漫"救心路"上，会有多少沟坎、艰难和挑战？

二

凌晨四点，张卫达走出手术室，在办公室眯瞪了一个小时，就起身往机场赶最早的航班。他一路风尘仆仆，刚刚抵达云南文山县一个偏远乡镇，科里电话就追了过来：急诊来了一个重症病人，需要马上手术。

张卫达心里明白，手术如果科里其他同志能完成，就不会打扰自己。他二话没说，又折身一路辗转往回赶，直奔手术室。

"他为啥把外出义诊时间安排在节假日？"

"为了错开工作日的手术啊！"护士长梁爱琼解释。

这是一个只有冲锋，没有终点的征程。他放弃节假日，广东、湖南、广西、贵州、云南、新疆……带着医疗团队脚步匆促，一次次向着远方进发，脚步一次比一次迈得远，义诊地一次比一次偏远艰苦。

赴贵州义诊途中，医疗队路过著名的黄果树瀑布，相距不过10多公里路程。队员们在车上起哄："那么远来了，放两个小时假，让我们去饱饱眼福吧。"

"孩子们都在义诊点上等着呢，下一次吧。"张卫达笑着说。

"我跟着他去过不少省区，那么多风景名胜点一个都没去过。"常跟张卫达义诊的护士兰苗回忆，"为了赶时间，每次义诊行程都安排得满满当当，病患筛查工作量大，一天数百上千个孩子检查下来，听诊器把耳朵都磨脱了皮。跟他义诊，就像打仗，节奏快得几乎让人吃不消。"

那年七月，张卫达带医疗队赴西藏义诊。在海拔四千米以上的雪域高原，他强忍着头痛胸闷、呼吸困难等剧烈高原反应，咬着牙反复与死神掰手腕。

翻过一座雪山，又翻过一座雪山，一个乡镇又一个乡镇，哪里有贫困的孩子，张卫达的心就在哪里，只要不耽误孩子们的病情，他可以忘了伤痛和危险，为之赴汤蹈火。

在班戈牧区，张卫达被高原反应折磨得痛不欲生，夜里蜷缩在床上不停地呕吐，血氧浓度只有49%，比正常人低近一半，心跳每分钟高达一百四十七次。队员们含泪劝他："咱回去调整一段时间，下次再来吧。"

当地卫生局的人也劝他："尼玛县下一次再去吧。"

常给队员们说"下一次"的张卫达默默听着，却坚决不同意。他说："高海拔地区儿童患先天性心脏病概率比低海拔地区高，山高路远，咱们千里迢迢来一趟不容易，这次不去，回去一大堆事，一耽搁，也许那里的孩子就会多等好几年，有的可能就失去了手术的机会，这次多吃一点苦，脚步迈远一点，患病孩子的救治希望就大一些。"

尼玛县毗邻可可西里无人区，平均海拔近五千米。更不巧的是，途中遇上了狂风冰雹，越野车趴窝了。气温骤降到了零下十五摄氏度，毕竟年龄不饶人，他嘴唇黑紫，呼吸困难，举步维艰，高原反应比身边任何人都强烈。

等待，前行，赶到义诊点做完检查，劳累与高原反应让队员们感到极度疲惫，都在抓紧收拾仪器，准备返回。

就要转身离开了，忽然一个藏民说，有个名叫平措拉姆的小姑娘没来义诊点。

张卫达问："离这里远吗？"

回答："有四十多公里呢。"

张卫达说："带好设备，咱们上门去检查。"

检查结果：小拉姆患有先天性心脏病。

五天时间，他带着医疗队在雪山高原餐风宿露，跋涉两千五百多公里，筛查患儿七百多名。一百一十四名确诊患有先心病的藏族孩子，当月就被接到广州，接受了手术治疗。

"我是医生，怎么会不知道高原缺氧的凶险？高原上地广人稀，牧民居住分散，孩子们有的要走几天才能到达义诊点，眼巴巴地盼着咱们，如果这次失信不去，下一次可能就没人来了。"事后，他对身边队员们解释，"咱们当医生的脚步迈得远一些，悲伤与无奈就会少一些。"

九年时间，他带着医疗队穿戈壁、上高原、攀瑶山、进苗寨，足迹遍及十二个省（区）三百多个县（市）的偏远山区，行程三十二万余公里，筛查病患十六万多人，为汉、藏、彝、维等三十多个民族的八千多名贫困家庭的先天性心脏病患儿进行了慈善救治。

数字是枯燥的，物理方式无法计算精神高度。从这个山区到那个山区，一趟又一趟，他总觉得时间不够用，拼命与时间赛跑。他要抢在死神之前，将温暖的双手伸给那些需要关爱的家庭与孩子。

三

父母做梦都没想到，自己五个月大的儿子，刚呱呱落地，就跌到了生命的另一端。

因术后病情多次反复，这个叫晓峰的婴儿一直住在监护室里。面对十三多万元的巨额医疗费，父母担心"人财两空"，在一个晚上，悄然丢下孩子走了。

怎么办？张卫达对科里的医护人员说："战争年代，老百姓冒着生命危险收留军队伤员，我们要像当年老乡支前那样善待困难群众。"

一个月后，得知儿子康复，医院多方努力免除了医疗费用，孩子的父亲回来拉着张卫达的手泣不成声。

新疆哈密一岁男孩阿塔木患严重先天性心脏病，因频繁求医，家贫如洗。2009年2月，张卫达收到了阿塔木家人的求救信。

张卫达与牧民孩子。（张青修摄）

有人好心劝他：孩子那么小、病那么重，路途遥远，万一出了问题不好交代。

心脏手术几乎没有重来的机会，上手术台，对医生来说，就是上战场。从1978年踏上医学之路，从战士、医生一路成长为心胸外科专家，风险他比谁心里都清楚。军人仅有能打仗的本领是不够的，还要有敢于胜利的血性担当。

他把孩子从四千公里之外接到医院，亲自主刀手术。为了表达感激之情，阿塔木的母亲特意给儿子起了一个汉族名字——文粤生。

二炮某部战士小奇因心脏粘液瘤伴双侧肺动脉栓塞，先后辗转北京、上海等地多家医院，都认为没希望了。

张卫达检查发现，小奇心脏瓣膜上长满了拇指蛋大的肿瘤，心脏超荷，肿瘤组织脱落堵塞血管，随时会致人死亡。

手术能不能做？不做，病人只有等待死亡。做，要剖开心脏，对心脏瓣膜和双侧肺动脉内瘤栓进行全面彻底清除，胜败难料。

"即使只有1%的希望，也要拿出100%的努力拼死一搏。"张卫达说。

他查阅大量文献资料，反复会诊、讨论，制定了十多种抢救预案。两次大手术后，小奇奇迹般康复。

心脏外科是临床医学中难度最大、风险最高的学科，因手术难度大、并发症多、风险和死亡率高，被誉为"外科之花"和"皇冠手术"。复杂的手术，一般医生很难驾驭。

一个云南五岁男孩，心脏比同龄孩子大两三倍，长在腹腔离肚脐上方两厘米处，伴有房间隔、室间隔缺损，肺动脉高压，肺动脉异位等畸形。父母带着他跑了十多家医院，因风险太大，都不愿收治。

把孩子的心脏从腹腔送回胸腔，既要在胸腔开辟一个与正常人一样接纳心脏的"空间"，改变体内与心脏连接的大动脉位置和走向，还要纠治多种心脏畸形，病情和手术的难度与风险超乎想象。张卫达自己主刀，成功闯过心脏剥离、新建心包腔、复杂心脏畸形矫治等多项难关，成功开创国内第一例心脏病伴腹腔异位矫治手术案例。

八十九岁的李淑珍老人送进科室时，已深度昏迷，张卫达一看老人脸色和呼吸，当即决定："进手术室，开胸！"

林曦医生提醒："不做辅助检查，手术难度和危险系数会成倍增加，万一抢救失败，弄不好会背上违规操作骂名，惹出医患纠纷。"

"大血管已经破裂，有问题，我负责！"

与张卫达预料的一样，病人胸腔一打开，鲜血喷涌而出。

没有 B 超提示、CT 诊断，手术台上的张卫达淡定、从容，忙而不乱。十个小时后，老人被张卫达从死神手里抢了回来。

从心脏大血管爆裂、没有自主呼吸到心脏停跳，短短十几分钟，没有精湛的医术和敢于担当的忘我精神，谁敢直面这样的挑战？

张卫达说："心脏手术几乎没有重来的机会，医生所能做的，就是竭尽所能，追求万无一失。"

那年，张卫达走进广州总医院创建心胸外科时，科里只有五名全科医生，一个月只有九台手术。短短九年过去，他所在的科室已形成婴幼儿先心病、复杂先心病、重症瓣膜病、冠心病、大血管疾病等多种专业优势，建立了博士点，跨入全军心血管外科中心，成为全国先天性心脏病年手术量排名第九的主力团队，创造手术两万余例，成功率达 98.6%，并创造了未发生一起医疗差错、责任事故和医疗投诉的奇迹。

四

人生的幸福是给予，不是索取，生命里没有爱与梦想，就没有幸福。

年复一年，为不影响手术，张卫达养成了手术中不吃饭、不喝水的习惯。一杯高热量麦片，常常就是他坚持十多个小时手术的能量。

科里同事至今难忘张卫达与死神擦肩而过的那个惊心动魄的日子。

2011 年 12 月 5 日，连续手术四十八小时的张卫达突然出现快速房颤，心跳紊乱。此时，另一名重症患儿已推进手术室。

张卫达果敢决定：请同事为自己做电击除颤！

电击除颤是采用电休克方法，让跳动不规律的心脏在电击下停跳，然后，依靠心脏自主发电的心肌细胞发出电流，重启心脏跳动。

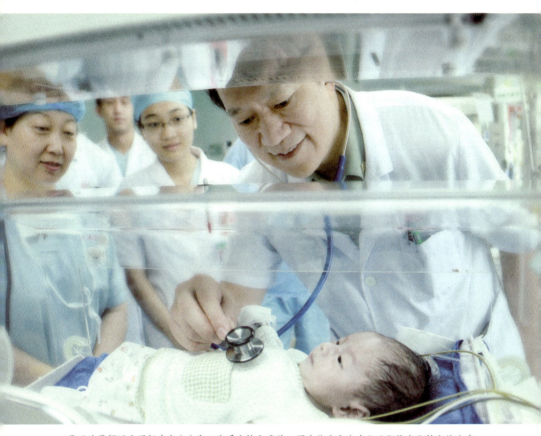

张卫达带领医生不断攻克小儿先心病手术技术难关。图为他为出生才几天即将出监护室的小患者进行术后检查。（赵建伟摄）

手术室里一片寂静，医生护士个个满脸泪水，万一电击不能除颤，心跳不能自主恢复跳动，后果不堪设想。

一屋子人，静静站着，没人敢让张卫达冒这个生死大险。

"立即执行命令！"张卫达以指挥员的果敢，向副主任王晓武喊了一嗓子。

疲倦的张卫达躺在病床上，瞬间从医生变成了病人。连续三次电击之后，张卫达心跳恢复正常，再次走上了手术台。

从手术台上下来，被电击后的张卫达，胸前留下六个桃子大小的紫色烙印，在监护室整整躺了两天。

张卫达被评为全国"最美医生"，许多记者争着采访。他说："都是平常事，没啥好写，治病救人是医生的天职！"

科室几次报科研成果奖，看到自己的名字，他提笔就把自己的名字划掉了。

义诊走到哪儿住哪儿，方便面就榨菜是家常便饭，吃住行从不讲究。他说："人如果没信仰，不知足，就没有幸福，能为社会多做一点事，力所能及地多帮助一些人，我挺开心。"

聊起"大爱救心"的坚守与执着，性格开朗而健谈的张卫达却不愿多说自己。他说："这是一个团体、一群人，是全社会的事业。"

2011年5月15日，张卫达突然接到江苏老家母亲病危的消息。没人会想到，一个不期而遇的考验与挑战，悄然等在他回家的路上。

张卫达下飞机还未走出机场，就接到了医院电话，一个四十多岁的患者突发主动脉夹层，急需他回去抢救。

一边是病危的母亲，一边是危在旦夕的病人，两难之际，张卫达立即转身往医院赶。他在心里默默祈祷，希望母亲能坚持住，让他跪在慈母膝下再叫一声"妈妈"！

但病人得救了，张卫达却失去了见母亲最后一面的机会。噩耗传来，他失声痛哭。

有人问张卫达："家在百米外，终日不着家，爱人会没意见？"张卫达幽默地说，不是没矛盾，实在是忙得没时间吵架，好不容易有空儿在一起待一会，时间哪里舍得用来吵架。

其实，在同事眼里，他不仅是一个懂得大爱的好医生，更是懂得真爱的好丈夫。他放弃了二胡、钓鱼等许多爱好，忙完工作回到家，买菜做饭、拖地洗衣，大小家务活争着干。他渴望用自己的勤快弥补对亲人的亏欠。

从发现病情到现在，妻子周君先后七次手术，三次化疗，他不能主刀，但每次都默默地守在旁边。病重后，妻子曾一度想放弃治疗。

他深情地伏在妻子耳边轻轻地说："只要你还在，我们这个家就是完整的，就是幸福的，一生一世永不分别，是咱们约定的诺言，我会紧紧握住你的手，与你一道走完今生的路。"

为了方便照顾重病的妻子，经医院领导特许，他将妻子安排住在自己的科室病房。不管工作多忙，只要有空，就走进病房陪陪妻子。

有时进去坐不了几分钟，妻子就会往外撵他："你陪不陪我，这病都在这儿，有时间多做几台手术，多救几个病人吧。"

相濡以沫二十多年，她懂得丈夫的爱与梦想。

去年大年初二，张卫达陪妻子赴西安住院。周君连续一周四十一度高烧不退，刚做完手术两天，晚上，医院打来电话，说有重症病人急需手术。周君问他："你回去病人能救活吗，如果能，我暂时问题不大，咱明天早晨就回去。"

第二天，看到张卫达扶着重病的妻子走下飞机，接机的医生无法控制自己，抱住张卫达失声痛哭。

没人知道，手术台上汗湿衣背的张卫达，因腰部扭伤，背上贴满了膏药，腰部僵硬，疼痛难忍。

国庆节那天，一个张卫达救治过的贵州女孩给他寄来一双毛线手织拖鞋。女孩在纸条上写着："谢谢伯伯给了我第二次生命，您像早晨照进山野的第一缕阳光，让我在偏远的大山里看到了山外辽阔、明亮的天空……"

（2015 年 6 月于广州）

李营长的诗与雪

一

那天，朋友告诉我，说长勇提职履新了。我说，好嘛。其实，那次见面后，我知道这个好消息很快会来。

"路在脚下，更在心里。"

窗外，火红的木棉花恣意盛开，枝上像浮动着一片一片红色的云朵。拳头大的花朵，啪——啪——，一朵，又一朵，落地有声，树下慢慢铺排出一张艳红的毯子。寂静里的一地落花，优雅、隐忍、静默，让人觉得时间缓慢、绵长、没有走。还有紫荆、玉兰、蒲桃，纯净而缤纷，枝上鸟鸣婉转，空气里浮动着淡淡的芬芳。这是生命的馨香与色彩。

也是这样一个木棉花开的春天，阳光、硬朗、帅气的长勇用这样一句话，开始了与我的交流。这年，他三十五岁，已在营长岗位摔打了五年。

长勇年轻，荣誉却多。比如，先后三次参加新型无人机定型，创造无人机训练领域五项全军第一，夺得全军电子对抗装备保障技能比武冠军，被表彰为全军爱军精武标兵、全军优秀指挥军官、全军十大学习成才标兵、广东省十大杰出青年、最美吴桥人……这些荣耀，像庄稼人一片片生动的原野，见证着季节与成长，让我眼前一片明亮、恍惚。但震颤、拨动我心弦，并让我久久激动的，却远远不止这些。

自古忠孝两难全。这是老话，也是一句常用不衰的感慨，他竟于一点一滴间给出了另一种荡气回肠的诠释。

二

战斗正处在胶着态势，航迹显示屏上的轨迹点却突然消失了。绿灯变成了急闪的红灯。

"飞行信号中断。"

"飞机去向不明。"

"别慌！"在一连串急促的报告声中，上尉连长李长勇顺势接过了操纵器。

他心里一怔忡，像针刺了一下。作为无人机操控现场指挥员，他心里当然清楚，如果飞机失控，就是一只断线的风筝，会随时撞向地面，价值几百万元的装备瞬间粉身碎骨不说，携带的燃油，更是一枚重磅炸弹。

每个人的心都提到了嗓子眼，现场一片寂静。长勇的脸上没有焦虑、慌乱，但也看不到十足的自信。他用"盲操"技术对无人机迅速展开搜索。

航迹和飞行参数都没了踪影，操纵器还有用吗？

也许有，也许没有，谁知道呢。一双双眼睛紧紧盯着操控界面，能听到每个人心脏跳得失了节奏的咚咚咚声。长勇口里不停地变换着操作口令，如静夜里屋檐上滴落的水珠，一滴，一滴，穿破空气，落地有声。

他运指如飞，表情沉静。但不易觉察的忧郁里，能隐隐感受到他紧张的心情。

时间像凝滞的河流，艰难而漫长。官兵们心急如焚，都觉得飞机可能已在某个陌生地域摔掉了，村庄、旷野、河流、深谷，也许山头。

似玩笑，更像一个阴谋与陷阱。阴沉沉的天地倏然起雾了，丘陵、丛林、河流、田野，很快藏进了厚重的浓雾里。细细密密的小雨，像湿漉漉的丝网，在天地间弥漫、撕扯。远方也许是朗阔的，但眼前梦幻般的迷蒙让大家很绝望。

时间一分一秒地流逝。到八十六分钟时，测控机指示灯突然闪动起来，电平表指针也开始微弱地摆动，如微风轻轻抚摩一根草茎。随之，一

一双双眼睛紧紧盯着操控界面，能听到每个人心脏跳得失了节奏的咚咚咚声。长勇口里不停地变换着操作口令，如静夜里屋檐上滴落的水珠，一滴，一滴，穿破空气，落地有声。

个亮点悄然跳上了航迹显示屏。

像一个斜刺里飞来的神话，无人机从雾里钻了出来，如迷途归来的孩子。

现场一片欢呼。

"太惊险了，换别人，十分钟找不到飞机，恐怕就失去信心了，他不放弃，硬把飞机从失联的迷途上拽了回来，奇迹！"现场，一位领导这样夸赞他。

埋头整理飞行数据的长勇没吱声。心说，我的追求就是不断消除、降低风险，让飞机像雄鹰一样，按我给出的航线飞翔。

奇迹突然从空中降落大地，惊叹、纳闷、不解是必然的。因为，他还太年轻，刚走出校门短短三年，又在基层连队带兵，何来这般神奇本领？

三

"点火——"二十秒过去了，无人机像一个哑巴，静默着，毫无反应。长勇再下第二道命令，飞机仍未正常点火。

呐，这不是普通的日常训练。是什么？是一场装备成果展示，更是实战环境下的实装实兵演习。上百名将校齐刷刷地抬头仰望着天空。

"取消飞行！"指挥部传来了指令。

伤心像潮水一样，一波一波，在长勇的心头拍打着。他的痛苦，不是因为单位的诫勉谈话，亦非一年之内不得提拔使用的打击。

"这是啥年代的装备，有问题正常，没有才不正常，再说，也没造成任何损失，处理这么重，以后咋训练？"战友们都为他鸣不平。

"起飞命令就是战斗命令，信息化战争分秒必争。这一仗，失败责任在我。"夜里，长勇重重地在电脑上敲下这行字。这是他第二次在演兵场上受挫。

第一次，是他硕士研究生毕业那年。刚回部队，正赶上连排指挥军官比武，他没想到自己第一次亮相会出"洋相"——综合成绩排名全团倒数第三。官兵们火辣辣的目光，他不敢看，心如刀割，恨不得找个地缝钻进去。

有人说，人心里装着什么，就会更多地发现什么。态度与态度的不同，取决于你的心里更多装着什么。心里的诗与远方，他心里清楚。

长勇没有气馁，静心苦苦琢磨了两天。找准突围方向后，他不声不响地将床铺搬到了机库。

他把图纸一张张贴上墙，一条线路一条线路地梳理，一个节点一个节点地定位。岭南的夏日，酷热难耐，近40℃高温，室内闷得几乎喘不过气，衣衫上能拧出水，人几近虚脱。

在这个有限的空间里，他不舍昼夜，拧着一股劲，非要把绊倒自己的这道坎儿削平不可。因为，他心里还装着一些更为阔大的事情。

咬着牙猛冲猛打一个月后，数百张电路图、上万条电缆和元器件，检修排障，他不看图纸，一摸皆准。

飞行操控训练，别人需要观察员协助提供数据，他不要，一边操控，一边观察多个屏幕，数据在脑海里能飞速形成三维动画。

第一个实现无目测辅助操控实飞。第二年年初，参加全团排站长比武，长勇雄踞榜首，一跃升任连长。

官兵们笑说，古有庖丁解牛，今有长勇解机，牛人！

人只有平静、淡定地面对自己，才能勇敢面对脚下崎岖坎坷、充满荆棘的路。他觉得，自己梦想的翅膀才刚刚打开。

有没有搞错，敢开这种玩笑？飞机摔了，你的前途就彻底毁了！有一年，听说长勇要搞"双控双飞"，全团一片哗然。

研发该型无人机的总设计师劝他：这个机型当初设计的就是单控单飞，两年前有部队试飞，飞机都摔了，你最好别冒这个险！

惊诧、质疑、劝阻并非没理由，我军无人机装备发展较晚，与世界军事强国存在代差。这种老型号的无人机已装备多年，能不能上战场都两说，而且"双控双飞"是全军性难题，他出校门才几天，敢碰这个？

平时不敢啃硬骨头，战场上只能当软骨头，不闯不试咋知道不行？他不服气，反问别人：外军无人机可以多机协同，咱为啥只能单控单飞？

"每一次发射、飞行，不光是智慧的较量与考验，更是胆魄与勇气的挑战，一旦失败，你的军旅生涯可能真的就画句号了，当时真没顾虑？"

我问他。

"压力当然有，但有些事，我们需要自己去知道，不能总等着别人来填补空白。"他望着窗外怒放的木棉，神情松弛，目光明亮，"什么是勇气，就是你心里很明白作出这个抉择之后，会付出很大的代价，但是你经过细密的分析、计算，有希冀和一些把握，仍然选择要走这条路。"

实际上，此前，他已默默地进行过多次建模仿真和可行性论证。他在孤独里执拗地探索着，即便结果不一定是快乐与幸福的。

这年秋天实装演习，他操作两架无人机连续多批次实现同空域侦察干扰协同作战。现场观摩的专家感叹：不简单，没想到这个全军性难题，被一个基层连长攻克了！

已经临近春节，伴随某新型无人机首次列装而来的，还有一纸命令：两个月后，赴某地域参加飞行集训。

长勇和官兵们立即丢下过年的欢喜，奔向训练场。时间短、骨干缺，大部分官兵连新装备的天线怎么装都弄不明白。装备生产厂家承诺：需要保障飞行，随时来电话。

承诺无疑是温暖的，也是一个省心省力的捷径。但长勇不愿接这个暖心的承诺，他心里有想法：不要厂家保障，首飞自己干。

目前全军还没有哪个单位敢丢开厂家保障这根"拐杖"，况且，这是新装备首飞，风险太大了！

每个部队都让厂家保障，战场上哪来那么多专家？长勇这样反问劝他的领导。

他向旅里立下军令状：两个月后我们自己首飞。

军中无戏言，万一搞砸了呢？

每天从机库和训练场归来，他和战友们身上远远就会飘过一股浓烈的汗酸味，那是旺盛的汗腺散发出来的，是青春与梦想的味道。

首飞成功，让专家颇为吃惊：列装时间这么短就能独立首飞，不光开创了全军先河，也是我们厂历史上的首次。

现实有时近，有时远。你的心底何来这般奔腾的豪情壮志？

生活是一种永恒的沉重的努力。不是吗？他用米兰·昆德拉的话答我。

四

眼前的长勇，英俊、健谈、淡定，性格开朗、神态洒脱，孩子般的笑容总浮现在脸上，让我的心头不时落进一缕缕阳光，就像阳光穿过浓荫，将碎金铺在地上。

很小的时候，你就遭遇了人生最大的湍流，那些创痛在你心灵深处落下过怎样的斑驳与忧伤？我问长勇。

迎难而上，不懈冲锋，是责任使命，也是我的性格使然。他笑着说，每个人的生命里都有勇敢、坚强、善良、执着，只是在生活的拍打中，有的丢失了，有的被关在心底，人生其实没什么艰难，每寸光阴都有用。也许内心经过湍流拍打的人，更能从容面对挫折与考验。

河北吴桥，是享誉国内外的杂技之乡。在长勇童年的记忆里，是曾经有过一小段快活时光的。20世纪80年代初，大部分农村家庭都还在为吃饱饭挣扎着，父亲已买了车跑运输，在河北吴桥县南徐王乡连十庄一带，他家的生活已提前翻开了崭新一页。

改变发生在1986年，二十九岁的父亲在一次车祸中去世，母亲无法面对突如其来的噩耗，丢下他和两岁的弟弟走了。这一年，他五岁。

幸福时光如流星划过夜空，转瞬即逝。奶奶体弱多病，爷爷亦患着重病。命运的湍流突然把长勇卷进了旋涡。

上学背着弟弟，哭闹时赶紧领到教室外边去哄，等安静或睡着了，自己再回教室学习。放学后，他用布带把弟弟捆在背上，帮家里干农活和家务。

扶犁耕地、喷洒农药、捡破烂、砖厂搬砖……他渴望用自己稚嫩的肩膀尽可能多地帮爷爷奶奶分担一些生活的重负。别人用过的作业本，他翻过来在背面写作业；同学扔掉的铅笔头，他捡起来，绑一节竹棍继续用，衣服更是补丁摞补丁。

爷爷癌症晚期，奶奶患病无法下床，他不忍再念书，要出门打工挣钱，被奶奶一顿打，又含着泪水回到了学校。他的身上背负着这个苦难家庭的全部希望与责任。

"村支书在大喇叭里动员左邻右舍为我家捐助，我在教室里低头听着，咬着牙不让眼泪落下。"他说，"爷爷奶奶治病没有钱，父亲买车还欠着别人两千多元外债。"

村支书拿来九百元，说钱是村民捐的，不用还。"钱是有数的，情是无价的，不管日子多难，这些钱咱都得慢慢还上。"奶奶让他去村支书那里抄了一份捐款名单。

十二岁时，爷爷病逝，破碎的家更是雪上加霜。

每次还钱时，他会领着弟弟按奶奶的盼咐，为每家买一份礼物表达谢意。不管还多还少，礼物一家都不能少。

在贫穷与苦难的岁月里，家人的爱、乡亲的爱、老师的爱，像温暖的阳光，照亮了他奋力前行的路，也将一粒粒爱的种子悄然埋进了他的心底。

高中毕业，长勇以高分考入解放军军械工程学院。但津贴一分都舍不得花，他要攒着为奶奶治病，还乡亲们的账。一直到大学毕业这年，一堆烂账才还清。

2005年，他返回母校攻读硕士研究生。谁知刚开学，就传来了坏消息，奶奶突发脑血栓，瘫痪在床。弟弟也在当兵，谁来照顾奶奶？他没任何犹豫，就决定将奶奶接到身边自己照顾。

"离开村子时，奶奶的泪水一滴一滴落在我的脖颈上，说自己这一走，有生之年可能再回不到家乡的老屋了，不走，又怕影响我上学。那天，奶奶哭，我也哭。"说罢，他扭过脸去，静静地望着窗外。

背着奶奶上学的日子，很苦，也很甜。学校附近的房子租不起，他在郊区租了间小屋，一边发奋读书，一边精心照顾奶奶。

尽管他每月有一千多元的工资，但房租、生活费和医药费，是一笔不小的开支。为了给奶奶补充营养，他每天开水泡馒头，总会给奶奶炖一碗肉汤。他还省吃俭用，买回一台小电视，让奶奶搅心慌。周末天气好的时候，会背着奶奶去公园散散心。

学校与出租屋，一辆破单车，一天两头跑，风雨无阻。他不光要为奶奶洗衣做饭，端屎端尿，擦拭身体，还要不停地背着奶奶四处求医。

五

"第一次碰见长勇，他的眼神里能看到隐隐的忧郁，但身上有一股说不出的吸引人的力量。"一直坐在旁边像听古典音乐一样，静静地聆听我们聊天的妻子王蕊说。

王蕊是在同事的一次聚会上偶然与长勇相识的。她至今记得他第一次带她去看望奶奶的情景：大雨如注，他骑单车，带着她在大雨里飞驰，浑身溅满了泥水。推开门，眼前的情景让她心头一颤。十多平方米的屋子，简陋狭小，破炉子上放着一口小铁锅，一张凳子上摆着几双碗筷，除此没有任何家具。奶奶躺在床上。

午饭每人一碗面条，王蕊和奶奶碗里各加了一个鸡蛋。长勇和弟弟碗里没任何菜，兄弟俩蹲在地上，吃得呼呼有声。

"生活简陋，但屋子收拾得很干净。那天，看着他给奶奶洗衣、梳头、按摩、剪指甲，细心地干着每一件事，我的心里满是感动，刚进门时的不适消散了，心开始慢慢融化。"王蕊回忆说，"弟弟在部队干得挺好，赶上调整改编，退伍回来没事做，在附近学汽车维修，不光没工资，还要交学费，重担都在他一个人肩上压着，但我从没听他说过一句抱怨的话。"

虽说挣着工资，他却不敢乱花一分钱。为给奶奶治病，他还完旧账又负新债，甚至没钱给热恋中的王蕊买一样小礼物。

2007年年底，没有车接，也没有婚纱、鲜花和掌声，当王蕊牵着长勇的手，在泪流满面的奶奶面前深深鞠躬时，她觉得自己是世界上最幸福的新娘。

但这对情投意合的夫妻还是吵架了，吵得很厉害。

这年，读完硕士学位的长勇，因成绩优异，处在人生抉择的十字路口。一个是留校任教，另一个是进中国工程院读博士，都是别人羡慕的难得机遇。留在河北，自己发展好，妻子家人和弟弟都在附近，亲人朋友多，方便照顾瘫痪的奶奶，也能相互照应，回广州，妻子不仅无法照顾自己的母亲和妹妹，还得辞掉工作。

部队正换装转型，需要我，我出来深造，长了本事光顾自己，这种忘恩负义的事我做不到。长勇寸步不让。最后，王蕊让步，夫妻俩背着奶奶南下广州。

为照料老人，单位特批给他了一套住房，奶奶去世，他主动将房子退了，说当初房子是照顾奶奶的，现在奶奶走了，咱们不能搞特殊。

因不够随军和住房条件，夫妻俩又在外边租了房。王蕊说，奶奶在世时，我们不敢要孩子，生活压力大，一家人的生活就靠他一个人的工资，那时日子太难了。

"弟弟，你是否还记得，在你两岁我五岁那年的初夏，爸爸去世，妈妈走了，我抱着小小的你，在门前的小路上来来回回地走，渴望能像平常爸妈从田里归来时那样，扑进他们的怀里。现在，疼爱我们的奶奶也走了……"这是送奶奶骨灰回老家安葬时他写下的一段文字。那些遥远的存在与伤痛，像一棵树的根脉与供养，连着他的曾经与未来。

在王蕊的记忆里，做孕期检查，她总是一个人挺着大肚子往返医院。儿子李沐阳凌晨出生，他上午赶到医院，下午单位电话就追了过来。

"接完电话，他一直在我眼前转悠，一会儿削个苹果，一会儿倒杯水，一会拉拉被子。我知道他有任务，没法给我开口，就说你去吧，我不怪你，在野外训练多注意身体。他转身出门时，我看到他伸手抹泪……"

我低头听着，一扭头，王蕊的神情像在记忆深处翻看一本日记，偶尔会在某一个地方沉思、回忆，眉眼里有爱，亦有难言的酸楚。我知道，那个难言的瞬间，触痛了她的心，但也让她懂得了他的爱。

"有天晚上，我在睡梦中被惊醒，他躺在沙发上号啕大哭，表情很痛苦，人还在睡梦中，我吓得浑身哆嗦，赶紧摇醒他。他定了定神说，刚才我梦见无人机出事了。其实，他平常出去训练、演习压力挺大的，但每次我给他打电话，他都乐呵呵的，说挺好的，用轻松和快乐让我傻傻地安心。"王蕊说话的语气很轻，笑容沉静，如花里的花蕊。

一次，一岁多的儿子夜里突发急病。王蕊赶紧抱起儿子在黑沉沉的夜色里往医院跑，在重症监护室七天，她硬是没给长勇讲，独自咬牙扛着。

她知道连队指导员不在，长勇正忙着连里一大摊子事，说了，他回来一趟，又急匆匆回去，反添了担心和压力。

出院那天，她特意将儿子抱到连队，和丈夫一起坐在营区的石凳上，她凝视着忙得满嘴起泡的丈夫，开心地逗牙牙学语的儿子，积在心头的苦累和委屈，像早晨的雾，在晨光里顷刻间散了。

有时，语言在心爱的人面前会谦卑地收拢翅膀。但艰辛里的纯真与理解，如水波的涟漪，在彼此的心里一波一波荡漾着，滋润、守护着他们的心灵与爱情。

"我没看错人！"这话里，充满着她对丈夫的自豪与自信。

六

磨难、湍流使人的心灵丰盈、开阔，如树叶让树丰满。而长勇，远比我想象的丰富。

部队由团改旅，刚走上营长岗位的长勇又奉命启程了。这次，他是带着十多名骨干参加装备生产厂家某新型无人机列装试飞任务的，原本是轻松的。但在西行的列车上，他萌生了一个想法：可否抓住这次机会，编写一本无人机操作规程？

几个月后，一本二十多万字专业性与实用性兼备的《某型无人机操作规程》出炉，结束了无人机无规范操作规程，凭个人经验教学组训的历史。

在最后列装飞行试验中，长勇发现无人机测控信号时强时弱，现场专家判定是正常现象。他反复校对相关数据，坚决不同意列装配发。

"上面列装什么，部队用什么，我们搞研究的都很少关注这些数据，你操这个心干什么？"某专家很不耐烦。

他寸步不让：训练就是打仗，这些问题不解决，上了战场就会出大问题。

他埋头排查了三百多根信号线，找到了症结，问题解决后，这名专家红着脸说，没想到你一名基层指挥员，能对无人机构造原理掌握得这么通透。

这次参与列装飞行试验，长勇提出的十二项改进意见全部被专家采纳，十一项关键技术指标被重新校正。

缩手缩脚，不敢闯飞行禁区，战斗力就会有盲区。在长勇的心里，要敢胜能胜，就得不断创新、突破，于无路处辟新途。

有一年秋天，部队在某山岳丛林展开实战化对抗演练。水网密布，沟壑交错，地形十分复杂，几乎找不到适合无人机起降的区域。他瞄准一块狭小场地，操控飞机飞行、停车、滑翔，根据风速风向推迟一秒开伞，飞机稳稳地落在一块不到通行降落面积十八分之一的平地上。前后不到二十米的地方，就是深沟和几棵大树，只要开伞指令误差超过零点四秒，飞机就会毁伤。

太危险了！官兵们都吓出一身冷汗。他却一脸平静：打仗还能容咱们选择地形？

深秋时节，长勇率全营官兵首次奔赴西北某陌生地域开展实战化训练。这种型号的无人机，到底能飞多高、多远、多长时间，如何编队飞行，都还停留在设计参数上。他操控此型无人机向极限发起挑战。

他指挥官兵进行编队效能测试飞行。飞机已达到厂家给出的最远参数距离，他命令：再往前飞行十二公里！

十二公里，在飞行监控屏幕上，一般人肉眼几乎看不出什么变化。航迹点达到十二公里，他果断下达"返航"指令。

这次西北演训，他带着官兵们首次在全军飞出此型无人机编队飞行最远距离纪录。

飞出设计极限距离，万一控制信号跟踪不了那么远，价值不菲的无人机一去不复返怎么办？我问。

许多高难险科目实战化训练之所以放不开手脚，就是"万一"得失后果考虑太多，不把极限数据飞出来，战场上胜算的把握从哪里来？他说，训练多担一点风险，敢打能胜就会多一分胜算。

说话间，开心像音乐一样，在他的眉宇间扩散。我知道，他还将在更大的旷野里挑战一个又一个不可能完成的任务。

聊天结束，已是深夜，我躺在床上迟迟无法入睡，索性出门，一个人在安静的营区里不停地走。他的故事像春天浓郁的花香，像厚重的夜色，弥漫、缠绕、笼罩着我，让我无法停下脚步，也无法停下纷飞的思绪。

我喜欢这个叫李长勇的军人。也许，他的传奇才刚刚开始。

（2016 年 4 月于广州）

五个女兵

一

一场接一场的狂猛风沙，像大海的波涛，在苍茫的戈壁翻卷着、怒吼着，天地一片苍黄、诡谲。

风把一切都吹歪了、吹乱了，沙砾离开地面在风里尖叫，干枯的梭梭柴，还有帐篷，似要挣脱地面飞到云朵上去。风沙倏忽间，给眼前这场实装实弹对抗演习添了波澜。

"G2目标捕住！"伴随脆亮、沉稳的报告声，下士范文佳运指如飞，不到两秒，三项操作迅即落定。

"遭遇强电磁干扰，目标丢失！"她的眉头尚未来得及舒展，考验又接踵而至。

判别干扰种类、追踪干扰源，她以反侦察和反欺骗干扰反制，见招拆招，眼睛像雨滴一样透亮，刀子般尖锐的风沙，并未让她陷入慌乱。十五秒后，目标再次被她捕获、跟踪、锁定。

"嗖——"一声，导弹弹出发射筒，喷着尾焰，像一颗流星，在漫天的风沙里，划出一道长虹，在苍穹深处与目标相遇，绽开一朵隐隐的绚丽的花。

没人知道，这种新型防空导弹刚列装八个月，范文佳和战友就在这茫茫戈壁上，不声不响地刷新了新装备实弹发射纪录。

"她刚入伍时的照片，与现在完全判若两人。"列兵翟庆茹第一次看到范文佳训练，心里很惊讶。

娇媚、白皙，笑容里有难以描述的甜，江南女子的美，范文佳身上皆有。但是，这个曾喜欢以"林黛玉"自比的女兵，青春被演兵场上的阳光和风雨重塑。现在，她已从亭亭的荷悄然转身为一株山野里硬朗的竹，坚韧、挺拔。

爽利短发，面黑肤糙，并未影响她响亮的美。她的笑好看，也好听，像流水，文静里的果敢与铿锵，如阳光的颗粒。

"在一次陆空对抗演练中，我出舱排除故障，竟在毒日头下晕倒了，好丢人。"她笑着说，像讲一个遥远的遗憾。

范文佳从遗憾里明白，战场拒绝娇弱，自己必须对自己"下狠手"。自此，她所有训练科目均坚持男兵标准。

年初，连队列装某新型防空导弹，范文佳主动请缨，要求担任跟踪制导雷达车搜索手。这个岗位，是导弹系统的神经中枢。一本本枯燥乏味的专业教材，如同天书，让人头皮发麻。但那些砖头似的教材，她抓在手里，竟像捧着一把温暖的阳光，一束芳香四溢的花，眼里尽是欢喜与明亮。每前进一小步，她开心得如读到了意蕴丰沛的诗句，听到了从未欣赏过的天籁之音，无比欢喜。

支撑车体的垫板，一个重达五十斤，范文佳每天拎着这些铁疙瘩练举重，累得手拿筷子都发抖。从她隐隐的自豪里，能感受到那些汗水里一粒粒渗透出来的明亮的欢欣，仍然缠绕在她的手指与呼吸里。

当兵三年，两次请缨驾驭新装备，每次她都是最先脱颖而出的全能号手。

"当兵让你皮肤糙了，脸蛋黑了，从'白玫瑰'变成了'黑玫瑰'，后悔过吗？"喜欢诗歌的列兵翟庆茹悄悄问她。

范文佳用诗一样的语言说："我更喜欢草原上怒放的花朵，每一朵都夺目，它们的芬芳属于云朵、蓝天，欢喜在沉默里，也在天高云淡的壮阔里。"

说话的神态里，有一种穿军装的女子难以描述的美。

二

"狙击高手是子弹喂出来的！"

战友的话音刚落，特等狙击手黄敏就笑弯了腰，笑容如花朵的芬芳，在眼角眉梢间一层层荡漾："若真是这样的话，咱们还训练什么呢，只管抱着枪从早往晚里打不就得了？"

身高一米七六的黄敏，是驻港部队某旅特战连女子特战排副班长，是全旅官兵眼里名气响亮的"女汉子"。

武装越野，她长腿迈得飞快，如鹿之奔驰。演兵场上，她脑子转得快，进步亦比战友快，是全旅第一个斩获"特等狙击手"的女兵。

"要让出膛的子弹按自己的指令直抵目标，一定要学会思考。"黄敏一直记得自己刚接触狙击专业训练时的情景。练据枪和瞄准，她在地上一趴三四个小时，手肘疼痛难忍，麻木、僵硬，以致失去知觉，双肘磨出厚厚的老茧。但黄敏发现瞄准时间一长，瞄准镜里几百米外的靶心如雾中花，飘忽、重影。虽然苦没少吃，但离优秀，总差那么一点她说不清道不明的距离。

那天，一百五十米外的靶标是一枚鸡蛋。从瞄准镜里看过去，鸡蛋小如纽扣，颜色与靶场挡墙一片混沌与模糊。她屏住呼吸瞄准，击发，五发子弹，三发脱靶。

问题到底出在哪儿？她苦苦思索、挣扎，最后灵机一闪，请教练用摄像机把自己的射击过程录下来。

晚上回放视频，她发现，是自己不易觉察的耸肩改变了弹道。

"学会总结、思考，才能不断向前突进。"她在枪管最前端的消焰器上放一枚硬币，身体稍有抖动，硬币就会掉落。先放较大一点的五港元硬币，之后是一港元硬币。

金秋时节，黄敏和战友参加上级特战专业考核。进场前，她忽然发现一个棘手难题：狙击手潜伏位置，离考核组经过路线最近处不足五米。这么近，飞出一枚弹壳都能看见，何况一个大活人？！

最后，黄敏的目光悄然落在了伪装吉利服上。

她在吉利服外层缝上粗丝渔网，系上颜色近似的布条，再利用旁边的树丛及杂草伪装。赤日炎炎，闷热几乎让人晕厥。黄敏咬紧牙关，两个小时纹丝不动，接到战斗指令时，她已近虚脱。短短六秒，三百米外的靶标应声而落。

城区巷战环境复杂，街巷纵横如蛛网，车来人往，对狙击手的精准射击要求十分苛刻，结业考核竟然变戏法似的，推出了一个心理射击新科目：距离二十五米到三十米，时间九十秒，对画在一张A4纸上的方形、圆形、三角形、圆切三角形四个依次变小的目标完成射击，弹孔在图形内分别得一分、三分、六分、五十分，有一个弹孔压边，或在图形外，整个科目判零分。

现场一派寂静。三十秒过去了，黄敏还在瞄准。就在战友们认为她会败北时，枪倏地响了。

"砰、砰、砰！"一阵急促的枪声过后，成绩传来："目标全部命中，耗时八十六秒，六十分。"

"为何要先从最难的目标下手？"

她莞尔一笑："战场上射击难度最大的，往往是核心目标，必须一枪毙命，容易命中的多是喽啰，即便出现闪失也不影响战局。"

三

下士林英修长的手，倘若学琴，或许能抚出百转千回的天籁之音。但此时，这双略显粗糙，甚至生着硬茧的手，正优雅灵巧、行云流水般地操控着吊臂，数吨重的大国长箭，如提线木偶，在她的指令里缓缓坐进导弹轨道。

在导弹岗位上，二十六岁的林英用这双手抚出了一串银铃般的幸福乐章。两个月前，她与旅里一名叫关华平的导弹排长喜结连理。导弹伉俪的爱情故事引发手机朋友圈刷屏。战友们笑说，她那张幸福地依偎在关华平身旁的照片，嘴角的虎牙让大家"甜得发麻"。

时间已过去一个月，故事热度却迟迟不降。这天林英刚打开手机，朋友圈就有新消息："恭祝百年好合！如果可以，建议你转到轻松岗位，比如卫生员、话务兵，总之不想看到你玩命地拼。"这位高中同学的劝解似乎戳到了林英心头的痛处，她眸子里闪出一丝隐隐的不易察觉的情绪。

"我已经习惯了这种质疑与劝说。"她说。

身高一米七六的黄敏，是驻港部队某旅特战连女子特战排副班长，是全旅官兵眼里名气响亮的
"女汉子"。（易定摄）

林英是湘妹子，率性、泼辣，不服输。当兵虽只短短四年，但在女子导弹连，她已算老兵。连队组建至今的所有辉煌，她是创造者，亦是见证者，包括波浪一样起落的质疑与异见。

"这种委婉劝阻，看似关爱，其实是一种不信任，总让人心里不舒坦。"林英说，这几年，她在网上看到过太多冷嘲热讽、质疑，甚至让人心痛的偏见。

"谁说女兵不能打导弹？"她时常拿这话反问别人，有时也问自己。

实际上，如果不参军，这个被父母视若掌上明珠的独生女孩，会有另一种选择。但已在湖南警察学院计算机本科专业就读了三年的林英，跟许多九零后女孩一样，渴望拥有一份军营历练。

"在部队锻炼两年，再回学校完成学业，在相熟的城市干一份平常工作，嫁人成家、洗衣做饭、相夫教子。"林英笑着说，"这是我入伍前的人生规划。"

那年，旅里组建陆军首支女子导弹连，全集团军女兵争相请缨，林英的激情也像炉火一样燃起来。

欣然入列后，她和战友们咬着牙拼搏，付出了比男兵更多的辛苦与汗水，当然，还有雨滴般纷飞的泪水。

连队组建当年形成实弹发射能力，十余次接受上级军事考核，皆全优，创下多项全军纪录，被评为"全国三八红旗集体"。但林英发现，这些骄人成绩却无法校正偏见与质疑。连队事迹见诸媒体后，引发一片叽叽喳喳，一些网民无端嘲讽她们驾驭导弹是作秀，是花拳绣腿。

有时候，信任比把别人的钱装进自己的口袋更难。她说。

那年实弹演习，林英与战友蒋丹青精确击落靶机，点赞声里，仍铁矿石般夹杂着不少让她郁闷的嘲讽。

她不理解，自己和战友的付出与努力，在一些网民眼里怎么会是那样的反应。

时间和事实会让他们住嘴，无须郁闷、纠结。有时，她会在心里这样宽慰自己。

但在指导员孙茜看来，人从来不会忌妒弱者，眼前有多少闪光灯，就会有多少枪口对着你。我们要做的，就是苦练本领，用导弹在苍穹画出的优美弧线说话。

跟不少男兵一样，导弹一营主操作手伍易斌也觉得"女兵在战斗岗位上拼不过男兵"。但那次例行小比武，彻底震撼了伍易斌"坚硬的心"。

男女两个导弹连各派一名选手，角逐"转塔解锁与锁定"科目。

也是巧合，当天上午，春雨不期而至，遍地泥泞。大腿和胳膊上留着十几道疤痕的伍易斌建议推迟比武，他明白，雨天在离地三米多高的导弹车顶与时间赛跑，挂彩或跌落的概率会直线上升。他不愿看到漂亮的女兵们出现意外。

没想到，他的话刚出口，就遭到了女兵强烈反对："休想！另外，以后请叫我战士，别叫我女兵！"班长粟练的话让列兵林英心里很振奋，她觉得"当兵就要当班长这样的兵。"

然而，粟练跃出战车方舱，左脚踏上前轮轮毂时，意外发生了。粟练从战车上滑落，右膝盖磕在钢板上。痛得动弹不得的粟练咬着牙，借双手力量攀上了战车。

左脚趾甲盖脱落，疼痛难忍，但粟练以一秒微弱优势取胜。伍易斌被脸色惨白的粟练震得半晌说不出话。

"其实，刚开始，很多人担心我们玩不转导弹。"林英说。

她跟班长粟练一样，不喜欢别人叫她女兵，她认为战场上只有军人，没有男女之别。

但是，女兵在作战岗位上遇到的挑战与困难远比男兵多。

那年年底，林英刚刚选晋下士，挑战就迎面而来：导弹连所有岗位向女兵开放，组建纯女兵装填排。林英由发射排转岗装填排，任装填二班班长。

和其他岗位相比，装填专业对体能要求更高，四名装填号手要用肩膀硬生生扛起两百多斤的圆柱形导弹，这对力量不占优势的女兵来说，是个很难逾越的挑战。

第一次试抬导弹，林英带着三名战友使出了"洪荒之力"，导弹却如酣睡的猛兽，纹丝不动。现场的尴尬，如当头冷水，让新兵刘卓莹泪如雨飞。

"每个女孩都有穿婚纱的机会，穿军装的机会却不一定都有，我一定要成为最优秀的导弹女兵。"刘卓莹报到那天的铿锵话语，如阳光穿过浓荫，让林英心里倏然一亮。

不过，林英还是立即纠正："不是导弹女兵，是最优秀的导弹兵。"

为增强手臂、肩部、腰部和腿部力量，林英和战友拼命增加食量，早餐馒头从一个增加到三个，午餐和晚餐量也增大。

一个月后，她们干净利落地扛起了导弹。四人喜极而泣。

"我们体重普遍增加了十多斤，刘卓莹最多，重了三十斤。"回忆两年前的经历，林英的酒窝里洋溢着浅浅的笑。

"入伍前胖一斤两斤，我都会哭得死去活来，扛起导弹那天，我反而感谢自己身上多了三十斤肌肉！"那天，林英无意中在刘卓莹笔记本上看到这句话时，差点笑出了泪。

去年年初，女子导弹连再次整建制换装，列装某新型防空导弹。这意味着，林英和战友们又将从零起步，向驾驭新装备发起新一轮冲锋。

七个月后，林英和战友们奉命奔赴西北大漠，又创"首发命中"传奇。她清晰地记得："那天，从战车上下来，我觉得自己身手特别轻快、有力。"

时令虽是深冬，但阳光水一样在碧绿的草丛上缓缓流淌，温暖而明亮。课间休息，排长姚璐遥提议大家唱一支歌缓解疲劳，陈宇妍立马拿出心爱的吉他，女兵们和着吉他唱起了《女兵谣》："带着五彩梦从军走天涯，女儿十七八集合在阳光下，走进风和雨走过冬和夏，心有千千结爱在军营洒，钢铁的营盘里朵朵姐妹花，一身戎装靓丽我青春年华……"

歌声婉转、嘹亮。或许，这就是林英和战友们军旅人生的精彩注脚。

四

这个女兵是在偶然之中走进我视野的。

"写吉明珠班长吧，她身上有光！"说罢，十多个女兵荷花一样美丽的脸齐刷刷望着我。

特战女兵。（郭钦建摄）

一连是"全国巾帼文明岗"，连续十八年荣立集体三等功，这种响当当的连队感人故事满箩筐，为何连队官兵异口同声推荐一个炊事兵？我有些蒙。连长刘敏莞尔一笑："餐桌连着战斗力，明珠不光能把大锅饭做得色香味俱佳，还是连队历史上第一个女炊事班长。"

上士吉明珠个头不算高挑，爽利短发，鹅蛋脸，声如涧溪，清澈，有隐隐的文艺范儿。走进炊事班，我的脑子慢慢醒了：这个"掌勺兵"的确与众不同！

"明珠，炊事班长退伍了，司务长说你干工作肯用心、能吃苦，强烈推荐你过去，你怎么想？"

"当时，副连长这话一出口我就蒙了。"二十八岁的吉明珠回忆说。

"你想想看，从早到晚在厨房里烟熏火燎，锅碗瓢盆，叮叮当当，女孩子都爱美，哪个愿围着锅灶转，熏染一身油烟味？"她眨眨眼，笑容像盛开的莲，"那天我心里很是犹豫，纠结得一晚上没睡着。"

三年前，也是这个季节，吉明珠想清爽去炊事班上任时，已是长机室、长途台、一号台等多个岗位上的尖子。实际上，让她心里纠结、发怵的真正原因是，大学毕业入伍前，她在家几乎没做过饭，甚至连盐和白糖都分不清。

在炊事班第一次班务会上，吉明珠朗声说，从今天起，咱炊事班不能给大家一种稀拉、油腻的印象，我提两点要求：第一，每天洗澡、洗头、洗衣服，衣服熨得有棱有角，穿着精神、有朝气。第二，操作间每天清扫六次，标准是地板和操作台面能映出人影。四个女兵听她这么说，就急了，说你这是要我们小命啊！衣服一天洗八遍味儿也洗不掉。

五个女兵你一言、我一语，一片叽叽喳喳。

最后，吉明珠说："衣服每天用柔顺剂泡过再洗，如果还有油烟味，我给大家洗。"

吉明珠当炊事班长后，一连官兵再没吃过塌火馒头、夹生米饭，不光菜品一周不重样，每道菜出锅上桌前，还要用青瓜、胡萝卜、香菜、西兰花等制作精美摆盘。女兵们开心的笑脸，像一朵朵绽放的花儿，夸连队饭堂有"明珠酒店"的味道和氛围。

有战士问她："当兵前你连勺子都不摸的人，咋那么心灵手巧呢？"

吉明珠长长的睫毛轻轻往上一撩："有心人，锅碗瓢盆也能敲出交响曲，任何岗位用心钻，都会有光芒。"

听着云淡风轻，但老话说，众口难调。与粗枝大叶的男兵不同，全连一色儿女兵，饮食讲究且嘴刁，既满足姐妹们爱美的饮食要求，又使其吃得欢喜、开心，不影响战斗力，并非易事。

"再难，也难不过我当年考大学。"吉明珠从网上买来十几本菜谱，像绣花一样天天捧着琢磨，每周学会一至两道新菜。菜谱上的菜一周之内不重样。每道菜从切丝、切段、切丁到火候、颜色、用料，也皆有标准和讲究。

"吃什么，不能一厢情愿，大家说好才是好。"她设计制作了一张表格，每周菜谱提前一周发给大家，征求意见，想吃什么，可以在"我想吃"一栏里写，会做的及时调整，不会做的，抓紧学；央视"回家吃饭"专栏里的菜品，她边看边学，餐桌上隔三岔五就有舌尖上的惊喜。

女兵过生日，喜欢吃蛋糕，分享小快乐。吉明珠从网上买回制作食材做蛋糕，拳头大，一次次试验，各种味道一样一样尝试，竟学会了榴莲、芒果等10多种味道的蛋糕制作。

"可乐鸡翅、香辣蟹、芋圆汤……现在连队菜谱上近八成的菜品，都是明珠带着四个女兵，换着法儿推出来的新菜。"从一连战士成长为连长的刘敏自豪地说，"过春节，她用菠菜汁、火龙果汁等和面，包七彩饺子，喜庆、好看，也好吃；中秋节，在网上买来模具，给大家做各式各样的月饼。一个人能把枯燥、单调的工作干得这么饶有趣味，身上想不散发出属于自己的光芒都难！"

在厨房里，浑身阳光气息的吉明珠，带着四名女兵叮叮当当、挥着小锹一样的锅铲炒菜，把庸常大锅菜做得全连夸赞；在训练场上，她同样不输男兵。

赴保定参加空军带兵骨干集训，上千人的集训队，吉明珠没想到自己竟是全队唯一一名炊事班长。

五公里武装越野、应用战术、手榴弹投掷、自动步枪操作等数十个集训科目，让习惯了锅碗瓢盆、柴米油盐的吉明珠一时有些陌生。

凡事"不将就"的吉明珠，踢正步，双腿一边一个五斤重的绑腿沙袋，一只脚一定就是四十秒，每周一趟十公里，用心丈量汗水滴过的脚步，咬着牙对自己下狠手。她要用行动告诉一起集训的战友，炊事兵不光会做菜，也是能打硬仗的狠角色。

集训结业考核，她和男兵一起跑完了十公里，五公里成绩二十四分，达到了男兵合格标准，所有集训科目成绩皆在良好以上。

岭南的冬天飞红叠翠，炊事班后院，刚从站台值班下来的女兵们围着吉明珠用泡沫箱子种出的菠菜、香菜、小白菜、香葱、朝天椒，一片欢声笑语。她们看见吉明珠就高声嚷嚷："明珠，你腌的小彩椒、萝卜皮超好吃，中午给大家桌上加一小碟哈！"

吉明珠的笑脸像枝头正缤纷地开着的紫荆花，灿烂且芬芳。

五

两名男女特战队员格斗正酣，女队员倏地一个闪躲勾拳，直抵对方脸庞，鲜血瞬间从男队员鼻孔喷涌而出。

在驻香港部队某旅特战一连看战士们训练，我的心总悬在嗓子眼，手心直冒冷汗。这当然不是我胆小，从军三十年，亲历过无数炮火连天的实战化演习，目睹过各类特战兵实战环境下的残酷生存训练，自己亲身经历的生死拷问亦不下十次，也算见过一点世面，有什么好紧张的？因为，这个连队攀登训练不系安全绳索，近身格斗更是真打实摔，尽管脚下垫着防护垫，身体如重石落地，"咚"——沉闷、尖硬，能把地面砸出坑。呼呼响的匕首，不是塑料仿真的，更不是木头的，是嗜血的利刃，寒光闪闪，削铁如泥。机降不用八字环钥扣，手握绳索直接往下滑……

"我的鼻梁骨差点被你打断。"走下格斗场，受伤的男兵小声埋怨。

"我注意着分寸的，根本没用劲，你要不服，咱再来一场。"与他对打的特战排女兵张利，话锋亦如她手中呼呼响的匕首。

她的霸气，让我陷入短暂的恍惚，很难把她与四年前指如葱段、声似莺啼的那个话务员对接起来。

2011 年年初，张利被分配到驻军机务站女兵排当话务员，苦练加巧学，使她成为第一批上岗工作的新兵，半年接转上万次电话无差错，还练就了听声识人的本事，被战友们誉为"听风者"。

小荷初露尖尖角，正干得风生水起，翻过年，驻军部队组建陆军首支女子特战排。这消息立即在叽叽喳喳的女兵之间炸了锅，张利激动得像打了鸡血，第一个报名参加预选集训。

远在成都的父母听说自己的独生女儿要转身当特种兵，急得坐卧不宁，轮番打电话，七七八八的理由摆了几大筐，坚决不同意。父母最了解自己的女儿，他们担心张利吃不了那份苦，弄不好还会留一身病痛和伤疤。

每次通电话，父母轮番在那头絮叨，她在这头笑呵呵地听，末了，嘴上声如银铃般应着："好，我晓得呢！"心里却吃了秤砣，铁了心要实现自己的新梦想。

当一名优秀特种兵，仅有满腔热血是远远不够的，还得有敢吃苦、会吃苦、吃大苦的胆魄与过硬的体能作支撑。第一次武装越野，尽管张利拼了命往前冲，结果却排名最末。男兵们逗她："哎哟喂，看这小样儿累的，还是话务员岗位适合你。"

张利眉梢轻轻一挑："等着，你肯定会从我身上改变对女兵的看法。"

性格火辣的张利不气馁，自制一副二十斤重的沙袋绑在小腿上，除了睡觉，从不摘下。香港气候潮湿炎热，小腿被沙袋捂出一片一片疹子，痛痒难忍时，她就冲到操场上跑几圈，并自嘲"挠痒痒"。

预选淘汰考核那天，上等兵张利取下沙袋，一马当先，成绩雄踞六十名队员之首，不仅优先进了女子特战排，还破格当上了班长。

"特战连是驻军的尖刀，党员骨干必须做刀尖上的'刀锋'，否则拿什么让别人信服。"张利相信，一个人只要有真本事，就能感召和引领身边战友。

格斗、攀登、射击等特战技能训练，张利常主动找男兵比拼。而许多男兵怕跟她过招。因为她出手快且准。

张莉："没有勇往直前的勇气与舍我其谁的霸气，怎担得起特种兵的使命？忠诚与血性，写在纸上只有寥寥几笔，要注入青春和血脉，必须接受千锤百炼。"（杨宪摄）

"跟男兵对打，女兵力量不够，会逼着自己开动脑筋想奇招，利用咏春拳的速度、寸劲、躲闪等技巧取胜。"张利笑着解释。

一天，张利正带着女兵练咏春拳和巴西柔术。一个男兵在旁边说："你们都练三年了，花拳绣腿看着可以，战场上有用吗？"

张利快如闪电，倏地一个绑手杀颈，男兵还没反应过来，她的手已砍到他的脖颈上。

然后，她笑着说："如果用劲，这一招对方即使不死，也会重伤。"

从此，女兵练咏春拳，连队再无人敢说讥讽的话。

第一次参加滑降训练，看到战友露怯，迟迟不敢出舱。她粲然一笑："看好了，跟我学！"说罢，握住滑降绳"唰"一声滑了下去。

"其实，不用八字环钥扣，手握绳索直接往下滑，我也是第一次，速度掌握不好，很容易受伤，但我不能胆怯，必须用行动告诉战友，班长行，你们就一定行。"

女子特战排组建三个月，张利和女子特战排的战友们首次亮相驻军军营开放日活动，从攀登、格斗、拳术到摩托车特技驾驶，赢得现场一片掌声与惊叹。

在特战一连，男女兵训练是一样的，除大纲规定的数十个科目，每人还必须完成连队拓展的十多个训练科目。训练强度，有时候连男兵都喊吃不消。

"猎人训练"是连队每个官兵每年的"必修课"。单兵负重二十六公斤，连续五天四夜完成按图行进、特种射击、野战生存等十个科目、四十五项训练内容，每天休息不到四小时。最后，在身心极度疲惫之际，男女兵混编，五人一组，再推一辆三吨多重的猛士车行进五公里。

"云在山顶飞，脚下是悬崖、沟壑，脚上满是血泡，痛得钻心，衣服上的汗水像雨滴一样往地上滴，有时觉得自己实在坚持不住了，感觉倒下去就再爬不起来。"张利笑着回忆，"但看见战友都在拼命向前，我就在心里一遍遍问自己，别人能行，我为什么不行，一边给自己加油鼓劲，一边咬牙坚持。"

停了一下，她又笑着说："要成长，就要努力，就像窗外的繁花，不经风吹雨打，何来一树芬芳。"

在香江畔与这名四川女兵聊天时，正是五月，凤凰花开的季节，营区高大的凤凰木繁花如织，如燃烧的烈焰，红得惊艳、震撼。

我顺手拿起桌上她正看着的《导弹和向日葵》，书页的中间夹着一枚漂亮的书签。这是军旅作家王凯的一本小说集。粉色的书签上方，她用秀气的字体写着：没有勇往直前的勇气与舍我其谁的霸气，怎担得起特种兵的使命？忠诚与血性，写在纸上只有寥寥几笔，要注入青春和血脉，必须接受千锤百炼。

我轻轻合上书，没再往后翻动。这书我读过，书里的故事正如它封面上的一行小字：像导弹一样冷峻而决绝，像葵花一样绚烂而忧伤。

"看过作者《沉默的中士》吗？"我问。

"当然，看来你也喜欢他的书？！"她看着我，莞尔一笑。盛满笑容的酒窝，像开在嘴角的一小朵向日葵。

哦，也许你不会相信，站在我眼前的这名二十五岁的女中士，不仅喜欢读书，还精通机降、潜水、攀登等二十多项特战技能，是特战连名气响亮的格斗教练。

（2018 年 8 月于广州）

天路纪行

一

迎着高原热烈的阳光，走在连绵起伏的雪山上，听李娜的《青藏高原》，歌声里苍凉、清旷、渺茫、悲壮的感觉，使我的心像淋在春天清新的细雨里，又似被连绵的秋雨拍打着，冷寂、纷乱。那些隐藏在歌曲深处，期待我们走近而被市井喧嚣和浮躁阻隔了的情绪，在遥远苍茫的雪山上与我的心灵不期而遇。

跟一位阿里高原汽车兵在雪山上跋涉一个多月，这首歌陪伴了我一路。我沉浸在旷远的苍凉里，心被美如天籁的音律敲打着、漫卷着，思绪随着歌声在雪山深谷里飞翔，越听越觉得有味，真是好。

现在，我已经从雪山上下来，再听这首歌，无论如何都无法找回当时的感觉。我想，这歌只能行走在天高云淡的雪山上听才好。

想起天路上那些惊险而琐碎的经历，我的心里就会生出些许自豪：我是上过藏北阿里的。

二

阿里高原平均海拔 4500 米，有"世界屋脊的屋脊，高原上的高原"之称。空气中含氧量比海平面低 57%，紫外线辐射强度却比海平面多50%，被生物学家称为"生命禁区"和永冻层。

去阿里之前，我读过不少有关阿里和阿里军人的故事，自认为对西行阿里的艰险已有足够的思想和心理准备。但后来的事实证明，我还是太过

班公湖畔。（刘晓东摄）

于自信。

有些事情，需要亲身经历。就像灵魂和身体同时穿过一片林子，抵达河流，或者被高山遮蔽的村庄，才能邂逅一些什么。比如悠闲的羊群、温暖的炊烟、纯真的笑脸，抑或突如其来的凶险。

阿里汽车兵把新藏公路不叫公路，称其为天路，把上新藏线不叫走，也不叫跑，叫闯天路。从昆仑山下的叶城至阿里狮泉河镇，一千三百多公里的路程，静卧着三处烈士陵园。

出发前，一位在阿里工作多年的领导严肃地告诉我，上山千万不能感冒，感冒容易引发脑水肿和肺水肿，稍不留神，人就会永远留在雪山上。

我深信他是看出了我的感冒，但他没有点破，可能只是一个警告，或者善意的提醒。为能跟进藏的新战士们一起上山，我斗胆隐瞒了自己的病情。

无知者无畏。所以，他的话并没让我感到惧怕。尽管我知道我的感冒确实不轻，但是，已经没有时间等待身体康复。西行阿里，对我，不仅仅是想拥有一份挑战自我的经历，作为一名军事记者，不跟着新战士走一趟，我就无法知道他们是怎样踏上那块遥远的高地的。我在箱子里悄悄放进了足够多的药品。

欢送仪式，简朴而隆重，有悲壮出征的意思。车队像一条草绿色的长龙，见首不见尾，见尾不见首。

五月，在内地，已是春深夏至，草木葱郁，庄稼扬花吐浆的季节，而西陲边地，春天还没有真正来临。站在新藏公路的起点——叶城零公里处，我抬头看了看天，天空瓦蓝，有轻薄如纱的白云在天空游移，空气中飘动着淡淡的春草的气息，路边的柳树枝上刚刚缀上黄豆般大小的芽苞。看不见鸟，它们被战士欢快嘹亮的歌声和咚咚锵锵的锣鼓声撵到了远处。臃肿的着装和脚上的防寒棉鞋，使我想起冬天北方最寒冷的日子。除毛衣、棉衣，我们每人还备有一件厚重的羊皮大衣。

我和每一个上山的战士一样，满心欢喜，斗志昂扬，从容不迫。

英勇无畏，敢于胜利，勇于向一切艰难险阻开战，这是军人的风格。

激动、自豪与悲壮，在心里弥漫、升腾，这是我当时的心境。

三

阿里高原对于我是充满诱惑的。出发前，我怀着虔诚的心，又认认真真读了一遍马丽华的《西行阿里》《藏北游历》《灵魂像风》，阿里独特的风土人情、雪山湖泊我当然很渴望了解、认识，但诱惑我的还不仅仅是这些，更深层次的缘由是，那里有我的战友，他们是如何守望边境和界碑的，我很想知道。

我乘坐的是一辆四缸"猎豹"越野车，驾驶员小张是阿里军分区的一名上士，已经在阿里高原开了十多年车，有过五十余趟闯天路的纪录，算得上真正的"昆仑勇士"。

小张老家河南，中等身材，脸膛黝黑，面相与实际年龄不大相符，刚三十岁，头发已脱去大半，看上去像个五十多岁的小老头，但人随和、健谈，身上有一股天不怕地不怕的无畏与硬气。

我将脑袋探出车窗，风比刀子还硬，扫到脸上生疼。

看不到路面，车子紧紧贴着悬崖蛇行，峭壁下是万丈深渊。攀山而上的公路像一条在崇山峻岭之间缠绕的灰色飘带。搓板路，颠得心直往嗓子里蹦。一辆辆拖着扬尘的墨绿色平头大卡车，如一串飘动在天路上的绿色音符。

"我当兵进阿里时，坐的是老解放，现在，路况比过去好许多，车都是新配的，动力大，吨位也大，沿途有的地方还有饭馆。"小张有一句没一句地跟我聊着，两眼始终紧紧盯着前方的路面。

海拔飞速攀升，战士们的歌声听起来有些模糊不清，像被风吹到了远处。河流、村庄、田野，已悄悄退到了比歌声更远的地方，还有刚刚发芽的树。

新战士坐的是搭有篷布的大卡车。透过车屁股扬起的沙尘，我看见战士们轮流把头探出篷布，趴在后厢板上呕吐。

小张说，吃下去的东西会吐完，甚至胆汁也会吐出来，到阿里高原当兵，有高原反应就像人会吃饭走路一样，挺稀松平常的事。男人在山上遭遇高原反应，有点像女人孕期反应，强弱因人而异……我的耳朵突然丧失听力，人像被扔进一个机器轰鸣的庞大车间，太阳穴筋脉"咚咚"地跳。看着小张的嘴在动，我的耳朵却无法听清他在说什么。

其实，我心里明白，高原反应远比女人的孕期反应强烈和痛苦，呕吐、头痛、胸闷气短、四肢无力，生不如死的感觉我甚至无法用语言描述。

此时，车子在海拔4500多米的麻扎达坂上喘着粗气。而我，像一条被抛上岸的鱼。

小张往我手里塞两块口香糖。我赶紧大嚼，耳朵里的轰鸣声渐渐消失，听力重新恢复。虽然我是第一次走阿里，却是第三次上喀喇昆仑山，有过吃口香糖防止耳朵短暂失灵的经验，可是我忽略了。

小张说，在山下，谁会在乎空气里的氧呢。

我知道我们在乎的远比不在乎的多得多。在在乎与不在乎之间，人自如如水中之鱼。

那天下午，我下班到菜市场买菜，跟小贩讨价还价，又怕他的秤有问题，费尽口舌计较，回家做菜，才发现买回两个空心萝卜。我当然不能责怪小贩，他允许我挑最好的萝卜，是自己顾此失彼，太计较价钱和斤量，反倒把质量给忽略了。我们因为拥有而满不在乎，因为一心想拥有而斤斤计较。我们到底需要什么，又应该在乎什么呢？

迷迷糊糊这样想着，高原反应似乎也轻了些许。但脑袋依旧昏昏沉沉，我感到很疲倦、很瞌睡。小张将《青藏高原》音量放到最大，猛地在我身上拍一把说，打起精神，千万别睡，缺氧会使人进入一种半瞌睡半昏迷状态，别误以为是瞌睡，那是缺氧，睡过去弄不好就醒不来了。他告诉我，一个月前，一个营长带车队上山，路上，在驾驶室里睡着，就再没醒过来。

说话间，小张一个急刹车，伴随着急促、尖厉的刹车声，几块磨盘大的石头从车前呼啸而过，山谷里发出雷鸣般的轰鸣。小张双手紧紧握着方向盘，愣了几分钟。然后，他点上烟，拧过脸说："兄弟呀，我动作要是稍慢一点，我们今天肯定被砸成肉饼。"

在高原上行车，山体滑坡、山洪、泥石流，遇点惊险是常有的事。有时峭壁上的岩石松动滚落
下来，观察不准，就会砸到车和人，驾驶员要眼观六路、耳听八方。（刘晓东摄）

我语塞，能听到心在胸膛里突突地狂跳。接着，他宽慰我：也别太紧张，在高原上行车，山体滑坡、山洪、泥石流，遇点惊险是常有的事。有时峭壁上的岩石松动滚落下来，观察不准，就会砸到车和人，驾驶员要眼观六路、耳听八方。

　　常年在雪山高原上奔波，在走过一座座界碑，踏访一个个雪山哨卡途中，我也曾不止一次拜谒过雪山上的烈士陵园。为守望和平，一次雪崩、一次迷路、一块山上突然滚落的石头，就会瞬间夺取守防官兵年轻的生命。但我相信，烈士们的心永远飞翔在雪山的高天流云里，会保佑我们一路顺畅，一路吉祥平安。

　　车队停下休息，战士们在达坂上"放水"，两个战士提着裤子立在路边，半晌都没动静。这时，我看见一名跟车的中尉军官走过去，在他们身后侧身摆一个撒尿姿势。只是我看得清楚，他不是撒尿，而是缓缓从瓶里往外倒矿泉水。

　　那一刻，立在高原猎猎寒风里，我的心里涌动着一股热流，很想走过去，和那个中尉军官深深地拥抱一下。

　　有一年，也是新战士上阿里，车队在海拔4500多米的达坂上停下，让战士下车方便，因带队干部忘了及时提醒，一名战士从大厢板上跳下，一个趔趄摔倒后，就再没能爬起来。这一跳，他年轻的生命，还没来得及张开梦想的翅膀，就永远告别了心爱的军装和刚刚认识的战友。新战士沿途因撒尿太急而晕倒的，也不鲜见。这当然不是传说，是高原上常有的真实故事。

　　此时，李娜的歌声穿过车厢，在焦褐色的达坂上飞扬。

　　不少战士蹲在地上不停地吐，有的吐得脸上连血色都没了。战士们衣服上挂着呕吐物，有些干了，有些刚刚从肠胃里飞出来，刺鼻的味道在军装之间来回传递。没有谁会觉得难为情，因为这是在雪山高原上，生命薄如纸片。向着海拔5000米以上的高原进发，对高原边防军人来说，其实就是慷慨赴死。

　　细小的流水声，让两个新战士在伸手可摸天的高原达坂上撒了一次尿。也许这事没人信，但我信。

四

车队抵达喀喇昆仑山三十里营房时，我们已经在路上与高原反应撕扯、抗争了两天，身心疲惫。山坳里的几星灯火，在冰冷的夜色里远远地候着我们。星星像撒落在雪山上的宝石，在刺骨的寒风里眨着迷人的眼睛。

兵站工作人员心细，晚餐很丰盛，一看就是用了心思的。但强烈的高原反应使我们当中的大部分人对食物失去应有的热情，两天前出发时，在叶城生龙活虎、歌声飞扬的新战士，都像生着病似的，蔫蔫地坐在餐桌前。带队干部扯开嗓子说，路还很长，更大的困难还在前面……他的开饭动员像命令，意思是不想吃也得吃，打起精神吃，必须吃。

我跟新战士一样，头脑昏沉沉的，两腿发软，胃也难受，勉强喝一小碗粥，就悄然起身，离开了兵站饭堂。

夜色像一池年头深远的酒，浓得几乎让人透不过气来。我一身棉衣棉裤，披着厚重的羊皮大衣，身上仍一阵一阵发冷。院子里，汽车马达声轰鸣着，驾驶员晃动着手电筒忙着检查车况。粗犷的风发出一阵一阵尖叫，掠到耳朵上，像鞭子抽，生疼。连绵、巨大的雪山，在夜色里沉默着。

三十里营房，只是漫漫新藏路上的一个小驿站。公路两旁有几家简陋的小饭馆。冬天大雪封山，道路不通，鲜有过往车辆，饭店老板像候鸟一样，回老家去寻温暖。天暖路通，他们又回来张罗生意。当然，这里还有一个养路站，但想来，人不会多。

一阵明晃晃的光束划破了浓黑的夜色，几个汽车司机停好车，叫嚷着走进路边一家灯火昏暗的饭馆，响亮地与店主人打趣，说着方言味颇浓的诨话。因为有兵站、医疗站，有饭馆，有微弱温暖的灯火存在，过往官兵和地方司机，都将这里称为喀喇昆仑雪山上的"上海滩"或"夜上海"。

我在"街道"上转一圈，除了呼啸的风，一片寂寥。

这是我第四次在这里落脚。远处的雪山上，巡逻归来的战士们，也许正围着温暖的炉火聊天、说笑。

第一次登上神仙湾边防连的日子，我一直记着，是 2001 年 6 月 29 日。5380 米，不仅仅是一个枯燥的数字，它是世界上海拔最高的驻兵点。所以，这日子一直记在心里。

那天晚上，哨所举行篝火晚会，因官兵们刚换防上山，晚会开始前，指导员马进军宣布了一条纪律：只能轻歌曼舞，不许剧烈运动。脸膛黝黑，身形健硕的马进军看似糙人，话却诗意。他说，连队距首都北京六千多公里，我们虽然在雪山上守得孤独，却是祖国最美、最明亮的眼睛。

我还记得新战士李济鹏裹着羊皮大衣坐在我身边的神态、表情。我问他："来这么偏远艰苦的地方当兵，后悔过吗？"他说："能在世界上海拔最高的军营为祖国站岗，机会比上大学还珍贵，能让人自豪一辈子。"

风不大，繁星如斗，篝火映着他青春的黑红的脸庞。他似乎有些腼腆，不停地搓着粗糙的大手。我相信，他的话是真心的。

两个多月后，我再次登上神仙湾采写假日专稿。那天因国庆和中秋佳节碰在同一天，连队很热闹。激昂铿锵的锣鼓声，像阳光的颗粒，在蓝得吓人的天空漫开，撞到对面的雪山，又远远地荡回、旋起，缓缓落进峡谷，像从天边边一层一层飘落下来。倘若在其他地方听到那样欢快的锣鼓声，我是不会稀罕的，但那是在雪山之巅，站着不动都两腿发软，气喘吁吁，官兵们竟然能威风八面地打腰鼓。

"哪来这般功夫？"

脸黑肤糙的马进军露出洁白的牙齿，笑一声："练出来的，没这几下子，咋在雪山上巡逻！"

缺氧，是上山官兵人人必过的难关。这第一关，并不好闯。

那个叫田飞登的战士，可能早已复员回了山东老家。那天，他腰鼓打得特别好，满头热汗，像在平原上玩。他是写了三次申请才到神仙湾哨卡的。刚上山时，他头痛眼花，连东西都看不清，吃啥吐啥，人软得像面条。连队干部决定送他下山，他扳着床板不松手，死也不下山。为留在山上，他含着泪强迫自己吃东西，吃了吐，吐了再吃，一直折腾了半个月，才闯过缺氧关。

晚饭前，新战士罗刚捧着笛子，坐在哨所的台阶上吹《小白杨》，嘴

有时在高山峡谷里跑一天，除了满眼焦晃晃的山，很难见到一个人影儿，一抹绿色，一棵树。冰冷的积雪，在山顶上展示着冬天的永恒。（刘晓东摄）

唇裂口上的血，把青色的竹笛染红一片，我有些不忍，想劝他歇了，看他吹得那么开心、投入，话到嘴边又咽了回去。

那天，我在神仙湾哨卡待了一整天，原打算晚上住在连队，跟官兵们聊聊天，听听他们守望雪山的故事。战士们也特意把炉火烧得很旺。不料，晚上八点，我被强烈的高原反应击倒。我恍恍惚惚，如在梦里，被连队官兵连夜送到了三十里营房医疗站。一次雪山夜话就那样被高原反应耽搁。

第三次在这里夜宿，是跟随一个新闻采访团上神仙湾哨卡。二十多家媒体记者，怀着无限神往飞抵喀什，个个摩拳擦掌，都想到被授予"喀喇昆仑钢铁哨卡"称号的神仙湾看看。但在喀什看完记录哨卡官兵生活的录像，做过体检，有近一半的人，不得不放弃上山的愿望。剩下一半勉强抵达哨卡，也多被高原反应撂倒。我们在连队忙碌四个多小时，就匆匆撤到了三十里营房。

下撤途中，天空突然下起了雪。纷纷扬扬的大雪，说下就下，无声无息。倏忽之间，连绵起伏的高山，一派银装素裹。

喀喇昆仑山六月飞雪是平常事，对生活在城市里的人，却是难得一见的奇景。但高原反应折磨得我们既无心拍照留念，也没精力和心思赏景，只能匆匆下撤。

连队干部告诉我，哨卡要搞一点营房建设工程，连里抽不出人手，将工程承包给一个地方工程队，包工头从山下请来三十多个民工，每人每天三百多元，不料只在哨卡撑一宿，第二天全跑了。人跑了，话却留得实在：这地方命都难保，挣钱干什么？

三百多元，现在已不算什么，但在三十多年前，却是不小的数字。

我知道，战士们在那里守防，每天的津贴抵不上民工的十分之一，可建哨卡半个多世纪，从没发生过战士逃跑的事。战士们说，我们是军人，不管这里多么荒寒遥远，我们都得守好，一寸都不能少。

在兵站的院子里，我不经意间听到一段对话："你体质弱，容易感冒，回房间去睡。""不，我不回去，你都在车上睡仨晚上了。""我跑上百趟了，比你有经验。"夜色里，我看不清他们肩上的军衔，但听得出是一个老兵和一个兵龄不长的战士。在生命禁区跋涉，意想不到的凶险随时会降临。把危险留给自己，将安适让给战友，他俩竟在刺骨的寒风里推来让去，甚至争执起来。

我立在浓重的夜色里，心被他俩的对话轻轻拍打着。

夜，已经很深，兵站的许多房间里还亮着灯。我知道，不少战士因为高原反应，一晚上都会在痛苦中不停叫嚷，随行的军医会为他们忙碌一个通宵。

五

在高寒缺氧、险象丛生的雪山上行走，许多意想不到的困境，会突兀地横在眼前，令人措手不及，逼着你跟死亡展开殊死搏斗。

从叶城零公里到阿里狮泉河镇，车队在路上跑了七天。为将车辆的颠簸降到最低，让上山的战士少受点苦，每辆车的大厢板里，都装着足够重的马料压车。但凸凹不平的搓板路，仍颠得人浑身骨头像散了架。有时在高山峡谷里跑一天，除了满眼焦晃晃的山，很难见到一个人影儿，一抹绿色，一棵树。冰冷的积雪，在山顶上展示着冬天的永恒。

偶尔会碰上三两个埋头挥锹的养路工。见到车辆，他们会停下手里的活儿，立在路边痴痴地瞧半晌。

尽管一路上没停止吃药打针，但我的感冒却一直不见好转。

上山，虽说山高路险，但跟随车队行进，遇上险情，大家互帮互助，天大的困难，都好解决。所以，一路上有惊无险，安全抵达狮泉河镇。

感冒有些加重，我不得不在阿里军分区卫生所打点滴。在病房里，我见到一个睿智漂亮的女孩，听到一串故事。

六

她是卫生所里的一名护士，父亲曾在天山深处一个仓库里工作二十多年，她十七岁时，父亲倒在工作岗位上，永远离开了她和母亲。

辽阔的阿里。（刘晓东摄）

5380米，不仅仅是一个枯燥的数字，它是世界上海拔最高的驻兵点。（王雁翔摄）

父母一直分居两地，在她的记忆里，父亲长年守在偏远的大山里，回家的时间总是很少、很短，对母亲和她这个独生女儿关爱太少，但母亲从不埋怨父亲。

二十二岁是一个人最青春靓丽的季节，也是最不甘寂寞的年龄。但那年七月，她军校毕业，勇敢地踏上了遥远苍茫的藏北阿里高原。

她皮肤白皙，长长的睫毛，水灵灵的大眼睛，笑起来满脸灿烂，声音悦耳如风铃，看到她，我猛然想起著名影视明星许晴。而当我真正走进她的内心世界时，发现她心灵深处的东西，远比我看到的丰富、深刻。

她到卫生所不久，所里一名三十岁出头的医生，不到一个月就该当爸爸了，妻子在山下天天盼着他休假回家。但谁都没想到，在一次边防巡诊途中，这名年轻的医生被洪水卷走，直到半个月后才找到遗体。

她说，他虽然长眠在生命最灿烂的季节里，但生命之树上的叶子，没有白长，也没有白喧哗，因为绿过，给过这个世界勃勃生机。

她觉得，氧气稀薄的雪山高原不是生命禁区，恰恰是认识与检验忠诚的地方。战士用生命守望国土，而医护人员，则是用生命守护生命。

她说："和战友们一起守卫在高原边防，我才渐渐懂得边关安宁在戍边人心里的分量，也真正读懂了父母的爱。"

我知道，一代代边防官兵守望雪域高原的挺拔身影，就是一座座精神高原。这是一种没有海拔的高度，只能用心去体味、去攀登。

一名十九岁的边防战士在卫生所住院，脸上布满了紫外线的颗粒，嘴唇乌紫，指甲凹陷。她每次给他打点滴，这个战士都把脸转向窗外，不敢看她。

后来，她主动跟他聊天，他的话慢慢多了，每次她一进病房，他就会主动给她讲哨卡上的故事，说妈妈最喜欢他站在界碑前拍的照片。小战士的眼睛里时时闪动着快乐、开心和自豪，病情刚刚好转一些，就争着要出院，说还有一个月就复员下山，想跟战友们再巡逻几次，看看界碑，下了山，也许就一辈子都没有机会再上哨所！

出院那天，小战士涩涩地对她说："我想叫你一声姐姐行吗？"

她莞尔一笑："好啊，我比你大，你本来就应该叫我姐姐嘛。"

我和她聊起对奉献与幸福的看法。她眨眨眼，沉思半晌说，在平凡的工作中，我获得的不光是感动、快乐和幸福。女军人在生命禁区是稀有的。上山前，我觉得自己到阿里工作很了不起。其实，跟这里的官兵相比，我感到自己还差得很远，从他们身上，我明白了边关军人为什么会在生死关头勇往直前，为什么吃苦而不言苦。因为，在每一个戍边人的心里，祖国利益高于一切！

有些东西，只有真正到了边关，跟戍边人站在一样的生死边缘，才能触摸到、感悟到。只有理解了边界、界碑在戍边官兵心里沉甸甸的分量，才能真正理解他们心灵深处高高举起的忠诚！

我忽然想起梭罗在他的《瓦尔登湖》里说的一句话：一个人若生活得诚恳，他一定是生活在一个遥远的地方。

七

真正的危险发生在返回的路上。

经历了上山的艰险，再往山下返，才发现下山的路比上山时更难行。

没了车队，只有我坐的一辆车独行，且车子由"猎豹"换成了一辆旧吉普。让我高兴的是，司机仍是小张。

虽然小张对高原上的路很熟悉，但那天，我们走着走着，不知不觉就迷路了。当时，前面有一辆丰田越野车，我们的车子就跟在它后面，相距也不算太远。

但是，那辆丰田车突然从雪山峡谷里消失，就像从地面上蒸发掉了，寻不到它的车印，也看不见它扬起的沙尘。满眼是终年积雪、连绵起伏的雪山，看不见村庄、人和羊群，什么都看不见。只有轰轰隆隆的寒风呼啸着。

那辆车到底去了哪里？难道是一个错觉？

那一行绵延在雪山上的电线杆子也不见了。我们带着电话单机，但找不到电线杆子，仍然无法发出求救信息。

我和小张立在寒风里，顿时陷入不知所措的无奈和茫然。

1901 年，瑞典探险家斯文·赫定，穿越荒蛮险峻的喀喇昆仑山进入藏北阿里，付出右脚五个趾头冻烂截掉的代价。1950 年我军第一支进藏先遣部队，上山时有一百三十多人，经过四十五天的雪山行军，把红旗插上藏北高原时，差不多有一半官兵永远地倒在了雪山之巅，而为部队运送物资的骆驼、牦牛和骡马，80% 因高寒缺氧倒毙在路上。

现在，我们迷失在雪山上，死神会让我们付出怎样的代价？

不能立在寒风里等死。我们决定开着车寻找生路。车子在雪山里左转右突一个多小时，仍然什么都看不到，似乎离生路越来越远。太阳正一点一点地往雪山顶上滑。太阳一旦落山，夜幕降临，就意味着我们会永远留在雪山上。

此时，油箱里的油已不多，车子若没了油，又迷失在雪山里。出不去，不要说饥饿，仅夜里零下三十多摄氏度的严寒，就会将我们冻死。

在雪山高原，突遇险情，有时，等待就意味着死亡。如果在公路上，车坏了，有时运气好一点，或许会碰上过往车辆相救。可这里没有路，也看不到任何活物。

太阳已经跌落进雪山那边，夕阳把峰顶上白雪皑皑的山头染得绯红，月亮已悄悄挂上清蓝的天空。

就在我们准备留遗言时，生的希望悄然出现，一个牧羊人赶着羊群从远处的峡谷里钻出来。我们赶紧往他身边跑，饿了一天，死亡的恐惧和高原反应，使我们两腿发软、打战。我们跌跌撞撞，拼命跑，跌倒了，爬起来，接着跑。

牧羊人是一名藏族中年男子，听不懂汉语。我们也不会说藏语，扯着嗓子说了半天，彼此无法沟通。情急之中，我们只好比比画画，用手语交流。

现在想想，也许手语，更容易抵达人的心灵。看着我们一脸焦急、无奈，看着我们不停地指手画脚，他呆呆地立了半晌，然后，蹲到地上，用指头在沙地上画了一个圆圈，在中间用力指了指，又顺着中间的点向圆圈外画出一条线，再站起来，伸出胳膊指定一个方向，是演兵场上军事指挥员常有的那种手势。

看不到路面，车子紧贴着悬崖蛇行，峭壁下是万丈深渊。攀山而上的公路像一条崇山峻岭之间缠绕的灰色飘带。（韦泽文摄）

他转过身走了几步，一转身，看我们还愣在原地不动，又走回来，把我们向他手指的方向推了推。那意思是，赶紧走吧。

凌晨两点，顺着牧羊人手指的方向，我们终于从迷失的雪山里闯出来，重新拐上公路。早晨从狮泉河镇出发，我们计算当天的路程不到两个小时，就能到达巴尔兵站。所以路上没有准备干粮，只带了两瓶矿泉水。没东西吃不说，路上还被高原反应不停地折磨着。

后来我想，如果那天遇不上那个善良的牧羊人，如果油箱里没了油，情况会怎样？不敢想！

八

人在路上，常会有一些意料之外的事情突然降临。

从迷路的险境中逃出来，恐惧的心还未平静，更加凶险的生死考验又扑面而来。

高原上的寒风尖利如刀。尽管时令已是初夏，但夜里寒风呼啸不止，刮到身上连骨头都一阵一阵地痛。那个晚上，我坐在巴尔兵站宿舍的台阶上，仰望苍穹里的一丛丛繁星，心里升腾起一种无法言说的自豪与欣慰，不管怎么说，总算从死亡峡谷里逃出来，无论吃了怎样的苦，受过怎样的惊吓，总算平安。

大约凌晨四时，兵站战士为我们做好了热饭。或许是做饭的战士还没有彻底从睡梦中醒来，端上来的面条，其实是面糊糊，没有放盐，也没有任何菜。我知道，在有的边防哨卡，这样的饭战士可能会吃一个冬天。我心里酸酸的，不敢提任何要求，蹲在门口的台阶上，在寒风里，一口气吃了两大碗。

因要赶路，我们只在兵站浅睡了两个小时。一大早，又爬起来赶路。

长途奔波的劳累，还有强烈的高原反应，让我一上车，上下眼皮就不停地打架。但再累，也得想着安全。上山之前，我准备了六条香烟，一路上不停地抽烟提神、解乏，嘴里尽是烟草的苦味。

界山达坂是西藏与新疆的界山，从阿里下山，翻过界山达坂就进入新疆地界了。而进阿里，界山达坂也是标志。海拔5406米的界碑旁，玛尼堆上色彩缤纷的哈达随风猎猎，它们在呼啸的风里宣示着人和神的存在。

闯天路的部队官兵，都有一份山下人难望其项背的自豪：海拔5380米的神仙湾哨卡站过哨，海拔4890米的甜水海兵站睡过觉，海拔5406米的界山达坂上撒过尿，海拔4500米的班公湖里洗过澡。

这些，听起来稀松平常的事，在喀喇昆仑雪山、阿里高原的漫漫天路上，只有不怕牺牲的勇者，才会有这份体验。平凡人，是绝不敢轻易去体验的。

我决定在伸手可摸天的界山达坂上撒一泡尿。

可是，撒完尿，回转身，我发现小张脸色苍白地蹲在地上闷头抽烟。凭直觉，我知道车子出了问题。

果真是车子有大麻烦。他沮丧地说，左边两个轮子，刹车片全碎了，刹车不敢踩，一踩，车子突然打转，方向根本没法控制。停了半晌，他又丢出一句，底盘钢板也断了，你说走还是不走？

滞留在茫茫雪原，等待，会有过路车辆吗？不等，山高、路窄、弯急、坡陡，车子一启动，就像脱缰的野马，生死难料。

天蓝如洗，看不到一丝云，连绵起伏的雪山直刺天幕。我忽然想起谭嗣同那首狱中诗：我自横刀向天笑，去留肝胆两昆仑。

我们立在"呼隆呼隆"的寒风里，一时相对无言，都在心里盘算着走与不走之间的安全系数。

沉默了一阵，小张站起来，大手在空中使劲一挥，"走！"他说雪山上有时一天都碰不上一辆车。他找出一小圈铁丝，趴在车底下，将断裂的钢板捆扎了一下，然后，取出刹车碎片。我们继续前行。

从高原往低海拔的喀喇昆仑山下走，车子没刹车，危险程度超出了我的想象。路面宽一些，平坦一些还好，但沿途冰雪达坂一座接一座。有的急险弯道上，冰雪还未融化，掌控方向盘的动作稍慢一点，车子就会一头摔进路边的悬崖。我的手心不停地往外冒冷汗。

车子像发疯的牛，在下山路上没命地往前狂飙。

直到现在，我都想不起来，我们是在怎样的惊恐中闯过来的，棉衣几乎每天都会被汗水湿透。

车子抵达叶城零公里，我和小张满面风尘，面向阿里高原和喀喇昆仑雪山长跪不起。我们紧紧拥抱在一起，两个自称从不落泪的汉子，竟泪湿双眼。

阿里之行，对我，是一次比梦还遥远离奇的行程。在险象环生的雪山上奔波一个多月，我的体重减了十四斤。这个数字，浓缩了我闯天路的全部艰险与快活。但是，我心里非常清楚，我所经受的艰险与痛苦，不过是边防一线官兵的万分之一而已。

（2013 年 4 月改定于广州）

听，那海岛的涛声

一

没上过海岛的人，对海岛的憧憬，也许是浪漫而诗意的。

在车子剧烈的颠簸中，视野里的村镇楼舍渐渐消失。最后，在自然深处，荒野的尽头，耸立着一座祖国大陆最南端的白色灯塔。

灌木丛、蓝天、大海，在灯塔更远一些的地方。掩映在落日余晖里的八连营院，俨然苍茫旷野上一幅意境悠远的秋日油画。

晚饭后，几把椅子，一壶茶，我跟连队官兵坐在院里纳凉、聊天。满天星斗，一片欢声笑语。

下士田吉华抱来吉他，要给我们弹拨他自己创作的歌曲——《海岛之恋》。指导员郑小波笑着介绍："小田是连队'海浪乐队'队长，全连公认的明星，不但手把手为连队教出了八名吉他手，还是省军区表彰的优秀'四会'教练员，连续两年参加上级士官基础科目比武，都雄踞第一。"

出营门不足百米，就是大海，渔火点点，碧海映朗月。大学生战士王群来自长沙市，刚到连队时心里不爽，又耐不得寂寞，觉得在这个风吹石头跑、满地长荒草的地方当兵，青春会打水漂，便一次次闹情绪，变着法儿想调离连队。

郑小波不急不火，晚饭后没事时，就叫上王群，在朗月下沿着海滩聊天。一个个连队老兵或远或近的故事，像海潮一样，一浪一浪叩击着王群的心扉。

两个月后，王群对郑小波说："指导员，我心里想透彻了！"王群想透彻了什么，郑少波没问，也没必要问，他只是笑着伸出大手拍了拍王群的肩膀。

天天跟战士们在一个锅里用瓢，郑少波心里明白，人的性格和追求是丰富多样的，就像花朵，每一朵花都与另一朵不相同，每一朵花都有自己成长喜欢的气候、土壤和习性；年轻人的成长跟那些需要打杈的植物一样。比如西红柿和黄瓜，该打杈时就精心打杈，打完后，就会按时结出果实。而那些无法依靠自身力量往高处生长的植物，比如豇豆、葡萄，只有人搭了架，将它们依附在藤架上，它们才会向上攀爬，长得好，否则就会爬行在地上。

果然，王群在人生的取舍中发生了变化。心情开朗不少，脸上笑容多了，训练亦有了一股子心劲和狠劲。

第二年秋天，王群提干离开连队时，抱着郑小波哭得拉都拉不开。

德国哲学家雅斯贝尔斯说，教育本身就意味着一棵树摇动另一棵树，一朵云推动另一朵云，一个灵魂唤醒另一个灵魂。

我没见到王群，他正在军校深造。但是，我心里非常清楚，事情并不像想象的那样简单。一个人要真正读懂海岛的魅力，需要时间。

营区远离村镇，一栋两层白色小楼挺立在海边的旷野上，满眼荒芜寂寥，有时一天都见不到一个人影，只有嘹亮的军歌如大海的涛声，在海岸上一波一波回响着。

训练、巡逻、站哨，日子重复、平淡、琐碎。但平淡生活里也常有突如其来的生死大考验。

去年年底的一天，官兵们刚坐到晚餐桌前，远处一个村子突然浓烟遮天，火借风势，凶猛地向周围的甘蔗田和村庄蔓延。一声令下，全连官兵丢下碗筷，火速奔向救灾现场，冒死向火海发起冲锋，战斗一直持续到第二天中午，村庄和村民的两百多亩甘蔗保住了。走下战场，顾不上休整，不少服役期满的战士还带着伤，就匆匆踏上了退伍返乡的旅途。

夜里，我躺在床上与郑小波唠嗑儿。"这会儿，连长马志红正带着战士在海边潜伏，你要不要去体验一下？"郑小波说，"第一次参加潜伏，战士们都争着去，新鲜，但日子长了，都知道忍着蚊虫叮咬，在灌木丛里一趴半晚上，不光无趣，还痛苦。"我亲历过各种环境下的潜伏，晓得其中的苦头，绕开话题问他："八连装备老旧，凭啥能连续十二年夺得省军区实弹射击考核优秀？"郑小波轻轻丢过一句："红了樱桃，绿了芭蕉。"像说梦话。

我捉摸他这"梦话"应该还有下文，静静地等着，不料，他一翻身睡着了，鼾声如雷。

早晨，时钟刚刚指向五点，郑小波已全副武装集合好一拨战士准备出发。顾不上吃早餐，每人两份干粮，六十多公里的巡逻路，晚饭前必须返回营区。

远海之上慢慢泛起一片片红光，正在孕育着一次新的日出。

二

一小片葱葱郁郁的陆地，被四周蓝色的大海拍打、簇拥着。远远望去，似乎一个大浪过去，就会将其覆盖、淹没。

这是我第一次登上硇洲岛。浑身沧桑的硇洲灯塔是岛上的标志性建筑，是目前世界上仅有的两座水晶磨镜灯塔之一，与伦敦灯塔、好望角灯塔并称为世界三大著名灯塔。现在，这座灯塔是文物，被称为硇洲古韵，是湛江八景之一。

游人眼中的风景，却是军人心中深深的痛。1899年湛江被法国"租借"，时名"广州湾"，法国人在岛上建了这座世界第二大透视镜导航灯塔，1943年此地又被日军占领。闻一多先生1925年在《七子之歌——广州湾》中写道："我是神州后门的一把铁锁，你为什么把我借给一个盗贼？母亲啊，你千万不该抛弃了我！母亲，让我快回到你的膝前来，我要紧紧地拥抱着你的脚踝。母亲！我要回来，母亲！"

实际上，硇洲岛是我国第一大火山岛，并不小，岛上有渔业捕捞、海水养殖、香蕉种植三大支柱产业和一个国家一类渔港。四大远洋捕捞船队每年远赴大西洋、印度洋、太平洋等海域作业；枝叶阔大的香蕉林，种植面积达三万多亩。

"这灯塔是渔船夜航的明灯，也是军人的警示灯。"我循声看过去，下士陈石金用手抚摩着苍老的塔壁，神情像抚摩一个巨大的陈年古董。

陈石金毕业于华南师范大学，家在深圳，自小生活在繁华热闹里，父亲是资产数亿的房企老板。陈石金坦言："我是被我爸逼到部队来的。"

2009 年，陈石金上岛时心里已盘算好：按父母意愿锻炼两年，就回去干自己想干的事，多一天都不待。

他曾不止一次有过跳上一艘船，将海岛远远甩到脑后去的冲动。那冲动，尖锐执拗，像飞蛾扑火一样强烈，但他心里也清楚，自己的反抗是虚弱的，不理智的狂妄叛逆会携带不可预知的毁灭性。

海岛的军营局限着他的青春，让他放弃了许多梦想与快乐，但同时，也塑造了他不曾有的品性，为他打开了人生的另一扇窗。两年过去了，陈石金留在连队选改了士官。

岛上风大雾更大。连长杨建军说，三个月大雾，四个月大风，遇上强台风，碗口粗的树都会被拦腰刮断。

连队驻扎在海岛最高处。夜里，岛上不知何时起了大雾，早晨一开窗户，房间地板上瞬时就像洒了水。雾气凝重得让人喘不过气来，连心情似乎都是湿漉漉的。一直到中午，大雾才像扯棉絮似的，一点一点慢慢散去。

"现在不少年轻人心态浮躁，都想省略奋斗过程，走捷径，享受现成，你不用找运气，老爸就是一棵可以依靠的大树，回去就有现成的幸福生活等着，再说，岛上环境远没法与深圳比，尽完两年义务，为啥又放弃最初的想法选择了留队？"

"在部队这几年，我确实懂得了许多东西，内心里，我很感谢我爸当初给我的选择，他是对的。有些道理只有亲身经历过，才会明白，多吃一点苦，多锻炼两年，对自己今后的成长有好处。一个人活着，不能只想着挣钱、吃穿、享乐。"陈石金回答得轻描淡写。说罢，他抬起头，紧紧盯着我的眼睛，好像他的话是说给我的眼睛听的。

也许，他想从我的反应里捕捉到一种他内心里渴望的东西。比如共鸣、赞许，或者不以为然。

从他晒得黝黑的脸和平静的言语里，我听得出他内心的宁静与淡泊，那是心灵苦苦挣扎后的醒悟与成熟。

海岛营盘如一座孤零零的人生驿站，一茬官兵来这里守望几年，走了，下一茬再来，在来来去去里，他们的青春、梦想、命运，会不知不觉发生变化，他们渐渐学会承担责任，勇于吃苦。时间两年至五年，或者更长一些。在日复一日的军号声里，他们像一棵棵正在生长的树，充满蓬勃生机与向上的活力。几年后，几乎无一例外，离开这些地方的他们都会对曾经的奉献充满深切的怀念。

四周鸟叫虫鸣。远处辽阔的海面上，有几艘巨大的货轮。陈石金指着巨轮说："看，那些货轮像不像一座座山在移动！"

今年五月的一天，海边两艘渔船被浪涛打翻，当时风高浪急，船和人随时都会被巨浪吞没。船是渔民的全部家产，官兵们冒死在狂风巨浪里搏击了两个多小时，硬是把渔船拖上了岸。浑身是伤的战士跟渔民紧紧抱在一起，像生死相逢的亲人。那天，陈石金背过身哭了。

营区正在进行基础设施改建，几个月后，连队的生活条件会有翻天覆地的新变化，但与陆上相比，岛上的环境仍然艰苦。

太阳露出笑脸不到两个小时，整个岛屿又隐没进潮湿的浓雾里，能见度不足十米。在室外走了十多分钟，我身上的衣服像在雨里淋过。黏稠的雾里有浓烈的鱼腥味。

"我刚上岛时，心情和视野一样，四顾一片茫茫。"排长蔡元泰笑着说。

蔡元泰2008年从华南农业大学毕业参军时，只是一名直招士官。在连队第一次跟战友下厕所为菜地掏大粪时，蔡元泰恶心得哇哇直吐，心里瓦凉，说自己白读了四年大学，跑到海岛上干这种没脑力的工作。

人能改变环境，也无法改变环境，但环境改变与否，都会影响人。渐渐地，蔡元泰发现自己在不知不觉间转变着。慢慢地爱上这个海岛连队后，蔡元泰又一次次做同胞弟弟蔡元顺的工作，动员他来海岛当兵。

去年九月，蔡元泰提干。而弟弟蔡元顺从广州中医大学毕业后，也成了一名海岛军人。

三

浩渺的海面上，白鸥掠波。同行的柏林说："轮船现在正行驶在伶仃洋上，前面就是外伶仃岛。"

伶仃洋？伶仃岛？

我的心弦被轻轻拨动，诗人文天祥的《过零丁洋》不觉涌上心头：惶恐滩头说惶恐，零丁洋里叹零丁。人生自古谁无死？留取丹心照汗青。

1279 年正月，元军向南宋最后的据点崖山发起进攻，被俘后的南宋丞相文天祥被元军押着同行。战船经过伶仃洋，元军让文天祥向崖山守军写劝降书，文天祥用这首诗言明自己的心志。

东澳岛是南海深处的一个美丽的小岛。二十九岁的上士易辉是东澳岛海防连唯一一位当爸爸的官兵。

2008 年 4 月，从河北医科大学毕业的女友刘敏，为了爱，辞掉工作，追到南海边的珠海生活。易辉的老家在湖北，而妻子刘敏的父母远在河北。探望一次两家父母，小两口要辗转奔波几千公里。

"海岛官兵的爱就像明亮的星空，距离产生美。"易辉望着满天繁星说。

女儿出生七个月时患了肺炎，妻子也高烧住院，身边无人照料。然而此时班船因风浪停航，易辉咬着牙，打电话请战友的爱人赶过去帮忙照顾。然后，他像把子弹压进枪膛一样，把不安与牵挂深深地压进心底。他知道，人生有太多的无奈无法选择，必须学会面对与承担。

指导员林润生国庆节刚结婚。他是读研究生毕业离校那天，在校园里与音乐老师石慧不期而遇的。石慧跟着林润生上了一趟岛，就果断决定了自己的终身大事。她说："他对艰苦的海岛和连队一往情深，对我不会差到哪里去！"

石慧在广州上班，林润生守在遥远的海岛上，电话是他俩的感情纽带。有战友逗林润生，说那么漂亮的嫂子，生活在那么开放喧嚣的城市里，你们每年在一起的日子扳着指头就能数过来，要提高警惕，不行就想办法调过去。林润生不解释，嘿嘿一笑，很坦然的样子，那是没有预设的笑容。他说，不管这个时代怎样浮躁，人都会珍惜纯真不渝、生死相依的感情。

心像海岛的蓝天一样纯净高远，但提到亲人，官兵们大都有难言的辛酸。班长冉光亮心里一直埋着一份深深的愧疚。那年夏天，海上演习刚刚打响，冉光亮接到母亲住院做大手术的电话。作为家里的独生子，他想立刻插上翅膀飞到母亲身边。但阻隔他尽孝的不仅仅是茫茫大海，还有肩头沉甸甸的职责。

连队卫生员陈俊是岛上居民的贴心人，不管白天黑夜、刮风下雨，有人患病，他背起药箱就跑。岛上蛇多，经常有人被毒蛇咬伤，危及生命。连队主动向上级反映，专门添置了小冰箱，配备有眼镜蛇、金环、竹叶青等五种抗蛇毒血清。岛上一渔民被眼镜蛇咬伤，陈俊顶着大雨上坡下坳，一边为伤者注射抗蛇毒血清，一边紧急联系救助船往岛外护送，硬是把那个渔民的性命从死神手里抢了回来。

"海岛是我们的岗位，也是我们的家。"官兵们说。在这个不足五平方公里的小岛上，他们和岛上两百多个渔民就是一个守望相助的大家庭。

四

雷达站耸立在小岛的山顶上，一年里有八个月，被巨大的雾团包裹着。

我离船登岸时，码头上阳光明媚，椰风徐徐，一爬上山顶，竟是另一番天地。我在院子里站了几分钟，浓雾竟凝成水滴顺着头发往下流，冷风呼啸，平时厚重的冬装此刻轻薄如纸。

发梢同样滴着水珠的站长代成建说，一到雨雾季节，被褥、衣物全是潮的，衣服洗了总干不了，上面长满霉菌。现在好多了，新楼房抗风防潮性能好，窗户也改成了双层密封窗，连队有烘干房，宿舍里有抽湿机，每个人还配有烘鞋器、防潮被褥、电热毯和护膝。

换上去不到一年的门窗，已被狂猛的海风拍打得锈迹斑斑。我伸手去拉晒衣场上筷子粗的钢筋，软如面条。

岛上雾大潮湿，雷电亦频繁。中午，浓雾稍微散开一点，我才看清营区的避雷网和两座避雷塔。在崖畔上废弃的旧营房里，"雷神"留下的战果让我心里一紧，屋顶被雷打穿两个脸盆大的洞，水泥地上也留着几个不小的坑。

高处不胜寒。风雨雷电都集中在官兵的头顶上，狂风暴雨、电闪雷鸣轮番在山顶交战。

"有避雷设施也不行，一到雷雨季节，'雷神'的袭击还是防不胜防。"四级军士长林尤弥说，有一天，一个巨雷把营区砸出一个大坑，避雷塔被烧得通红，正在雷达方舱里值班的两名战士被震翻在地。

指导员戴世维指着营区几排枝干灰褐色、丫杈嶙峋的小树说："这是黄杨树，有'树中君子'之誉，不惧台风雷电肆虐，别看像枯树，生命力很强，雨季一到，它们就会在风雨中噌噌地长，秋季会结满树红果，自1951年建站到现在，守岛官兵每年都会种一批，现在已存活了一百三十七棵，最大的一棵已经有六十多年树龄了。"

师永金的妻子陈旭丹和三岁的儿子过两天就要下岛，返回云南。一家人说笑着，在院子里一块刻着"家"字的巨石前照相。师永金是连队操纵员，已在这里守望十五年，是站里的"老海岛"，春节他原本可以休假，因站里一名战士春节要回家结婚，他主动把休假名额让给了这名战士。

师永金回不了家，妻子只好带着儿子千里迢迢上岛探望他。

"以前，我觉得他是一根筋，家里几次联系好工作劝他转业，他就是不吱声，这次上岛我明白了他为啥不下岛。"陈旭丹说话像爆豆子。

"明白了啥？"我问。

"他是站里的技术尖子，在岛上多干一年，就能为站里多带一茬骨干，我说得对不对？"她的话逗得大家一片笑声。

但是，我觉得她只说对了一半，应该还有原因，不可能这么简单。那一半她看不到的答案是什么呢？也许，只有师永金心里清楚。

五

北尖岛是万山群岛最南端的小岛。我费尽周折登上岛时，已是晚霞映碧海，苍茫的海面上，斑斑点点的阳光像一片片鱼鳞在闪烁。孤零零的小岛如一把插在苍茫大海上的剑。

苍茫的海面上，斑斑点点的阳光像一片片鱼鳞在闪烁。（王雁翔摄）

仰望夜空，繁星如斗，似乎伸手就能摘到。涛声如雷，四周里不见一星渔火，一片漆黑。我和连队官兵在院里灯光球场上席地而坐，赏星夜话。

"这么亮的星星，你在大城市里肯定看不到！"指导员周雄谦说，以前靠柴油机发电，晚上只能供两个小时电，天黑就得睡觉。今年建了太阳能电站，如果天气晴朗，电站每天能提供二十四千瓦用电。

北尖岛上风光很美，却是无居民、无市电、无饮用水的"三无"小岛。最美的风景，是守岛官兵沿盘山路种下的马尾松，有的地方已茂密成林，海风吹来，松涛阵阵。

小岛是战位，亦是家园。岛上满眼尽是岩石，有泥土的地方很少。战士们从石头缝里抠出大大小小一百多块巴掌大的菜地，种了各种蔬菜，还养了鸭、猪和牛。海上无风三尺浪，有风浪滔天，遇上大风大浪天气，送给养的船一两个月靠不上岸是常事。今年春节，台风持续近一个月，给养船来不了，连队靠菜地里的蔬菜和杀猪宰牛，安然渡过了难关。

对守岛官兵来说，生活艰苦不算什么，最难熬的是寂寞。送给养的登陆艇每周一趟，卸下生活物资、报刊信件，停靠个把小时离岸后，平日里就再也见不到任何外人。放眼远眺，海面上不时有轮船穿梭，但看得见船影，听不到人声。

四级军士长罗正林是来自云南的拉祜族汉子，年龄比连长、指导员都大。脸膛黝黑的罗正林笑呵呵地说："我当兵刚上岛时，电视只能看两个台，用水定量分配，比油还金贵，现在电视能看 60 多个台，还安装了太阳能热水器，能洗上热水澡，够幸福了。"

罗正林在岛上坚守十六年，不光守岛时间最长，素质也顶呱呱，一次荣立二等功，两次三等功，全连九成班长骨干，是他手把手带出来的。

罗正林的爱人办了随军手续，没法随队，仍在广西荔浦一家医院工作。今年春节，爱人跟他说好，带着三岁的女儿来岛上过年。不料遇上罕见台风，母女俩在海边从除夕苦苦等到元宵节，一直都无法上岛。

连队养着十多只狗，平时跟着战士跑前跑后，巡逻时随队出动。连队前一任连长上岛时带来一只名叫"阿黄"的京巴小黄狗，几年时光过去，连长提升离岛那天，"阿黄"不上船，也不吠，两眼流着泪，默默地蹲在码头送连长下岛。

岛上十多只狗都是从陆地带上来的，它们当然知道陆上生活好，地阔人稠。战士们说，这些狗刚上岛时，急得疯了似的，狂吠、乱窜，不停地往码头跑。但是，几年过去，它们知道这些穿军装的守岛官兵，就是喂养、爱抚、关心它们的人，是它们永远可以依靠的主人，必须坚守自己对主人的忠诚。

动物与人一样，也喜欢选择好的生存环境，但什么样的环境才是好的生存环境呢？一位朋友说，不管山高路远，哪里有朋友，哪里有纯朴本真的爱，哪里就是好地方。

那天，我穿着军装一进院子，十多条狗"哗啦"一下，都摇着尾巴扑过来，它们用嘴拱我的脚，立起来伸着舌头舔我的手，"呜呜"地叫，等待我的爱抚。

我伸出手，抚摩它们的爪子、头、脸，甚至嘴。而它们则小鸟依人般地享受我轻轻的摩挲，那陶醉、幸福的样子，令人心醉。

也许是为了排解寂寞，我走过的高原哨所和海岛连队，几乎都养着狗。它们往往也是营区的第一道岗哨。看到军人，狗不但不拦不吠，还会分头蹲在岔路口当调整哨，俨然一副列队欢迎的架势。遇上不欢迎的陌生人，则拦在路中间，又吠又扑。

如果假军人弄一套军装穿上，能逃过它们的"法眼"吗？

"它们在军营里生活时间长了，能识别军人身上的气息，假军人，即便穿上真军装，它们老远就能识别出来。我们试验过的。"

我不知它们是否真的那么厉害、神奇，但我宁愿相信这个战士的话是真的。

不少狗上岛后，便不再离开，与守岛官兵生死相依。而战士们也把它们看作自己的忠实战友。狗死了，连队官兵甚至会为它们举行一个简朴的葬礼，立一块墓碑。我在遥远的西北边防见过几处军犬墓，不光墓像模像样，墓碑上还有碑文，讲述那些"无言战友"在风雪边关看护营院、巡逻探路，与哨所官兵生死与共的功绩。

赵春华："打仗是要死人的，军人热爱和平，不喜欢战争，但保家卫国是军人的天职，如果战争突然打响，即便当炮灰我也会上，毫不犹豫。"（王雁翔摄）

上等兵赵春华和郑文智刚入伍时，最怕分到海岛部队，但两人偏偏踏上了最偏远的北尖岛。一年下来，岛上的风雨雷电，岛上的人，岛上的事，让两个新战士内心渐渐多了份坚定与刚强。

"想没想过当兵会上战场？"我问赵春华。

他坦率地一笑："打仗是要死人的，军人热爱和平，不喜欢战争，但保家卫国是军人的天职，如果战争突然打响，即便当炮灰我也会上，毫不犹豫。"

夜色如墨，海浪滔天，海风呼啸。

上哨所的路上，我看到路边的马尾松因常年经受高盐、高温、高湿海风的吹打，都向一边倒伏着，枝叶也是一边干枯一边碧绿。在这个世界上，没有谁会甘守寂寞，但一个人，心中有了爱，不管面对什么样的苦累，他都挑得起来。

第二天早晨，我和连队官兵采了一大把鲜艳的太阳花去祭拜程华森烈士。程华森是在岛上坑道施工中为救战友牺牲的，那年，他十九岁，入伍刚三个月。半个世纪过去，不知他的家人是否还记得他？在这遥远的人迹罕至的岛上，一茬茬官兵接过他手中的枪，与他一起守卫在这里，我相信他的灵魂是不会孤独寂寞的。

六

担杆岛在万山群岛的最东端，也是担杆列岛中最大的岛屿。

"这路过去只修到半山坡，今年又接着修，刚贯通。"在码头接我的教导员王伟说，原来的水泥路窄细如两根筷子，只能搁住车轮子，所以，叫"筷子路"。

现在，"筷子路"变成了水泥路，仍然很窄，只能容一车通过。车子在七拐八弯的盘山路上缓慢爬行，路边崖上的巨石看上去随时都会掉下来。一段不长的陡坡，走得人心惊肉跳。

营区对面的山坡上，一排排低矮废弃的小平房隐在绿树丛里，斑驳的墙壁上，还斑斑驳驳地残留着二十世纪六十年代的标语。时令已是深秋，营区沟坎渠边，一块块巴掌大的菜畦里，萝卜、韭菜、小白菜油亮碧绿，木瓜树上挂满了小碗似的果实。

山头上，耸立着一台风力发电机，是一家地方单位捐资修建的。好日子只过了三年，电池组坏了，官兵们一问换新的要花几十万元，便都不再作声，又回到了靠发电机限时供电的日子。

两个月前，连队两台发电机先后发生故障，配件一时半会儿送不上岛，官兵们又往旧生活上退了一步，重新开始点蜡烛。

听说上边要为连队建设一座五十千瓦的太阳能发电站，指导员李松江很激动："等电站建成通电那天，连队杀一头猪，好好庆贺一下。"

到了看新闻联播的时间，官兵却都在室外搞体能训练。李松江一脸无奈："新卫星接收器换上才两个月，就被大风刮坏了，没法修。"

夜里，营区一片漆黑，尖啸的海风刮得门窗啪啪作响。岛上只有十多户居民，不通客船，官兵们上下岛，只能坐部队送给养的登陆艇，或者没准头的地方货船。

因为台风，迟迟没船上岛，我心急如焚。等，要等到猴年马月？

我跑了几趟码头，打探到一只收鱼的小渔船。三个鱼贩子，也急着出岛，不冒死出去，收购的鱼就坏掉了。但我万万没想到，搭乘小渔船出岛的选择，会让我在浪涛翻滚的茫茫大海上经历一场生死大考验。

船小浪大，小船如一片树叶，在波涛里摇摆、起伏。航行不到一半里程，船舵突然无法转动，接着，发动机熄火，失去动力。一个大浪过来，小渔船瞬间就会被打入海底。

开船的是一个电白人，五十多岁，而两个打工的青年不懂技术，也不会开船。他们都是拿生命讨生活的人。

小渔船随时都会被风浪吞没，几个人都慌了。我心里清楚，一旦落进海里，救生衣根本不可能帮我们逃生。简陋的小渔船上没有发送求救信号的装备，但手机有信号。我立即让同行的人给停靠在外伶仃岛的部队登陆艇拨打救援电话。

海浪滔天，小渔船似在一个巨大的旋涡里往下沉，我抬起头，能看到远处海面上几艘巨大的货轮，可是，我们无法向其求救，即使是能看到我们发生了情况，他们想赶过来也来不及。

突然，小渔船突突响了，又有了动力，艰难地在浪涛里挣扎。

从死神手里挣脱出来，恐惧的心还悬在嗓子眼里，同样的问题又发生了。小渔船随着风浪起伏打转，我们在船舱里被颠得东倒西歪，船上装鱼的泡沫箱子，像秋风里的落叶，纷纷向海里飞落。掌舵的电白老人满头汗水。

死神狂笑着，看我们在死亡面前挣扎、绝望。欣赏够了，再一次轻轻松开了手。小渔船冒着黑烟，又有了动力。

考验、捉弄还没有结束。小渔船在离伶仃岛约三海里的海面上，第三次出现故障。这一次，彻底坏掉了，谁都束手无策。

我拿着衣服向赶来救援的登陆艇拼命挥动。

我死里逃生，重新回到了陆地。而浪花深处，那些守岛官兵，他们像神话部落里的王子，在守望里追求、幻想，在自己的内心涌动波浪，寻找、传递理想与幸福，并像候鸟一样迁移和栖息，独自微笑，或者独自哭泣，有高尚，亦有卑微。

蓝天、大海、沙滩、涛声、野花、繁星明月，诗情画意，当然还有味道纯正的海鲜。但新鲜与好奇之后，则是漫长坚守里的单调与寂寥。没有什么比坚守，更能考验一个人的爱心。因为拥有他们的坚守，大海深处那一座座小岛便不再是简单的岛。

有时候，人只有亲历现场，情感和精神才会抵达。正如普希金所说：阴郁的日子总会过去，而那过去了的，便会成为亲切的怀恋。

（2014 年 7 月改定于广州）

在日复一日的军号声里，他们像一棵棵正在生长的树，充满蓬勃生机与向上的活力。（刘金鹏摄）

十一张面孔

具体说，这是十一个男人，十一个军人的面孔。他们像挺立在我视野里的树，生机盎然，枝叶婆娑，意象丰满。

一

这是一个炮兵连队四级军士长的脸，宽下巴，高颧骨，两腮鼓鼓的，身材中等，黑而壮实，浑身上下透着一股子无法言语的粗硬，远远一望，就知道是有棱角的角儿。

"盛得住要盛，盛不住也得盛，哪个叫我们是军人嘛！"这话，是这个叫罗华平的士兵的口头禅。

每当遇到困难与挑战，他嘴里就少不了这句椒盐味的普通话。也是怪，他这句带着铜音儿的话一出口，大家就晓得没了退路，畏难情绪一扫而光，再难，都会铆足劲往前冲。

他说，盛得住，是自己四川老家的一句方言。盛，就是扛、承受、忍受的意思，就是天大的困难都要扛得住、没问题，刀山敢上，火海敢下，什么都不是事儿。

他是连队的士官长，要求别人"盛得住"，自然，自己得先是把硬刷子。

三十五岁，年龄比营长还大，也算是实打实的老兵。但这个患腰间盘突出的川娃子，不示弱，凡事皆要一马当先。

连队卸大米，五十公斤一袋，战友担心他的腰"盛不住"，只往他肩上码了一袋，不料，他竟瞪眼跺脚地急：盛得住，我盛得住！你大胆地放嘛!

第一次参加海上登陆演习,他入伍尚不满一年。抢滩冲锋刚打响,一个巨浪扑过来,将冲锋舟掀翻,他被抛进海里,救上岸时人已昏迷,仍双手死死抱着迫击炮炮管。

苏醒后,战友们笑他"死脑筋"。他一咧嘴:装备是军人的生命,哪个能搞丢哒!

现场一片笑声。是笑他痴?抑或是这句方言混搭?

连队接受实弹考核,他指挥头炮射击,第一发炮弹出膛,连目标区的边儿都没划着。战士们面面相觑,他跺脚说,肯定是电子观瞄设备出了故障,测距不精确,改人工观瞄,继续打!

战士们一脸疑惑:你是神哈,还没检查呢?

"换了观瞄故障配件再打吧。"连长有些迟疑,说,后边的弹再打偏,咱连今年军事训练一级评定可就泡汤了。

他眼睛瞪得铜铃似的,说,放心,我盛得住。

他眯着眼,伸出手指对着苍茫处的目标比画几下,射击诸元脱口而出。炮弹竟像长了眼睛,一发接一发,直抵目标。

但训练场上手脚生风、果敢沉着的罗华平,并非钢板一块。2011 年,他就差点没"盛"住。

这年,连队换装转型,老式迫击炮换履带式自行迫击榴弹炮。新装备列装那天,全连官兵兴奋得如看大戏,围着新装备一片喊喊喳喳。唯独他蹲在远处,沉默如树桩。

此前,他已经历过连队五次换装,每次新装备试训皆是他挑大梁。在他手里,新装备如孙猴子的"金箍棒",关二爷的"偃月刀",他闭着眼睛都能触摸到每一处细微里的脾性与气息。

那天,没人知道这个孤独得像避雷针的战士,内心隐秘的疼痛与无助,正像旷野上的蒲公英一样摇曳着。

他觉得该是自己转身的时候了,但退伍申请写得异常艰难。写了撕,撕了写,反反复复,纸团折腾了一篓子。

你不是说你什么都"盛得住"吗?怎么,这次就这么趴下了、认怂了？指导员说着，气呼呼一巴掌将他的申请拍在了桌子上。

不料，这话竟触动了他体内最隐秘、最敏感的弦，忸怩不安的罗华平也火了，梗着脖颈子说，哪个青勾子娃儿说我趴下了，认怂了？有个啥子，你慢慢谙，看我盛不盛得住！

半年时间，他猛冲硬打，单中性笔就用光了五盒。当然，冲锋的快乐也伴着汗珠子一粒粒落进了他幸福的小杯子。他带队编写的新装备组训规范，推广到全军同类装备单位。翻过年，新装备首次实弹射击，他负责打响全师第一炮，首发命中。

实际上，让他"盛"不住的焦虑与痛苦并非换装转型。母亲患糖尿病多年，病情逐年加重，父亲患肝腹水差点走了，出院后常年卧病在床，完全失去了劳动能力。家庭重担全靠妻子撑持着。

但屋漏偏逢连阴雨，女儿一出生，又查出患有先天性重症，需要三天两头往医院跑，父母和女儿每年的医疗费就得六万多元，他不忍心将这么重的担子压在妻子一个人肩上，又不甘心放弃自己的理想，在心里苦苦地徘徊、挣扎。

"华平，我求你转来撒，我真的盛不住哒，你再不转来，咱个家就要垮哒……"听着妻子在电话那头的一声声哭诉，他握手机的手有些颤抖，不知道该怎样安慰她。

他沉默着，妻子的哭声，一声一声，像刀子从他的心上划过，痛得撕心裂肺。他知道妻子肩上的担子有多重，咬着牙，默默地听着。末了对妻子说，等年底就打报告转业。

"妻子一次次哭着要我退伍，我咋个不懂，她太难了。"他说。声音隐隐地颤，停了停，他抬起眼，叹口气：唉，家庭，军营，两头都爱，你说咋个选择嘛。

他将家庭的难处默默地"盛"在心里，不愿让战友知道。他怕搅扰战友，亦怕给组织添麻烦。他觉得，军人就当向死而生，不管天塌地陷，都得"盛得住"。

但他埋藏在心里的愁苦还是被大家知晓了。团里为他办了困难家庭补助，还协调了地方民政部门的帮扶，家庭窘迫得到了些许缓解。

"华平，你现在是个军人了，无论遇到什么困难，都要'盛得住'！"

他一直记着当兵离家那天父亲说的这句话。说这话时，他粗硬的嗓音往上扬，透着一股子风抚草木的力量。

"盛不盛得住？"

"盛得住！"战士们一片响亮的回应，在春日温暖的阳光下回旋、攀升。

在营区，听到这句带着椒盐味的普通话在训练场上回响，官兵们就晓得，那个叫罗华平的班长，又在带着战士挑战新高度。

二

小潘的故事，最初是他的政委王主任讲给我听的。当时，几个朋友听了，都不大信，说是糟改的。我也觉得不大靠谱。

但那天见到这个叫潘凤鞠的四级军士长后，我知道我错了。

浓重的暮色已罩上田野，天地苍茫，却迟迟不见他的身影，大家都有些着急：不会出什么事吧？

风轻轻抚着田野里的庄稼。香蕉林哗哗作响。

忽然，他挽着袖子，一阵风似的从帐篷外扑进来，满头热汗，一副在田里忙碌了一天的模样，神情显得疲乏，亦颇兴奋。

今天咋回来这么晚呢？有人问。

他说，今天这事，处理得蛮顺当。嗓门很大，声音在帐篷里嗡嗡地回旋着。

上午，光缆要穿过一个村子，战士们好话讲了几箩筐，村民死活不答应，硬要让缆沟绕过村西的菜地、果园和稻田。

绕道就得多铺近二十公里光缆，这可咋整？战士们丢下镐头，皆一脸无奈，心头的焦虑如头顶上明晃晃的太阳。

潘凤鞠抓起水壶咕咚咕咚喝畅快，转过脸说，哦，心急吃不了热豆腐。停了停，又说，你们暂时在这里休息，我去一趟。然后，像一股风蹿了出去。

"指导员昨天就过去交涉过，我看他够呛。"

"他鬼点子多，等着吧！"

"小潘负责施工线路上的协调工作，这头痛事，他该去。"

战士们坐在工地上七嘴八舌地议论着。一声紧似一声的蝉鸣，使夏日的酷暑更加灼人。稻子正在扬花吐浆，有鸟在稻田与远处的村庄之间来回飞。

潘凤鞠坐在村里一棵老榕树下，跟村支书和几个老人唠嗑，从当地风俗民情、发展变化，一直聊到自己家乡沂蒙山区拥军支前的老故事，北一阵、南一段地闲扯，话头和分寸拿捏得极好。树下不时传出阵阵笑声。

眼看一上午快过去了，还不见他回来，等在工地上的战士心里都有些焦躁。烈日下，迷彩服上的汗水干了湿、湿了干，汗印子一层一层叠加，在衣背上绘出一片一片白花花的地图。

"再这样在毒日头下曝晒，会中暑的，咱们回营地休息，让领导去协调吧。"三班长的话音刚落，潘凤鞠就站在村口水渠沿上，远远地扯开喉咙朝工地这边喊：开工啦，线路不变！

潘凤鞠性格开朗，但不是夸夸其谈的人。一帐篷官兵都张着脸听他讲白天的经历，很安静。他忽然停了话头，不讲了。被太阳晒得红黑的脸上漾着神秘的笑。

"你还没讲最后到底是咋说服村长的？"帐篷里的战士齐声说。

潘凤鞠眯着眼笑：想听，等着，我饿得前胸贴后背，吃饱了讲给大家听。他将大家想听的笑点蜻蜓点水似的埋伏了。

中队长说：小潘，我们都以为你在老乡家吃了，没留饭。

没留好，我有点馋了，正好自己动手改善一顿。潘凤鞠嘿嘿一笑，露出两排洁白的牙齿。

做饭，当然难不住他，他在炊事班当了六年班长，炊事班五年先进。

前年年初，大队接到海缆工程建设任务，要选拔一批工程监理人员，潘凤鞠主动请战。大队领导问：你离开炊事班接触光缆施工才半年，行吗？

他胸脯一挺：我会好好努力，尽快让自己成为优秀战斗员。

他的话像提前背好的，把队部的官兵都听笑了。

三个月后，他跟着部队开赴海缆施工一线。没想到，一上船，他就吐得天昏地暗。

"我也晕过船，确实挺难受。"我说。

他不理我，嘿嘿一笑：你不晓得，我当时在船上死的心都有了，如果可以跳海的话，我会毫不犹豫地跳下去。一下船，我就赶紧在地上趴一下，吸收点地气，要不在岸上走路，总觉得恍恍惚惚的。

岸滩保护艰苦，亦危险，数百斤重的钢管要人抬肩扛，一根一根往岛上送。满脸晒得起黑皮的潘凤鞠，不像监理员，跟着民工一起干。一次，正埋头走着，一块大石头突然从山坡上滚下来，眼看要砸到民工，他眼疾手快，顺势将民工扑到一边，滚石擦着他的衣袖飞过，差点要了他的命。

一天，他发现岛上一处隐蔽的大水坑里，静悄悄泡着几捆子罗汉松，有六十多棵，他掏出手机就要报警。旁边的工头急忙拉他一把：这肯定是别人挖了存在这里的，还没来得及弄走，呐，这里就咱们俩，你不要树，我给你二十万元，这些小树归我。

他停下手里正拨打的电话，扭过脸，恼怒地瞪工头一眼，说：没种，在你脑子里，咋什么都是钱呢？

工头气得脸色铁青，冷冷地叹气。

天蓝得惊心动魄。这天，他立在一块巨石上，打一个电话，又打一个电话，不停地拨打，打得手机都有些发烫了。最后，派出所民警七拐八绕，总算找到了地方。

一路上，工头气得不停地抱怨：我见过傻人，没见过你这么傻的，真是死脑壳，一根筋。

潘凤鞠听着，不吱声，只是嘿嘿地笑。

他是工程监理队里的战士监理员，施工方是国内颇有资质的公司。刚开始，对方技术员压根没把他当"一根葱"，变着法儿试探、忽悠，对一些技术环节要么故意装着不懂，要么说得云山雾罩，看他能不能从中听出一点门道。

监测过一段海缆埋深指数，他扯着嗓子火了：这一段工程必须立即返工！

他的硬气是有依据的。他根据光缆敷设的姿态、压力臂下倾角度、施工船行驶速度、风向和水域等作出综合判断，得出的数值与工程标准还有不少差距，但施工方负责人一脸淡然，说误差属正常范围。晚饭后，将一个厚厚的红包悄悄放在了他的枕头下面。

第二天，他把红包"啪——"一声拍给对方，脸黑得像锅底：别把豆包不当干粮，我虽是一个小兵，但我懂得肩头担子的分量，更懂得做人的底线！

经第三方用专用探测埋深装置认定，这一段果真未达到工程质量标准。他一声不响，像一块岩石，蹲在现场死盯着工程整改。

施工方一名技术员纳闷：你以前监理过海缆工程？

他会心地笑：哦，大姑娘上轿头一回。

看着对方一脸惊诧，他不吱声，立在呼呼的海风里开心地笑。

三

一秒钟能干什么？对于普通人，只是眨一下眼，无关紧要。但驻港部队某步兵旅特种兵薛烛乔不这么想，在他心里，这转瞬即逝的一秒钟，是极限挑战与超越，也是一个士兵从优秀到卓越的距离。

薛烛乔从步兵连队进特战一连时，自信满满，甭管怎么说，自己也是连队数一数二的优秀骨干嘛。谁知，第一次参加特种连训练，他就傻了眼：攀登、特种射击、机降、英式障碍……甚至许多科目他以前连听都没听说过。

如何在新阵地上浴火重生？焦虑的火焰在薛烛乔的胸膛里越燃越大。他放弃休息时间，铆足劲天天给自己"开小灶"。没过多久，第一道难关被他突破，他能十一秒徒手登上三层楼。

这成绩在连队已算得上过硬，但他对自己仍不满意。因为连队最快的战士是十秒，他还差一秒。

他对连长说：我要解除保护绳，进行无保护徒手攀登。

连长有些纳闷：这又是为啥？

薛烛乔"唰——"一个立正：报告连长，系着保护绳，一是容易产生依赖心理；二是保护绳易牵绊枪支，限制了身体灵活性，也制约了攀登速度。

连长说：这可不是闹着玩的，万一失手，掉下来后果很严重。

他把脑袋往前一探，盯着连长的脸：平时不这么练，战场上万一没条件使用保护绳，咋办？

特种兵作战分秒必争，快一秒，就多一分胜算。为了多一分胜算，他开始从一次次冒死跌落的危险里缩小这一秒钟。

尽管下边有保护垫，但沉闷的跌落声仍然令人揪心。毕竟，每次掉落都关乎生命安危。

两个月后，他的无保护徒手攀登训练法在全营推广。

连队与香港飞虎队进行军事科目交流，薛烛乔和战友噌噌噌，十秒就上到了三层楼顶，动作干净利索，如行云流水。

多种武器射击，是连队借鉴世界知名特种部队训练推出的新科目，包含手枪转体射击、轻型冲锋枪限制平台射击和匕首枪行进间射击三项内容。他一听就兴奋，像打了鸡血，又站到了试训排头。

身体突然旋转，调整好姿势有一个短暂过程，转身出枪瞬间，无法利用手枪准星缺口瞄准，他大胆颠覆自己的射击习惯，琢磨出一套压低重心保持身体稳定、以手枪套筒一侧当准星缺口的训练方法，难题迎刃而解。

限制平台是一个一米宽、一点五米高的掩体，上下左右分布多个射击孔，身体不能超出掩体范围，完成枪抵右肩射击和抵左肩射击，姿势别扭，不利索。他反复倒饬，又探索出一套训练路子。

实弹考核那天，薛烛乔一副目下无尘的架势，啪、啪、啪……使用三种武器、多种姿势，十发子弹十一秒内出膛，似乎不用瞄准，全部命中目标。

战友们都为他的精准射击自豪，他没停在欢喜上，脑子里电光石火的新想法又隆隆启动了。

他眼睛一眨一眨，有点矜持，一脸怪异：特种兵追求快，但是，有时咱也得学会慢，慢一秒钟也是考验与挑战。

实弹考核那天，薛烛乔一副目下无尘的架势，啪、啪、啪……使用三种武器、多种姿势，十发子弹十一秒内出膛，似乎不用瞄准，全部命中目标。（邱扬摄）

这是薛烛乔有新想法时的表情和风格，连长抬起头看着薛烛乔，他知道他脑子里一直在不停地琢磨问题，一些充满风险的迷人问题。连长说：又有啥奇思妙想，快说。

薛烛乔说，嗨，咱得学会用脑子思考问题不是，你想想看，直升机滑降，下滑太快、太猛，容易崴脚，如何控制好速度、减小冲击力，这时候慢一秒是不是比快一秒更安全些？

连长像鸡啄米似的点头，沉思，说，有道理。

然后呢？

然后，他为降低这一秒滑速，又开始在模拟机降平台上不停地折腾。

四

夜，静得诡异，伸手不见五指。是偏远乡村深夜里的那种静与黑。

没人知道，战斗其实已经在这静与黑里悄悄打响。蓝方一架战机正神不知鬼不觉地向红方防空阵地袭来，直逼指挥所。但雷达被强电磁笼罩、干扰着，像木讷、迟钝，睡意浓重的老猎犬，迟迟不见反应。

"盲搜！"中士赖华双眼紧盯着雷达显示屏。

当然，他心里清楚，用导弹发射车上的雷达"盲搜"打击目标，其难度，犹如黑夜里伸手抓一只临空而过的鸟。

一个红点若隐若现，他瞪眼道：就是它，锁定。他的语气和目光锐利如剑，能切开黏稠的夜色。

指挥员的发射指令刚落，一枚导弹在黑沉沉的夜色里划过一道美丽航迹，直刺苍穹，在遥远的夜空轰然开花。

赖华是导弹一营发射连的中士班长，个头不高，眸子像警惕的猎犬，时刻透着一股子亮光。这个其貌不扬的中士，曾创下某型导弹"五发五中"的全胜纪录，全旅至今无人能破。战友们说，他有鹰一样的眼睛。

这双眼睛的神采来之不易。

刚下连队学专业，班长教什么，赖华眼珠子骨碌一转，就能领会操作要领。每次阶段考核，他的成绩总是榜首。

"这个专业 so easy（太简单了）！"渐渐地，骄傲自满的情绪在赖华心里像水波一样，一波一波鼓荡起来。

咱俩比一次。班长说。

赖华盯着班长，说：哦，比什么？

班长说：上发射车。

第一轮比拼，赖华就败下了阵。精度不够、处置呆板、操作超时……那天，他被班长折腾得满头雾水，眼神黯淡。

不过，他是越挫越勇的性格，并未就此蔫下去。战友们发现，这个差点被骄傲摧毁的兵，变了，平时训练对自己的要求总比别人高一截。

严酷的考验不期而至。旅里与驻地航空兵某师组织联合陆空对抗演习，"蓝军"飞行员狡诈多变，利用云层和山峦不断规避红军搜索，还有高强度电磁干扰，目标像呼啸而过的风，根本无法稳定跟踪。

信息断断续续，若有若无。几分钟后，目标重新出现在官兵们视野里，但若不立即下达号令，最佳拦截位置就倏地过去了。

抉择，摆在了赖华面前：等待指挥员"发射"号令，不光战机会被贻误，红方阵地上重要目标的安全亦不堪设想；如擅自发射"导弹"拦截，就会面临接受处罚的风险。

赖华皱一下眉头，果敢选择了拦截。瞬间，蓝方"战机"梦碎苍穹。

"如果这也怕，那也怕，仗还怎么打？军人当有当即立断、敢于担当的勇气和血性。"赖华说。

演习硝烟还未散去，指挥部当场给赖华记三等功。

"赖华不赖！"

听到旅长茹雷在电话那头这样夸赞自己，赖华笑得眼睛眯成了弯弯的月。

五

英雄连队必有传奇英雄，这我知道。

但"黄草岭英雄连"黑不溜秋、瘦削单薄的方超智初入视野时，我心

方超智："军人除了冲锋，还是冲锋，我身上不光有钢，胸膛里还有钢气，绝不会废掉。"（彭希摄）

方超智指挥全班战士发起攻击。（彭希摄）

里颇恍惚，觉得他与血性、英雄这样的大词不太搭界。

但副教导员池涌章的话锋很硬：你可别小看这小子，四次骨折，手腕上打着两块钢板，参加上级比武，十八次夺得金牌，是宁折不弯的好钢！

说罢，池涌章看一眼小方，又扭过脸盯着我，似乎怀疑我对他的介绍缺乏信任。又说：你别不信，我当他指导员四年，讲几件事你听听——

那年，小方参加上级"军事三项"比武，在赛场上意外受伤，右手腕骨裂，饮憾奖牌。

之后，挫折与考验便接踵而来。一次，他给全连官兵做战术示范，砸地有声的动作引发旧伤，医院诊断为右手腕粉碎性骨折。不到两年，两次手术，右手腕打进第一块钢板。

出院不久，团里组织半年军事考核，他死活要参考，像一头犟牛，谁都拦不住。当时我劝他，说你伤口还没好利索，不要逞能。你猜他咋说？

"咋说？"我有些好奇。

这小子一句话反倒说服了我。他说，一班是全连排头，我是一班长，关键时刻岂能缺考！

他打着绷带，单臂赴考。四百米障碍场，两米高墙，他单臂触墙，脚轻轻一垫就过去了。抵达终点，成绩比优秀还快出几秒。武装五公里越野途中，连队一名战士突然晕倒，他冲过去，一把捞起，就往卫生队跑。路上，伤口崩裂，血把绷带都渗透了。

"然后呢？"我看着池涌章问。

恢复了个把月，他又带着全班出征了，参加军区单兵终端标准化比武，夺得"优胜班"。

结果呢，一回来问题就严重了，旧伤再度发作，小方第三次躺上了手术台。

第四年，手腕游离骨断口二次硬化，医生把硬化的骨头敲掉，从他的胯部取出一块骨头接到右手手腕，打上了第二块钢板。

不到五年，四次手术，手腕被打进两块五公分长的钢板。大家都为他感到惋惜，觉得小方从此可能就废掉了。

这是一个春日的上午，天很蓝，我们盘腿坐在连队门前的草地上。草地上开着一些粉色、白色和黄色的小花，鸟儿在芒果和荔枝树上一声一声婉转地叫着。我本来在营区散步，走累了，看到草地上有几个战士坐着聊天，我打了声招呼，就走过去跟战士们坐在了一起，想和他们随便聊聊工作或生活。没想到，池涌章看到方超智就打开了话匣子，收不住。现在，谈笑风生的气氛忽然有些凝重，甚至伤感与怜惜。我有些蒙，一时不知该如何往下接。

大家都静静地望着池涌章，在静默里等待，等待他的讲述。小方脸上的表情很平静，嘴角浮着笑，低头听着，像听别人的故事。

池涌章说：这小子骨子里有一种豁出来玩命的血性脾气，有一天，他告诉我，军人除了冲锋，还是冲锋，自己身上不光有钢，胸膛里还有钢气，绝不会废掉。

这时，他停住话头，伸手在自己脸上摸了一把，抬头望着头顶的荔枝树，上牙咬着下嘴唇，以一种陷入沉思的状态控制自己的情绪。

半晌，他喃喃自语似的说，好吧，接着讲小方的故事——

去年开训动员比武，全团二十多名训练尖子轮番上阵，投弹竟无一人过七十米。当时，小方戴着二等军功章跟团领导一起坐在观礼台上看比武，看不下去，站起来低吼一声："让我上！"

小方全副武装，先跑八百米，扛着五十多斤重的弹药箱，二十米往返五趟，完成步枪分解结合，再进入投弹区，连续作业，不助跑，原地引弹、挥臂、投掷，一出手就是一片喝彩声，七十三米。

还有更难的，比如实弹射击。

陌生地域的实弹"极限射击"是高难科目，打击目标隐蔽在丛林丘陵间，随机显示，在奔驰颠簸的战车上，对一千多米距离上的目标进行射击，两分钟内完成。

演习那天，小方指挥连队头车发起冲锋，突破第三道防线时，自己的战车履带突然受损，他在距目标一千二百米处，借机一个短停歼灭，打出四发全中的"满堂彩"，创造超视距射击发发命中的全师纪录。

去年，全师组织"多能射手、多岗能手、技术能手"比武，小方运用步枪、轻机枪等轻武器，用十三种弹药，对七种运动目标射击，你猜怎着？这个小子夺得全师"多能射手"。

你说，咱有这样的钢铁战士，有什么好怕？末了，他这样说。

我回头寻小方，不知何时，他已悄然起身离开。我还没来得及注视他，甚至没看清他的脸。那个愉快的上午，除了这些故事，我只记住了小方那双明亮的眼睛。

六

天刚蒙蒙亮，小镇还未从沉睡中醒来，大山里一片寂静。坪石哨所上士哨长林典赫，已带着两名战士出完了早操。安排好一天的工作，他就匆匆出了哨门。

"今天巡线往返六十多公里，我得早一点出发。"迎着清晨凉爽的山风，三十岁的林典赫与平常一样，挎包、水壶，一身迷彩服，一把战备铁锹，上坡下坳，山路崎岖，汗水很快就湿透了衣背。

坪石哨所位于湘、粤、赣三省交界处的大山里，是某通信总站二连的一个维护站，林典赫和两名战士的使命是时刻确保七十公里通信线路的畅通与安全。巡线，是三人每天雷打不动的一项工作。

外线巡护三个人原本是轮流的，但这段时间南方持续高温，快一个月了，林典赫天天顶着酷暑跑外线，说天气炎热，翻山越岭，很容易中暑，自己比新战士有经验。

有一年冬天，山里滴水成冰，大雪纷飞。夜里八点，林典赫突然接到村民电话，离哨所四十五公里处的道路塌方了，光缆露在了外头。

"如果缆线被过往车辆压断，就坏大事了。"撂下电话，林典赫叫上一名战士冲出哨所，寒风呼啸，雪粒子打得眼睛都睁不开。两人在雪地连爬带滚，天亮赶到现场，一面向当地路政部门反映情况，一面展开维护，第二天深夜回到哨所，两人竟三十八个小时没顾上吃一口饭。

"常年在山里巡线，跑一天连个说话的人都没有，不寂寞吗？"

"习惯了！"他笑眯眯地说，"有寂寞的环境，没有寂寞的人生！"

正说着，一个五十多岁的村民主动与满头汗水的林典赫打招呼："林哨长巡线啊？"山里十里八村的村民大都认识他。从那年主动到这个全总站最偏远的哨所任哨长至今，在这条路上，他已经默默走了八年。

山峦起伏，烈日当空，气温高达三十六摄氏度，林典赫坐在树荫下，就着凉开水嚼馒头，半小时后，又上路了。

带着一身热汗和疲惫回到哨所，已是晚上八点，下士薛以文和陈贤文已早早做好晚饭候着。香喷喷的红烧鱼、红烧茄子和小炒肉端上桌，三人围桌而坐，像三兄弟，寂静的哨所里顿时充满了家的温馨。林典赫边吃边夸薛以文："不错，厨艺有进步，今天这三个菜比我烧得好！"

薛以文自豪地告诉我，刚上哨所那阵，他忙活一上午，端上桌的菜总是黑乎乎的，不是菜咸得难以入口，就是米饭夹生，但林班长不吱声，埋头吃得很香。

林典赫精通连队电源、光端、光缆三大专业，工作上是班长和老师，生活上则更像大哥。哨所两名战士每年轮换一次，每次新上来的战士都不会做饭。怎么去小镇上买菜，如何把握量、淘米、炒菜，还有种菜、洗衣服，凡日常生活里的琐碎事情，他都会不厌其烦地手把手地教，从来不抱怨和批评。

一名十七岁的战士上哨所后，受不了寂寞与单调，找碴儿闹情绪，甚至抹着眼泪要提前退伍。林典赫不吱声，笑呵呵地陪他下棋，教他弹吉他，教他洗衣做饭，那些细碎的点点滴滴，如蒙蒙春雨，无声地落进了这个小战士的心里，他再没闹过情绪。小战士年底回到连队，第三年考上了士官学校。

哨所的工作很单一，巡线、机房、值日，三个人每天在寂寞里重复着单调枯燥的工作。薛以文说："刚上哨所那段时间，整天面对寂静的大山，心里憋得慌，老想找个人说话，一到冬天，远山近岭，白茫茫一片，有时个把月都见不到人影。"陈贤文接过话茬说："刚开始，晚上我们三个人轮流讲故事，时间一长，肚子里的故事讲完了，也说烦了，就坐在院子里数天上最亮的星星。"

林典赫不吱声，坐在旁边静静地听着。

时间在流逝，身边的战士来了又走。再过几天，薛以文和陈贤文也要轮换离开哨所。

林典赫的内心也有困惑：女友在兰州开着一家公司，劝他退伍回去挑重担，在海南打工的父母也电话不断，为他的婚事和将来发展操心。

"年龄不小了，老待在山里，将来退伍回去能适应外面的世界吗？"林典赫有时会在心里问自己，但焦虑里，又觉得艰苦是砥砺性格与信念的机会，多磨炼几年，对自己的人生有好处。

日复一日，在平淡与寂寞里，他用真诚与耐心带着一茬一茬进山的战士踏实做事，也实现着自己的梦想，自考拿到了法律和通信两个大专学历，哨所年年被评为先进，维护的线路没发生过任何差错。

一位战士的母亲在电话里哭着感谢他教会了她儿子做饭。搁下电话，他在山坡上坐了很久，觉得幸福与自豪，就在工作和付出的过程里。离开城市的喧嚣，守望在偏远闭塞的大山里，让他找到了一种清新的成长姿态。

夜晚的大山一片漆黑，一派寂静。望着群星闪耀的夜空，林典赫说："你看，山里的夜空多蓝，多干净。"

我和三个战士坐在院子里，抬头仰望星空，谁都没有进屋休息的意思。远处，时不时传来隐隐的狗吠声。

七

夜色如墨，风声呼啸。

两支坦克分队突然在一片丘陵地带不期而遇。228号坦克抢先判明对方身份，炮声怒吼，战场态势瞬间逆转。

持续两个小时的夜间演习结束，一名满脸灰尘的战士跳下战车，露出两排洁白的牙齿："狭路相逢勇者胜，没有敢打必胜的本领，咋敢当刀锋！"嗓门很大。

连长介绍说："这就是我们'尖刀连'的上士赵雷，228号战车车长。"

上阵地前，我已在连队听战士们七嘴八舌地讲过赵雷的故事。刚入伍时，因体质瘦弱，第一次摸底考试，四百多名新兵，赵雷成绩全新兵营倒数第七，新兵班长说他是"一把钝器"，一时半会磨不亮。赵雷不服，头一拧说："燕雀焉知鸿鹄之志，我的梦想是刀锋！"把班长气得哭笑不得。

从"钝器"到"刀锋"的转变需要多久？

"三个月！"性格爽朗的赵雷盯着我说。他的回答，让我心里嗡了一声。

赵雷在被窝里悄悄定好闹钟，每天提前三十五分钟起床，独自绑上沙袋跑一趟五公里回来，正好跟上连队出早操；手榴弹投得手连筷子都拿不稳……新训下连考核，赵雷以总分全营第三名的成绩，为自己的军旅生涯写下了第一个惊叹号。

"你知道我们连为啥能被授予'尖刀连'荣誉称号吗？"不等我回答，赵雷像自问自答，说："我第一次读连史，心都被震撼到了嗓子眼，在塔山阻击战中，我们连面对波涛一样涌上来的敌人，浴血奋战，连续激战二十六小时，打退敌人五次反扑，全连死亡过半，仍牢牢坚守着阵地。二十六个小时，歼敌二百五十余人，俘虏一百八十人，缴获枪支、火炮二百五十支（门）……"

熄灯号最后一个间符刚落，连队整栋楼的灯光唰一下全熄了，一片寂静。

坐在连队门前石凳上如数家珍地给我讲连史的赵雷，也像突然被摁下了指令，看着连长，不吱声了。我心里又嗡了一声。

连长说："你回去休息，明天还要训练。你的故事我晓得，我来讲。"

坐在连长宿舍，我接着听赵雷的故事。

全师建制连军事比武，武装五公里越野现场，赵雷手擎尖刀连战旗，疾风般冲在队首。左脚食趾与中趾骨折的旧伤尚未痊愈，痛得钻心，赵雷牙齿咬得咯咯响，一瘸一拐扛着旗率先撞线，总评成绩"尖刀连"第一。

"不错，尖刀连的战士就该有刀锋的样子！"终点线上，师参谋长夸赞赵雷有血性，敢冲锋。赵雷"刀锋战士"的美誉不胫而走。

去年盛夏，团里组织实弹射击考核。就在228号坦克锁定目标准备射击的瞬间，战车突然沉默在考场上。

"弹丸有掉落的危险。"赵雷判断故障是提升机提弹时，抓具未能抓紧弹丸而致其脱出。若处置不当，一旦弹头接触硬物引起爆炸，就会车毁人亡。

偌大的射击场顿时鸦雀无声，所有的目光都聚焦在这辆"沉默"的战车上。

赵雷果断关闭热保护开关，迅速用手将弹丸扶正，转用半自动装弹方式让炮弹重新入膛，再次投入战斗。测距、跟踪、击发……228号坦克"斩获"优胜车组的荣誉。

赵雷经常埋头钻研战术指挥，战友们不解："战术指挥是干部掌握的本领，你劳那神干啥？想当指挥员等提干了再学也不迟。"赵雷头一拧，瞪眼道："班长不懂指挥还配叫班长？"

今年九月，赵雷参加山地进攻战斗演习，所在分队在某高地北侧遭"敌"伏击，五辆战车"中弹"受损，分队指挥员被判"阵亡"。赵雷临危受命，接替分队长指挥战斗。他沉着指挥分队发起迂回反击，重新夺回失守高地。

"那天演习结束，赵雷钻出战车说，狭路相逢勇者胜，没敢打必胜的本领，怎能当刀锋！跟今晚跳下战车时一样，嗓门很大。"

我的话让连长有些愕然，说："对，就今晚这神态，话也差不多。但是你从哪里知道的？"

八

"沉稳、冷静是狙击手的必备素质。"驻香港部队某旅特战一连班长肖瑞华对我的话抱以一笑，神情里有隐隐的不以为然，他径直用"静若处子，动若脱兔"回答我。

去年六月，肖瑞华作为原广州军区参赛队队员，赴某地参加全军特种（侦察）分队狙击手战术行动比武。

第一个比赛科目，队员需负重二十公斤，自选路线，在规定时间内，抵达直线距离十二公里外射击区域等待狙击命令，迟到扣分。

陌生地域，荆棘遍布，山大沟深，手里只有一张地图和一个指南针，两小时内如何到达目的地？

考核员一声令下，各参赛队瞬间就没了踪影，肖瑞华还在原地犹豫着、思谋着，看上去一副不知所措的样子。

"别磨蹭了，赶紧走啊！"队友一脸焦急与不安。

"急啥，磨刀不误砍柴工，先选一条最佳路线。"肖瑞华大胆决定：定向越野，直线挺进。

他和队友穿丛林、蹚河谷，翻山越岭，衣服、脸颊、手臂被沿途荆棘刺破，鲜血直流。两人提前半小时抵达指定狙击区域。

肖瑞华抓住剩余时间构筑阵地、判定风速、风向和俯仰角。一号射击区域的快速射击，他七发子弹全部命中。

"隐蔽前往三百米外制高点，占领狙击阵地，方式自选，但不能被观察哨发现，否则判定阵亡。"肖瑞华脑子飞转，又想出妙招，决定穿上吉利服，沿着山坡低姿匍匐直抵预定狙击阵地。

考场如战场，平时说不上远的三百米距离，在无数隐藏的观察哨眼皮底下，突然变成一场极限考验。他双腿不停地抽筋，眼前一阵一阵晕眩，感觉坚持不住时，就在自己手背上咬上一口，用剧烈疼痛提神。抵达阵地，他手背上三对牙印还在渗血。

因体能透支，呼吸不畅，海边风速变化不定，三个精度射击目标，肖瑞华只命中一个。他举起了枪托，猛往大腿上砸，好像腿不是自己的，是一根枯树桩子或条石。队友见状，吓得大喊，以为他想不开，要自残。他眼里噙着泪水说："我要让自己更清醒些，为马上进行的狩猎射击做准备。"

三十秒，三声枪响，三个随机出现的狙击标应声而破。

最终，肖瑞华和队友成为唯一一组十三发子弹命中十一个目标的参赛队，并以用时最短摘得桂冠，被评为"全军特等狙击手"。

与所有出色的狙击手一样，平日里的肖瑞华沉稳、安静，眼眸里透着一股隐隐的果敢与寒气。他和他手里漆黑发亮的狙击枪，都在沉默里等待一些突如其来的瞬间。

一次潜伏，他在狙击阵地两天两夜没挪动，考核员拿望远镜来来回回观察十多次，一直认为他是一块凸起的草皮。

旅里组织岗位练兵比武，考核前肖瑞华的狙击枪突然出了状况。他不急不慌，换枪参赛。战友们都觉得他扛新枪上阵令人会大跌眼镜。

最后，中士肖瑞华在六百米的距离上，采用多种射击姿势，以一分零四秒打出十发子弹，命中十个随机隐显目标，仍稳居全旅榜首。

"人和枪一样，都有自己特独的个性。狙击手的枪都是专人专用，临阵换枪，如骑士换马，万一马失前蹄，就不怕丢'全军特等狙击手'的脸？"

他看着我的脸，笑眯眯地说："一名优秀的狙击手，既要有冷静的头脑，也要有敢于豁出去的血性。抉择时沉着冷静，行动时勇猛顽强，所向披靡。做到动静相宜，就能事半功倍，一击必中。"

九

阵地上一片沉寂，红蓝对抗已进入白热化角逐阶段。电磁空间错综复杂的信息流，在静默里等待收网者横空出世。

雾气浓重，抓一把似乎就能哗啦啦拧出水。电子对抗旅下士刘世超头戴耳机，眉头紧锁，一边往嘴里扒拉着盒饭，一边用鹰一样的眼睛注视着信号屏上的风吹草动。

各种信号蛛网般在演习地域上空交织着。不光语种不同，还夹杂着沿海各地繁杂的方言。刘世超觉得自己跌进了一个巨大的信号迷宫。

他要做的，就是抽丝剥茧，从纷繁复杂、浩如烟海的信号网中捕捉到真正的蓝军信号，并从时断时续、瞬息万变的信号里甄别出有价值的精准情报，尽快扭转眼下的战场态势。

刘世超上上下下不停地在战车间往来穿梭。他耳朵上挂一个耳机，手上拿一个，汗渍在衣背上反复叠加、延展，像一张神秘而耀眼的地图。一天工作十四小时，得跑多少路，他也说不清。上阵地半个月，他感觉自己的耳膜似乎得了炎症，耳朵扯着头皮，撕裂般痛。

刚开始，刘世超屡屡得手，随后，一直在困境里苦苦挣扎着。信号里为何反复出现"红楼梦××、红楼梦×××"？蓝军要在红楼梦的章回数上玩嘛花样？难道机密就暗藏在《红楼梦》的章回里？

刘世超让人飞速找来一套《红楼梦》，可书都快翻烂了，却死活理不出头绪。就在他急得焦头烂额时，蓝军信号竟然又变成了"辣子鸡二十、水煮鱼五十"，又把刘世超往迷茫的深处推了一把。

"红楼梦""辣子鸡""水煮鱼"这些究竟有什么关联？刘世超连走路嘴里都叨叨个不停。不明就里的战友笑说："光念叨能解嘴馋？"

刘世超念念叨叨，冥思苦想，甚至有点儿恍惚的时候，忽然眼前一亮：首字母会不会和通信联络代码有联系？一求证，果然是一声霹雳，战场态势快速逆转。

短短三天时间里，刘世超共破译对方数字情报六百余份。

刘世超大学读的是某国小语种专业，毕业后去这个国家自费留学。学成归来，他放弃当翻译、老师，选择了从军，让同学和朋友们很蒙圈。

观察所侦察员、连队文书，此前刘世超的几个岗位都与破译不沾边，模拟信号听辨、通信对抗、电子目标情报，在他脑海里皆一片空白。

"本事都是学来的，没谁天生就会。"他从报文里学单词，不声不响，边摸索边总结，从庞大的统计数据里找规律。不到一年，竟埋头归纳出"蓝军"电台的工作方式、信号频谱形状、跳动速率和报务员发报规律等二十余项成果。

"嗞……嗞！"微弱的电台信号时隐时现。还没等他理出头绪，侦察界面上的信号瞬间就消失了，像一股风掠走一片云、一枚树叶。突然，刘世超从椅子上一跃而起："快，频率转到×××，锁定！"消失的微弱信号如一缕薄雾，再次浮现。

刘世超紧紧盯着屏幕，那些稍纵即逝、细如发丝的信号被他从杂乱无章的电磁密林里一根一根"拎"了出来。这次侦听与反侦听、干扰与反干扰红蓝电磁对抗演习，他三十一次听出"蓝军"即将转频的信息以及频率点，使"蓝军"进攻企图屡屡受挫。

在没有硝烟的博弈中，刘世超凭声音不光能分辨出同一频段内有多少种用频装备，还能听出对方的发报手法。

感动我的不仅仅是这些成绩。这个电磁密林的听风者看上去很淡定，但我知道他心里是顶着巨大压力的。他的冷静让我思索，一个人肩膀能承载的负荷，并不全在他的生理原因和结果上，可能更在他的精神担当上。

刘世超紧紧盯着屏幕，那些稍纵即逝、细如发丝的信号被他从杂乱无章的电磁密林里一根一根"拎"了出来。（黄建鹏摄）

他吃了多少苦我不知道，据说他的屁股上坐出了老茧。

"电码之间传达的是作战命令，一字一码都决定着战争的胜负，谁技高人一筹，谁就掌握战场主动权。"我相信这话，是刘世超中士一点一点从无限的寂静里悟出来的。

十

"五次荣立三等功，三次获'全军优秀士官人才奖'，革新发明装备维修工具十三套……"见潘小升的路上，我的脑海里不停地涌动着这些成绩与荣誉，他会是怎样一个战士？

岸滩战斗已经打响，担负开辟通路任务的装载机像故意出难题，突然停止运转。修理技师、二级军士长潘小升拔开高压油管，手指轻轻一伸："高压油泵供油不足，检查高压油泵！"

"手指也能当测压计用？"现场官兵一片惊诧。

果然，柱塞磨损严重，一换，装载机正常工作。这个过程，前后不到一分钟。

实际上，在战斗打响前，伴随保障的修理工已检查过高低压油路，都说通畅、完好。

装备趴窝后，修理工把气缸串气、气门漏气等所有可能发生问题的地方挨个摸了一遍，故障仍无法排除。

分秒决定胜败。装备修理"大拿"潘小升，就是在这个节骨眼上出现的。

"一根手指胜过数名修理工，你说我们不叫他'大拿'叫啥？"

全团官兵皆称潘小升"潘大拿"，这当然不是他在装备维修岗位上干了二十二年，资格老，比兵龄更让官兵们敬重的还有一串璀璨数字：精通八十多种装备修理技能，保障重大演训任务千余场次，抢修故障装备两千余台次，从未失过手。

三十分钟内维修四种不同类型的车辆发动机油路故障，且潘小升的要求比别人更苛刻，蒙上眼辨认故障后，才摘下眼布展开维修作业。换句话说，只要辨认失误，他的挑战就失败了。

这是团里组织的一场装备抢修擂台挑战赛。潘小升自然不会不到场。

听声音、闻味道、试温度……现场气氛异常紧张。空气中混合着油烟味和机械的轰鸣声，一片嘈杂。潘小升的神态像个把脉问诊的医生，不慌不忙，一脸沉着。

二十八分四十七秒，所有故障全部排除。现场官兵一片惊叹："潘师老兵神手！"

"你们团小潘厉害！"装备生产厂家专家也极敬重他。

2014 年，潘小升被派去接装。在厂家车间，一台机械满负荷运转着，制动系统反应却"慢半拍"。潘小升说："赶紧把储能器换了吧。"

"你一个战士懂什么？储能器是新的。"厂家高工不信，认为是调试问题。

他们通过自动控制阀调整制动间隙、调高制动系统压力……折腾了大半天，仍没解决问题。最后，不得不回到潘小升说的问题上，一试，制动系统灵敏如常。

自此，潘小升每次去厂家，都被视若上宾。

"潘小升入伍时只有初中文化，硬本事，是他铆在岗位上勤学苦练出来的。"这话不得不信，摞起来一米多高的学习笔记，还有维修过程中记录的近万个典型故障"档案"，就是他从一名对装备两眼一抹黑的"门外汉"，成长为驾驶战车能打仗、装备损坏能修理的"潘大拿"，一路追求和沉醉梦想的诠释。

去年盛夏，在演习场构筑指挥所，一台装备因活塞锈蚀磨损趴窝，潘小升使用自己研发的"工程装备自动分泵活塞抓取器"，前后不到四十分钟，就完成了拆卸、清洗、安装。在他发明这套工具前，因无专业维修工具，修理人员只能靠钳子、撬棍生拉硬拽，耗时长达四个多小时。

现在，潘小升的这项发明，已有了自己的专利名称和专利号。

团里以他的名字命名"潘小升工作室"，成立一支八人科研攻关小团队。潘小升带着车钳焊、电工、工程装备维修、计算机等骨干，短短两年，革新发明二十套装备维修工具，全部被推广使用。而他的工作室，则变身为集团军修理工"加钢淬火"的实践基地。

十一

演习已在三十二摄氏度的高温下持续了近三个小时，某新型雷达光栅显示器上小如针眼的回波，在两名号手疲劳的视觉里若隐若现、飘忽不定。

"我来！"

或许是过于疲劳，两个号手的判断不断出现失误。坐在指挥位置上的雷达技师、三级军士长杜宇明有些急，立即与其中一名号手换了位置。

三分钟后，指挥所传来消息：目标参数全部正确！

"小杜驾驭新装备的能力强，这个型号的雷达列装刚三个月。"听团长李朝辉当着别人面这样夸赞自己，杜宇明的脸唰一下红了。

雷达是防空兵的眼睛，却是一个枯燥的专业。有一段时间，战友们每天晚上都能听到杜宇明的梦话。他在梦里反反复复拆装、调试雷达，背各种技术参数，似在跟人对话，又像在自问自答，持续时间挺长。白天，战友们常拿夜里他那些有趣的呓语逗他："呵呵，元芳，这个问题你怎么看？"

"想知道我跟谁讨论，不告诉你。"杜宇明一脸神秘的笑。他的笑与他的追求重叠，坦率、真实。

"勤能补拙，笨鸟先飞早入林。"杜宇明的这句口头禅，许多战士开始都不乐意听，说这话在学校里老师就天天讲，耳朵里的老茧还没蜕完呢。

听说团里要列装某新型雷达，杜宇明七拐八绕、软缠硬磨，提前从厂家拿到相关资料，忙着建模拟训练系统。战友们不解："林子都看不见，忙着往哪飞呢？"他嘿嘿一笑："林子就在前边嘛！"

半年后，新装备列装。杜宇明当仁不让，任新装备训练攻关小组的小组长。训练中的困难和问题，在他那里都不是问题。

年底，团里参加防空兵年度实弹射击考核，上级要求新列装雷达全程担负对空值班。翻过年，集团军举行单装终端标准化比武，杜宇明驾驭新雷达斩获集团军第一名，他的"雷达架设与拆收"科目用时比成绩评定时间提前了60%。

前年，上级组织防空兵部（分）队实兵实装对抗演练，杜宇明担任导调员。演习即将开打，参演部队一名机关科长满头热汗找到杜宇明：自己单位的某型雷达"空情传输"和"目标搜索"出了故障，排除不了就得退出演习。

一听雷达型号，杜宇明就蒙了，自己压根就没接触过这种雷达，怎敢瞎说？见这名科长眼巴巴的神情里露出失望与无奈，杜宇明一跺脚："走！"

满头汗水赶过去，杜明宇对现场干部"啪"一个军礼："赶紧把装备说明书拿来！"

现在一片寂静，十几双眼睛齐刷刷地盯着他。只听说明书哗啦哗啦在杜明宇手里翻动。

"问题最后咋解决的？"

"不晓得，杜班长一声不响翻完说明书，就上了车，十分钟不到，雷达工作就正常了。"指导员余碧璋看着我说。

也许是多年在寂静环境里工作养成的习惯，我和连队官兵坐院子里聊了近两个小时，想请杜明宇说说自己的故事，他总是说："习惯了！""都是自己的本职工作，真没啥好讲。"他的话很少。

天热得厉害，感觉空气快要燃烧了，我们坐在浓密的树荫下，汗水还是顺着帽檐一滴一滴往下落，像檐上的雨水。我转脸看杜宇明，他不像我和别的战士，帽子都拿在手上。他的帽子一直戴得严严整整。

"杜班头发白多黑少，掉得疏疏落落，脱了帽子怕有损自己的形象嘛。"听余碧璋这样给我解释，杜宇明坐在旁边笑得一脸不好意思。他的笑朴实、陌生，是城市里长久难见的笑。

水流向自己要抵达的方向，树通过风与另一棵树交谈。当兵十八年，经历四次装备更新换代，杜宇明一路爬坡过坎，能熟练驾驭七种警戒雷达。这期间，他吃过多少苦头，只有他自己心里清楚。他是连队最老的兵，他不说，后来的官兵谁会知道呢。

实际上，转岗的机会远不止一次，他可以离开寂寞与枯燥，选择另一条前进路径，但机会都被杜明宇放弃了。他在寂寞里与各种各样的雷达倾心交谈，执着地把时间和孤独拉长，也把内心繁杂的欲望一点点抹去，从容与自信像花香一样，从枯燥的坚守里，从时间的缝隙里一点点、一缕缕渗透出来，绽放在他的脸庞上，笑意里便有了一种成熟稻田的味道与色彩。

（2019 年 3 月增定于广州）

有故事的玫瑰

一

第一次见杨于村，我心里就有个声音说，呐，这是一个内心丰富且有故事的女子。

她淡淡地说，我的经历、追求蛮简单，十八岁上军校，毕业后一直在基层科研岗位上没挪过窝，平淡得像一杯白开水，真没啥好讲。

小惑易其方，大惑易其性，人生最难的是选择，当然，还有对选择的初心的坚守。实际上，让自己保有本性的真实和澄澈，有时候比选择更难。

她粲然一笑：一个人，永远不要去羡慕别人，有时候人生需要绕路走，绕开浮躁、名利的诱惑与羁绊，人就会活得轻省、简单、幸福。

有人说，一个人的心态，决定了他的生活状态。她简单、爽朗、恬静、辞让、执着的背后，到底隐藏着怎样的幸福密码？

二

盛夏，白晃晃的日头无遮无拦，荒芜的海岛上一派空旷寂寥。

四十摄氏度的高温，闷热，艰险。她把寂寞与酸楚压在心底，白天黑夜连轴转，身上是蚂蟥、毒虫叮咬的累累疤痕。

夜晚的海岛有一种瘆人的气息，树叶在海腥味的风里哗啦哗啦，身边连一个说话的人都没有。有时，岛上涛声震天、风声如雷，夜黑得伸手不见五指。有时则繁星如斗，礁石与灌木层次分明。海潮涨落里，她在迷离恍惚间能嗅到夜的芬芳。但更多的时候，在无限的寂静里，她感到万物的瞳仁都在注视着她，心脏咚咚咚跳得失了节奏，孤独、恐惧，像潮水，像呼啸而过的风雨，浸淹、撞击，猛烈地拍打她的坚强。然后，等待她脆弱地哭泣，或者落荒而逃。

与同事结伴奋战的日子当然有，但更多时候，她孑身前行。海岛、山岳、丛林，不管多么偏僻遥远，也不问有无生活依托，她的铅笔头在地图上那些微小、陌生的地名上起起落落，像敲击琴键。然后，某个清晨，背起行囊出发。

她不舍昼夜，在寂寞里不声不响斩获全军某领域科研成果二等奖，荣立二等功。专家惊叹：没想到一个基层小丫头这么厉害！

其实，那年她将目光投向全军某型装备系统的瓶颈性难题时，根本没人相信她能出成果。一个甫出校门，还未经现实摔打与淬火的小丫头，能有什么能耐呢？而更为关键的是，她瞄准的课题冷门，难度大不说，还没团队和经费支持。你一个人，又不是孙猴子，能变出三头六臂来？

难题就在那里，谁都看得见，迟迟无人应战。她没吭声，默默啃起了这个无人愿啃的"硬骨头"。

有好朋友在她耳边私语：领导没让你干，干吗自讨苦吃？课题一没立项，二没经费，又跟你专业不对口，就算搞得定，发展前景在哪呢……

人活着，不能只想自己的成败得失，还有内心的判断与坚守。但这句话涌到嘴边，她又咽了回去。她觉得，自己的抉择，自己用脚步去丈量好了，没必要和别人絮叨。

"人的精力和时间有限，太看重外物，内心就会笨拙。"杨于村说，"我的心思简单，组织把我放在这个岗位上，我就得有自己的担当。一个人，没有一点忘利、忘名、忘我的精神，很难做好一件事。"

曾经跋涉过几十回、上百趟的边防海岛，她甚至不大记得名字，女性关注的时装款式及生活时尚，她亦懵懂而低能。但一进入自己的战位，丛林般密集的数据，细微难辨的声音，竟像刻在她的脑海里，葱段似的手指，轻灵舞动，像在写她优雅的笔记。那些数据如她放牧的兵丁，在屏幕上飞速奔流，任她调遣。

　　一进入自己的战位，丛林般密集的数据，细微难辨的声音，竟像刻在她的脑海里，葱段似的手指，轻灵舞动，像在写她优雅的笔记。那些数据如她放牧的兵丁，在屏幕上飞速奔流，任她调遣。（仓小宝绘）

"她对细节不光严格，还苛刻。"一同事笑言。

领衔某装备系统研发，她要求某分系统反应时间必须达到四点六毫秒。

"四点六毫秒，是什么概念？"

"咱们平时眨一下眼睛，时间约为一百毫秒！"她笑眯眯地说。

她把自己和战友封闭起来，不舍昼夜，忙碌了两百多天，人瘦了一圈又一圈，却迟迟看不到难题破解的希望。有人坚持不住，质疑、埋怨技术指标不合理，几名博士和骨干甚至把矛头对准了她。因为她是方案总设计师，毫秒级的技术指标就是她定的。

"坚持不住，可以选择退出，降低标准，绝无可能！"她反问，"如果问题很容易就能解决，那还要我们干什么呢？"

某天凌晨四点多，实验室里忽然爆发出无比兴奋的尖叫："我们成功了！"欢呼、跺脚、拥抱，激动的泪水在眼眶里打转。

第二年，这一课题因多项技术指标领先国内先进水平，获得军队科技进步一等奖。

不光跟自己和同事死磕，在权威面前，她也不谦虚、不退让。为什么要虚伪、违心？她觉得科学来不得半点虚假，是什么就是什么。

赴某研究所考察拟购装备，杨于村发现该装备存在许多设计短板。有同事私下悄悄对她说："这里不少专家都是某科研领域的评委，跟咱们经常打交道，得罪不起，睁只眼闭只眼算了。"

一回单位，她就向党委提交了一份长达三十五页的报告，装备的各种技术短板被她一个不落地如实列出。

几个月后，研究所再次邀请她去考察。这次不仅装备改版升级了，陪同人员也变了，所领导和技术专家全在现场。

没想到她不管不顾，又指出一大堆装备缺陷。现场一片寂静，静得地上掉一根针都能听到。

有人不理解，觉得她不懂人情世故，一根筋。她淡然一笑，一个人，生活上可以简单，随遇而安，但生命应该有所坚持。思虑、抉择太多，心灵的疲累也越多。

三

"领衔科研攻关任务六十余项，获全军成果奖二十三项，多项填补国内空白，荣获中国科协求是杰出青年实用工程奖、全军巾帼建功先进个人……"面对这些耀眼的光环，有人跟杨于村开玩笑："你光科研成果奖就有几十项，那么多成果和荣誉，够你轻松一辈子，还那么辛苦干吗？"

但目光纯净，笑容纯真、爽朗的杨于村没笑，她说，成绩只证明过去，人活着，应当学会倾听自己的内心。内心的欢喜有时会帮我们看清行走的方向与眼前的权衡。

我晓得她是内心淡泊的人，但循着她的话追寻过去，还是让我吃了一惊。这些年，她完全可以名正言顺署名的二十六项获奖成果，申报时她都主动把自己的名字拿掉了。

一位同事分到单位第一次跟她做项目，她做完核心攻关，把"扫尾"工作交给了他。但出乎这位同事意料的是，只干了点边边角角、跑腿打杂的"碎事"，成果获奖署名居然有他。

"荣誉和奖励是对一个人工作的褒奖与肯定，你是学科带头人，也是课题主攻手，成果里有你的智慧和心血，获得荣誉是应该的，谦虚、辞让是怕别人忌妒吗？"

"不是！"她说，人不能总想着为自己锦上添花，应该学会为别人雪中送炭，年轻人成长成才，更需要肯定和激励。

科研上的很多关键技术，有时就像一层窗户纸，隔纸如隔山，但只要点破，就会顺水行舟。有人为保持自己的竞争力，在一些关键技术上多少都会留一手。

杨于村不一样，只要同事开口，资料和技术从不保留。她的学习和科研笔记，从不藏着掖着，身边同事谁想看，都可以拿过去研究学习。

"你不担心教会徒弟饿死师父？"

"技术会过时，但思考、解决问题的方法永远不会过时。"说着，她莞尔一笑，"一个人真正的力量，不是才华与技巧，是凝聚力。一个团队，大家互相扶持，才会其乐融融，无坚不克。"

她所带团队连续四年被评为全军科技装备工作先进团队，"全军十大学习成才标兵"杨丽华、"全军爱军精武标兵"唐冬明等许多青年才俊都是她手把手带出来的。

树欲静而风不止。杨于村在科研领域出名后，各种诱惑扑面而来。一家技术力量雄厚的企业博士后工作站，多次向她伸出橄榄枝，邀请她进站开展课题研究，报酬是一套住房、数十万元科研启动经费和不菲的酬劳。当时，她正做博士后，也想进站掌握一些先进技术，她主动报请部队党委批准，接受对方进站邀请，但前提条件是：不接受任何待遇报酬。

这几年，几乎年年都有地方企业老板劝她转业，待遇皆优厚，但她一直不为所动。

她说，人只有明白自己的内心，才能在这个世界上不断找到自己的出发地。

四

杨于村的家乡在江西赣县，红军长征出发地之一。1988 年，她的高考成绩雄踞全县榜首。老师和同学都认为她会选择清华，或者北大，她却毅然填报了军校。

但事情并未顺着她的青春梦想发展。眼看军校招生即将结束，体检、面试却迟迟没有消息。她跑到学校一打听，心里一沉，老师已替她改报了清华。她抹着泪水跌跌撞撞回到家，一言不发。

看到女儿伤心难过，父亲杨志荣星夜兼程，一路辗转，在省军区招生办门口一直守到天亮。招生办得知原委，立即开会研究，特事特办。

军校毕业，她以优异成绩赢得留校、保研，或进科研院所的机遇。这是别人羡慕和期待的，她没犹豫，选择了去基层部队。

别人想着法儿留广州，进局机关，她却不乐意。

为啥？她还要往下沉，去偏远艰苦的基层一线。

"我这人简单，也任性，基层工作生活环境艰苦，这我知道，但见识和阅历，往往会决定一个人的能力、胆识和眼界，不去艰苦环境摔打锻炼自己，我看不清自己，也掌握不到一线部队的技术需求。"她默然良久，思想像停留在一段记忆上。然后笑着说，当你自己独自面对寂寞艰险时，你会看到、感受到你意想不到的生命境界，自己的体验会帮你打开心智。

任科长满 3 年，单位拟提拔她任正团职领导职务。没想到，领导找她谈话，她不仅不愿提拔，还要求辞去科长职务。

"'技而优则仕'，是许多技术干部成长的梦想，你咋不为所动？"

她笑着说，冠军应当永远跑在掌声之前。我当时的想法简单，科技更新换代太快，不及时充电提高自己，就会在科技发展浪潮中落伍。

这一年，她放弃当行政领导，以第一名的成绩考上了华南理工大学博士后。

从最边远的基层跻身科研领军人才行列，这是一条艰难漫长的路，一个女孩子，一步一个脚印，每一步前面都可能是梦想的终点，后悔过吗？

"没有安静的心灵，人就没有智慧的眼睛，而有什么样的眼睛，就有什么样的追求与生活，一个真正聪明、懂得幸福的人，要学会静下心来，聆听、发现自己生命中最本初的愿望。不忘初心，方得始终。"说罢，她笑了，一脸的淡然与从容。

（2016 年 4 月于广州）

他是一条倒淌的河

抬头一线天，

处处大石滩，

崎岖路蜿蜒，

一山连一山。

……

一路上听着壮乡山歌，车子在连绵起伏的大山里穿行、颠簸，抵达广西某边防团最偏远的六连已是中午。

走了四个多小时，路尽头，仍山连着山，山套着山。群山苍翠，山间清澈的归春河，流水淙淙。有鸟儿在丛林里独自欢唱、应答。鸟声如溪流，清亮、悠长，山里显得更加空旷、寂静。

我翻山越岭来这里不是旅游探险，是要见一个人，一个边防连队的医生。他的妻子王芳说："老话说，人往高处走，水向低处流，他跟别人不一样，逆向而行，是一条倒淌的河。"

阳光明媚，蓝天如洗。四面环山的六连营区，像一座"袖珍"公园。九十八块静静矗立的界碑，在崇山峻岭间连成了六连防区五十多公里的边防线。

"刚到连队那会儿，理想与现实落差太大，我心里老转不过弯来，被失落、郁闷、迷茫压得喘不过气，如果不是老李一次次跟我倾心畅谈，我可能会做出后悔一辈子的选择！"身高一米八五，阳光帅气的排长段江山坦率地说。

他说的"老李"，就是我此次寻访的人，连队军医李良。

"老李不是军医吗？"

"李良是军医，但身病和心病他都能治。"小段笑着说。

"嘿，你可别小看李医生，他还是律师和心理咨询师呢！"一听我俩聊李良，连队战士"呼啦"一下围过来，七嘴八舌地争着要给我讲老李的故事。

在连队官兵堆里，一眼看去，李良年龄最大，军衔也最高，脸膛黝黑，左唇上有颗黑痣，笑起来很朴实的样子，像一位和蔼的兄长。

夕阳西下，晚霞给层层山峦和营区染上了一层淡淡的橘红。群山开始向夜色和寂静里滑落。

"我先说老李吧，"段排长说，"去年七月，我从武汉大学新闻学院毕业，在路上辗转了三天才到连队。因我是国防生干部，没带兵经验，工作中出了一些差错，越干越没信心。看到同学们在地方媒体干得风风火火，我很失落、很痛苦，心情几乎沮丧到了极点，苦闷时盯着天和山看，也不愿跟别人交流，毕业时，我觉得自己的青春有无限可能，但眼前的现实让我很悲观，一心想离开这里。那段时间，老李像一个大哥，和我促膝长谈过好几次。他的成长经历和故事，让我慢慢安静下来，心里也渐渐亮堂了……"

老李跟小段一样，也是从名牌大学毕业的。

1996年7月，从第一军医大学毕业时，李良原本可以分配到驻广东的老部队，但他满怀激情，主动申请到广西边防工作，结果被分配到离南宁不远的某炮兵团当军医。

从经济发达的改革开放前沿去十万大山的广西壮乡，同学和亲属的不解和议论还未散去，在团里工作了近三年的李良，听说边防缺医生，又一纸申请，要求到最艰苦的边防一线去工作。

这年夏天，妻子王芳从湛江调到了南宁，两人刚结束两地分居的日子，李良却要去更远的地方。王芳心里有些想不通："两地分居多年，好不容易到一起，又要分开，就算不为家庭考虑，你也该为自己想想吧，你技术好，是搞临床的，去大医院发展，舞台大，技术先进，接触的疑难杂症多，对你的医疗水平和进步都好，去偏远基层就不怕荒废专业啊？"

"你说的这些我懂，"李良说，"可是，大医院不缺人才，基层缺，边防一线需要我这样的人去。"

"你就是一条倒淌的河，总跟别人逆向而行。"王芳理解丈夫的选择，让她心里难过的是，自己盼星星盼月亮，好不容易调过来团聚了，丈夫却转身走向了大山，日子又回到了从前。

那天，王芳心里揣着千言万语去车站送行。望着远去的班车，她的眼睛下着雨，心里却不得不默默为丈夫撑起一把伞。

尽管心里早有吃苦的准备，到连队后，眼前的现实还是让李良心里凉了半截：连队地处深山，离团机关一百多公里，离最近的小县城也有五十多公里，连队连一部程控电话都没有，不通电，晚上看书点蜡烛……

一次巡逻，列兵王小斌在途中漆树过敏休克，官兵们一下子都慌了，不知道该怎么办。李良急忙按小王的人中、合谷、内关三个穴位，并用力按压他的胸腔，经过他全力抢救，小王慢慢苏醒了过来。战士们含着泪水对李良说："今天多亏有你！"

战士们的眼神和话语，让他心痛得一夜辗转难眠。

在连队经历的事多了，李良心里的迷茫和焦虑也开始慢慢淡去。

这年春天，王芳想趁休假的时间去大山里看看丈夫。这是她第一次来连队看他，路上转了四次车，一路上被颠得眩晕呕吐，到驻地的小镇上时，已是晚上八点多。李良骑一辆破单车急匆匆赶去小镇接妻子。坐在自行车后座上的王芳，双手搂着丈夫瘦瘦的腰身，泪水悄悄滴了一路。

在连队住了几天，王芳想洗个澡，没地方。李良在炊事班烧了一大桶热水，扯了自己的床单遮住澡堂窗户，王芳在里边冻得上牙打下牙，他抱着大衣，像哨兵似的立在门口。

临走，王芳劝他："没想到你这里的生活条件这么艰苦，还是想办法调出去吧，咱们也该有孩子了，身边没老人，我怕我一个人挑不起家里的担子。"

李良红着眼圈说："我也想过，想天天跟你在一起，可这里山高路远，既有蛇虫，又多有毒植物，随时都会发生意想不到的情况，我留不住走了，再来一个也像我一样走了，连队官兵生病了怎么办？再说，我若不当兵，不上军校，咱们咋会相识相爱，咱都是从基层战士一步一步过来的啊！"

王芳再没吱声，她了解他，认准的事，八头牛都拉不回。那天，她含着满眼泪水，恋恋不舍地回了南宁。李良雷打不动，一直坚守到今天。

我在团里资料上看到，李良在这个山沟连队十三年，跟随官兵徒步巡边近十万公里，把连队官兵昼夜非应急发病率控制在了 1.5‰ 之内。

我笑说："没有规定战士巡逻，你必须跟队，你可以选择去，也可以不去。"

李良看着我："当然，但是官兵们在边境线上巡逻，随时都有可能发生意想不到的情况，比如毒蛇咬伤、摔伤，山高路险，万一有事情，就会耽搁救治时间。"

"老李在这里默默坚守了十三年，并没觉得自己在这里当个军医是大材小用。"小段说，"我从老李身上，学到了许多书本上很难学到的东西。"

都说男儿有泪不轻弹，跟我聊起李良的故事，有的战士讲着讲着眼圈就红了。

战士杨磊双脚软组织感染，脚趾化脓，一脱鞋袜恶臭扑鼻，不敢跟战友往一块坐，整天不敢脱鞋。李良把高锰酸钾水、茄汁和三七泡成药水，每天端到班里给他消炎、洗脚，一个多月后，杨磊的脚慢慢好了。

七班长黎遗回忆说："李军医蹲在地上给杨磊洗脚，杨磊坐在凳子上一声不吭，眼泪吧嗒吧嗒往盆里掉。那个情景，我一辈子都不会忘，说实话，我长这么大，给自己的亲生父母都没洗过脚。从他的身上，我明白了怎样当一个好班长。真的。"

今年二月，五班副班长何鹏飞身上长了许多小红点，痛得不停地在身上挠。李良觉得不是一般过敏，是带状疱疹，连队没药。他一路辗转，亲自带着何鹏飞去三零三医院住院治疗。

何鹏飞是城市兵，也是家里的独生子，入伍前就和父母约定好了，在部队锻炼两年就回去上班。去年年底，父母早早联系好了工作，何鹏飞却悄然改变主意，主动申请留队选取了士官。何鹏飞说："边防艰苦，但有李军医在身边，日子就不苦。"

晚饭后，我和小段在营区周围散步，看到一块"百草园"，面积不大，里面种着许多草药。小段说，这是老李开垦出来的，专门种植巡逻途中发现的各种草药。我只认识金银花、车前草、鱼腥草、雷公根等，里面大部分草药都不认识。小段说："山里中药很难买，这里边有三十多种中药呢，一旦官兵生病了，在连队就可以随时熬制汤药。"

大山里的夜，是真正的夜，黑得伸手不见五指，一派寂静。我跟李良坐在灯下聊天，窗外秋雨淅淅沥沥。

结婚十四年，一直两地分居，妻子一个人既要上班，又要带孩子，吃了太多苦，他向妻子表达爱与敬重的方式简单而纯朴，每次回家，所有的家务事他一个人干，从不让妻子上手。他用勤快表达内心的亏欠，让她踏踏实实过几天舒心日子。

李良刚到六连不久，连里就发生了一件头痛事儿，战士陈玉明的父亲向邻居借了一笔高利贷，被人打伤不说，还被非法拘禁。一时间，连里不知该怎么办。战士们争论得也很激烈。有的认为借钱还钱天经地义，有的说，"高利贷不受法律保护"，还敢打人，非法拘禁，这种行为就是违法的。

"这件事深深地触动了我。"李良说，"战士们远在边关服役，家里发生了那么大的事，不可能不牵肠挂肚，部队不帮他们解决好，怎么让他们安心守边防？"

他不声不响，报考广西大学法律专业自学考试。

2004年9月20日，李良通过全国司法考试，拿到了法律职业资格证。巧的是，这一年，王芳也通过了中级职称考试。结婚八年，夫妻俩在两地不断向着各自的目标努力，参加了大大小小几十场考试。9月21日，儿子出生。他和妻子给儿子取了个颇具纪念意味的名字，叫"考考"。

儿子出生后，身边没老人帮带，王芳既带孩子又上班，一个人忙得脚打后脑勺，有时累得蹲在墙脚哭鼻子。

团里考虑李良在一线工作时间比较长，几次征求意见，想调整他回团卫生队当副队长，或到营卫生所当所长，都在县城，但李良一次又一次都谢绝了。

给连队官兵治病，做心理疏导，老李呱呱叫，当律师行吗？

新战士小龚的父母在广州讨薪时被工头打成重伤，李良连夜奔赴广州，一边搜集证据，一边寻找证人，通过法律程序，帮小龚父母讨回了公道，打人者被行政拘留。

在团里采访时，团政委涂光辉告诉我，这些年，李良不仅为连队官兵解决各种涉法问题三十二起，提供法律咨询和援助一千余次，还考取了国家三级心理咨询师证书，在六连建立了广西边防第一个"心理咨询室"。

窗外，秋雨时紧时缓。树叶在风里哗啦哗啦响，像情侣间一阵一阵的喃喃私语。

去年元旦，李良赴南宁出差。几个律师朋友打电话，说好久没见了，晚上在一起坐坐。见面后，大家都争相谈论各自一年里的"成就"，有人一单诉讼业务赚了三百多万元，有人三上电视成了名人……最后轮到李良，他坦率地说："我今年帮助十五名官兵解决了涉法问题，收到五面锦旗，十封感谢信……"

没想到，他的话像兜头而下的一盆凉水，几个朋友面面相觑，一时不知道该怎样接他的话。现场的热闹气氛忽然僵住了。尴尬让李良心里很后悔，觉得自己是一个不合时宜的人。

我和老李相对而坐。眼前的老李与我之前想象的不同，他坐得腰板很直，随和里有隐隐的书卷气，甚至有一点内向和腼腆，完全看不到他在战士堆里的那种爽朗和开心。

我突然想到在团里听到的一件事，直接追问道："你既是医生，又是律师和心理咨询师，在大城市里，这些都是十分吃香的本领。我听说有不少地方企业都把你当'香饽饽'，许以几十万元的年薪劝你转业呢，你心里就真的没动摇过？"

他看着我，眸子里有一种隐隐的笑意，似乎早就猜到我会问这个问题。

"我在连队十三年，陪了七任主官，他们有好几个现在已是副团职干部，我快四十出头了，军衔从中尉到中校，职称却在原地踏步，仍是当年进山时的初级。"老李顿了一下，平静而真诚地说道，"要说没想法，那是假的，谁不想进步，但基层没有中级职称编制，只能正确面对现实。"

"也许在别人眼里，你这种坚守是一种傻气，觉得你只会埋头拉车，不晓得抬头看路，你心里对自己的选择后悔过吗？"

"自己觉得值就好，没什么好后悔的。确实常有朋友问我守在这山沟沟里图啥，我说，看到一茬茬官兵平平安安巡逻，快快乐乐守边防，健健康康回家乡，我心里就挺满足，觉得自己的奉献是值得的。"

说罢，他笑眯眯地搬出一个纸箱子让我看。我打开，眼前一亮，里面是一摞荣誉证书，从"全国拥政爱民模范""全国法制宣传教育先进个人"到军区"学习成才标兵""优秀共产党员"，以及二等功、三等功奖章，足有二十多项。

老李看着我翻看眼前的一堆"荣誉"，嘿嘿一笑，说："这些都是过去时了，说明不了什么，给你看，不是自夸和炫耀，我只是觉得，人活在这个世界上，并不是什么都可以拿钱来衡量的。"

"我五岁时，母亲就去世了，是父亲把我拉扯大的，老父亲今年八十一岁了，我几乎没好好陪过他几天。"他低头沉默了一会，忽然感叹："也许在山里待久了，对大城市的繁华与热闹有些隔膜吧，有时休假回去，一些朋友和战友喊聚会，我能躲就躲，饭桌上，别人的话题我插不上嘴，自己讲的故事人家又不感兴趣……"

聊完天上床休息时，已是凌晨一时。窗外的雨停了。

第二天早饭后，连队组织战士去巡逻，名单上没有李良。我想接着和老李再唠唠嗑。

出屋一看，脸膛黝黑的老李已披挂整齐，背着水壶和药箱，站在了队伍后面。

巡逻路上到底有什么事在牵着他？我赶紧换上迷彩鞋，跟着巡逻官兵出发。

途中，八班班长王重阳中士别过头低声告诉我，有时看到李医生跟战士们一起翻山越岭，累得脸色发青，大家劝他别去，他总是一句话，说他跟着去，心里踏实。

途经天等屯，一个老汉老远就扬着手向巡逻官兵跑过来。"那是边民马建文，今年五十九岁。"李良转脸对我说。马建文喘着粗气，硬要拉官兵上家里去坐坐、喝口水。

李良从药箱里拿出两瓶治胃痛的药塞到老马手上，像亲兄弟一样拍着他的肩膀叮嘱："少喝点酒，我知道你下地干活要喝两杯才有力气，胃不好，尽量少喝一点。"

马建文的家是简陋的土坯房，阳光透过屋顶的缝隙洒进来，像一地晃眼的碎金。老马一边倒茶一边高兴地说："李军医，我们新房已经建好了，村里九户人家，过了中秋节就搬新村去住了。"

"我得慢性胃炎好多年了，李军医每次巡逻都会给我带几盒胃药，我不在家时，他就把药挂在门口的牛角上。有一次，为给我看病，他在野猪沟被山洪围困了二十八个小时，险些被泥石流冲走……"我低头记着，老马忽然不说话了，我转脸一看，他眼里噙满了泪水。

指导员邓祯长说，第一次巡逻夜宿天等屯，李医生看到村民生活很贫困，以后巡逻路过这里，都会记着给村民捎一点油和大米。

2011年，李良当选大新县人大代表。他把村里情况拍成视频，写了近万字的提案，当地政府采纳了他的提案，把天等屯作为搬迁扶贫对象，很快为村民们选择了新的安居点。

听说李良来了，村里马荣华和几个村民放下农活，也从田里跑了回来。听说我是记者，马荣华抢着说：那年八月，我在山上打柴时，腿被眼镜蛇咬伤，躺在路边动弹不得，赶巧被巡逻路过的李军医碰上，他二话没说，马上用绷带绑住我的伤腿，又用嘴帮我一口一口吸毒血，和战士们背着我跑了十几里山路，及时送到镇卫生院，我才捡回了这条老命。

因为有巡逻任务，我们在马建文家休息了不到二十分钟，就急匆匆离开了。

天气虽是深秋，但我们仍走得满头汗水。说是路，实际上是官兵们走出来的便道，爬坡过沟，在荆棘里穿行，稍不留心，就会摔倒或被划伤。

邓祯长说，巡逻的边境线上，附近村里的边民，哪家日子贫困，哪家有谁患什么慢性病，老李心里都有数。这些年，他先后为近千名边民看过病、送过药，光救治突发病就不下百例，还资助四名驻地的贫困学生完成了大学学业，为三百多驻地村民提供法律咨询，帮助七名群众成功维权。

午餐很简单，巡逻路边席地而坐，馒头、榨菜、火腿肠，外加一个红苹果，都是早晨出发时连队饭堂按人头准备好的。

夕阳西下，层林尽染。

"人海茫茫，你不会认识我，我在遥远的路上风雨兼程；霓虹闪闪，你不会发现我，我在高高的山上戴月披星……"

返回的路多是下坡，疲惫里多了一份欢快，官兵们轻轻唱起了《绿色的背影》。老李背着药箱，挺胸走在巡逻队伍的前头。

进营区前，我在废弃的老营房前看见一棵碗口粗的木棉树。战士们说，这棵树是李良那年刚来连队时和战士们一起栽植的。每年春天，木棉花早早就开了，一树火红，特别好看。

我回头找老李，他远远站在战士们身后，看着我和战士呵呵地笑，眼镜后面的小眼睛眯成了一条缝。

（2012 年 10 月于广西）

走在高高的山冈上

一

要去的村落在大山里，简易公路随白龙江在群山里穿来绕去，搓板路尘土飞扬。山上植被密实，或原始森林，或亭亭小树，或丛丛灌木，郁郁葱葱。

路，时而山腰，时而沟底，起起落落，谷底的达拉河亦是时而湍急，时而平缓。

我要踏访的俄界，是迭部县达拉乡的高吉村，藏语意为"八个山头"。若不是红军长征途中那次知名会议，这个隐在群山之中的小村庄，怕是难为外人所知，也很难为外人所寻。

高吉村掩映于群山之中，村子坐北朝南，依山傍河，居住着两百多户藏民。

1935 年 9 月 10 日，红三军沿达拉河崎岖的林间小道，抵达高吉村，与先期到达这里的红一军会合。为确定北上战略方针，党中央在高吉村召开了政治局扩大会议，史称"俄界会议"。

清澈的达拉河从村子中央穿过。站在河岸，举目四望，青山巍峨，经幡随风招展。毛泽东居住过的一栋二层小楼立在山坡上，里面，还留存着周恩来长征途中用过的一副极其简陋的担架。

据村里老人讲，当时会议就是在达拉河对岸的两棵白杨树下召开的。如今，两棵小树已在风雨里长成参天大树，枝繁叶茂，成为当年那段历史的见证。

"红军来村里那年，我刚出生，母亲抱着我，躲在山坡上的树林里看红军在河边开会。"七十多岁的那秀说，母亲告诉她，红军到来之前，当地一些反动派说红军是"扎马"（藏语，意为"吃小孩的人"），红军进村时，村里人都躲在林子里，一位老奶奶因身体有病，无法行动，留在家里。红军进村后，给老奶奶看了病，还拆洗了被褥，并给老奶奶留了一点钱。村里人发现红军并不是传说的"扎马"，是"束马"（藏语，意为"保护人民的人"）。

当年这里曾有三位小红军因伤病留下。我跟着一位村民到不远处的亚日卡村，拜访九十岁的红军女战士刘秀英。老人满头银白，十七岁从四川绵阳参加红军，翻雪山、过草地，经过无数生死考验冲锋到这里，腿被土匪暗枪打伤，无法行走，在山洞里躲了十多天，出洞时已无力跟上红军前进的脚步，只好留在藏区，结婚生子。

人到生命的尽头，思乡之情浓烈，躺在病床上，老人不断地抱怨家乡亲人不来看她，写信回去也无音讯。二十多年前，她回过一次老家，家里有弟弟和侄女。但是现在，没了任何信息，山高水远，她已无力再回故乡。老人的屋里，挂满了毛泽东的照片和画。在藏区七十多年，我无法猜想她曾经的日月光景。每天看着毛泽东的照片，老人心里都会想些什么呢？

在旺藏乡茨日那村，我见到了四十三岁的桑杰。他将院子收拾得干干净净，早早立在门前等我。当年他的爷爷曾在这个小院落里接待过毛泽东。毛泽东住在他家二楼的一间小木屋里。几十年过去了，现在这间房子依然保护得非常好。在这个简朴的农家小院里，毛泽东下达了"三天之内拿下腊子口"的作战命令。

出门，对面就是大山，两山之间有一条大峡谷。谷底，一座弯弯的、窄窄的木桥，架在两山之间，像一道久经岁月吹打而失去颜色的彩虹。当年，红军就是从这座险桥上经过的。不知什么缘由，村里人称其为"仙人桥"。

路上，我心里老想起白发苍苍的刘秀英老人，还有她屋里满墙的照片和画。

二

翻越2300多年前的战国秦长城，我迎着黄土高原粗粝的风，抵达陇南腹地榜罗镇。

一座弯弯的、窄窄的木桥,架在两山之间,像一道久经岁月吹打而失去颜色的彩虹。当年,红军就是从这座险桥上经过的。不知什么缘由,村里人称其为"仙人桥"。(王雁翔摄)

"榜罗"是吐蕃语译音，"盆地"之意，很切合这里的地形地貌。战国秦长城在这里绵延有二十余公里，风雨剥蚀的堡垒依旧矗立在阳光下。登上土夯的古烽火台，眼前尽是连绵起伏的山。

1935年9月26日，毛泽东率红一方面军一路激战、跋涉，傍晚抵达通渭县榜罗镇。次日，在当地一所小学的破旧学堂里，他主持召开"中央政治局会议"，会议决定把红军长征落脚点放在陕北。

在榜罗镇红军长征纪念馆，我看到一把从战火中存留下来的铜壶，许多红军当年的标语。小麦已打碾，附近的一处打麦场上，堆着不少麦秸垛，打麦场中央有一棵身形巨大、枝繁叶茂的核桃树。纪念馆的卢明安说：这棵核桃树已有上百年树龄，每根树杈上都有故事。9月28日，红军陕甘支队连以上干部会议，就是在这棵核桃树下召开的。

陆定一在他的回忆录里，对这次会议也有记叙："昨晚通知，今天清早五点钟，召开全支队连以上干部会议。之所以挑选这样早的时间，是为避免国民党军队飞机的轰炸。这些飞机，总是九点钟以后在天空出现……"

深秋时节的陇东，正是梨子和苹果成熟的季节，橙黄、火红的梨子和苹果，挂满枝头。

在静宁界石铺段的西兰公路上，老远就看到一个巨石雕刻的纪念碑：中国工农红军长征界石铺纪念碑。像一团燃烧的、耀眼的火。

纪念碑后边，是一个仿建的四合院结构的纪念馆。整洁的小院内，有一座扬鬃嘶鸣的白马塑像，大小跟真马一般。纪念馆馆长王登文说，这匹白马有一个鲜为人知的传奇故事。

1935年10月3日，突破国民党军层层封锁的红军陕甘支队进入静宁县境内，党中央领导抵达界石铺当晚，在这里作短暂休整。

5日早晨六时许，长征途中陪伴毛泽东走过千山万水的那匹白马，从马厩里挣脱缰绳冲进小院，前蹄奋力刨地，面朝东方一声声嘶鸣。是毛泽东熟悉白马的灵性，还是他对敌军的行动早就心里有数？他当即下令，将部队开拔时间从早晨七时提前到六时。毛泽东率部队离开一小时后，国民党军就从南山潮水般扑了过来。

心里咂摸着白马的传奇故事，我在纪念馆各个简陋的故居里转了一遍。出门，看到不远处有一座耀眼的老楼。楼尚存完好，顶上飞檐如龙，下边是旧式戏台。这座建于清光绪十三年的老建筑，原来叫庆圣楼，红军到来之前，是一座普通戏楼。但那年秋天，戏楼上上演了一出让当地百姓颇为惊异、欢喜的戏。台下人头攒动，台上听不到铿锵锣鼓，也没咿咿呀呀的唱腔。是一出穷苦百姓从未见过的大戏。

原来，红军抵达界石铺前，在战斗中截获国民党军多辆运送物资的卡车。缴获物资除留下小部分补给部队，大部分都搬到这个戏台上分发给了当地百姓。从此，这座庆圣楼就有了一个新名字。戏楼匾额上的字迹已在时间里模糊，但隐隐还能看到"红军楼"三个字。

过草地、翻雪山，红军在穷山恶水间一路转战，破衣烂衫，食不果腹，最困难的就是给养。但再难，也要将碗里少得可怜的吃食，分出一些给沿途的穷苦百姓。红军将士在万水千山间播下的一粒粒微小的温暖火种，也许就是"星星之火，可以燎原"最真实、最生动的注解。

三

十月初的黄土高原，天蓝如洗。

我迎着朝阳一路向会宁行进。沿途农舍的房前屋后，一丛一丛错错落落的果树，挂满成熟的梨子和苹果。踏进祖历河畔的会宁县城，我眼前顿时一亮，火热的红色旅游，使得这座古老而偏僻的山城显得生机勃勃。

会宁地处甘肃中部，因其"地控三边，县居四塞"，素有"秦陇锁钥"之称。中国工农红军第一、二、四方面军三大主力在这里胜利会师的历史事件，更使这座古老的山区小城声名远扬。

1936 年 10 月 2 日，红一方面军 15 军团的一个团，以急行军奔袭战术攻打会宁城。凌晨，古老沉寂的祖历河畔骤然间响起猛烈枪声。当灿烂的朝阳冉冉升起，县城已获得解放。

红军三大主力会师会宁，是一次久别重逢的聚会、狂欢，也是一次胜利的感召，力量的凝聚与释放。

各路红军官兵像久别的亲人，奔跑着扑向对方，长久地、紧紧地拥抱，悲喜交加。县城和四周的山头上，到处是人群，红军和群众都沉浸在巨大的、沸腾般的兴奋和欢庆的海洋里。

很少有人会想到，这个时候，离会宁县城三十公里的大墩梁，担负后卫任务的红军将士正与敌人浴血奋战，用生命和鲜血捍卫着这来之不易的短暂相聚。

清晨，我向华家岭一带的大墩梁进发时，天空飘起蒙蒙细雨。

大墩梁烈士陵园，离县城不远，沙石路面坑洼不平，车子在上面颠得厉害。黄土山塬上，梯田从山脚一层一层盘旋着绕上山顶。

为阻止红军会师，蒋介石调集十多万部队从多个方向，向红军发起疯狂进攻。在华家岭大墩梁一带，红五军四个团连续击退敌人五次冲锋，见步兵正面进攻不成，敌人调来七架飞机进行空中打击，地空协同，对红军阵地轮番轰炸后，步兵蜂拥而上，红军将士用刺刀、枪托、木棒与敌人拼杀，战斗整整持续了一天。副军长罗南辉在通渭战斗中负伤，躺在担架上指挥战斗，与八百多名红军战士血染大墩梁。罗南辉牺牲时只有二十八岁。

大墩梁烈士陵园耸立在山顶上。当时，这里是红五军与敌交战时的指挥部。烈士纪念碑静静地耸立在雨雾里，令人心生无限敬意。纪念碑顶端是尖的，直刺苍穹，使人想起"刺破青天锷未残"的诗句。仰望高耸肃穆的红军烈士纪念碑，我的心里波涛起伏。

在会宁，流传着一个无名小红军的故事，至今还拨动着无数人的心弦。

1936 年 10 月初，会师红军进入会宁县城，一个十五岁的小红军，跟随部队住进一个名叫魏鸿儒的秀才家里。一天下来，从陌生到熟悉、从害怕到信任，房东家四岁的儿子魏煜成了这名小红军的"小尾巴"，形影不离。

10 月 5 日，小红军和几名战友到街上张贴标语，魏煜也跟着去了。突然，几架敌机低空突袭，爆炸声顿时响成一片。魏煜摔倒在地，吓得不知所措，这名小红军奋不顾身扑到魏煜身上。这时，一枚炸弹在他们身边爆炸，魏煜只炸伤左腿和两根手指头，而护在他身上的小红军却被炸得血肉模糊。

大墩梁烈士陵园耸立在山顶上。当时，这里是红五军与敌交战时的指挥部。（王雁翔摄）

父亲魏鸿儒看到被小红军紧紧护在身下的儿子只受了一点轻伤,从血泊里抱起小红军,不停地呼唤……为了表达对红军救子的感激之情,他将小红军的遗体葬入了自家的祖坟里。

岁月如梭,魏煜长大成人,生有三个儿子。按照父亲的嘱托,魏煜给儿子分别起名魏继征、魏续征、魏长征,合起来是"继续长征"。

"得民心者得天下。"是古训,也是万世真理。

今天,陇上长风依旧,历史硝烟散尽。会宁干旱少雨,黄土高原沟壑纵横,群众生活并不富裕,但河畔镇村民自发捐资二十六万元,当地一位民营企业家拿出一百多万元,选了村头最好最显眼的一块地方,修建起的"红园"烈士纪念馆比当地百姓祖祖辈辈供奉的庙宇还漂亮。园内有"将帅碑林",矗立着一座"英雄塔"。清风徐过,悬挂在塔上的一串串风铃,不时发出轻柔悦耳的"叮咚"声。

立在园里,仰望"英雄塔",我忽然想起狄德罗的一句话:除去真理和美德,我们还能为什么事物感动呢?

而瞿秋白说,人爱自己的历史好比鸟爱自己的翅膀,请勿撕破我的翅膀!

会宁人把延续了上千年的县城西门楼更名为"会师楼",西津门易为"会师门",建起了红军长征纪念馆、将帅碑林、长征胜利景园……就连街道也多以"红军""长征"命名。红色,如今是会宁人的品牌和骄傲。据说,这几年光红军会师旧址,就接待过中外游客上百万人次。会宁县领导说,自改革开放以来,会宁已向全国各类高校输送大学生五万多人,获博士以上学位的有三百多人,仅北京中关村,就有五百多名会宁籍高学历人才。

在困境中看到未来美好前景,依靠自己的力量改造自己的生活,让生命绽放绚丽光彩,这也许就是革命先烈当年留给当地百姓最宝贵的精神财富。

四

一路风尘抵达靖远县城南黄河虎豹口岸边,已是正午时分。烈日当空,滚滚东流的黄河水,似在不舍昼夜地向我诉说昔日的烽火硝烟。

1936 年 10 月，经过长途跋涉的红军在会宁会师后，红四方面军两万多名红军将士奉命西征，从这里西渡黄河，踏上了另一段艰险悲壮的征程。

临别，战友们互赠纪念品，祝福、期待"西征"战友早日凯旋。然而，河西走廊艰苦卓绝的征战，竟使许多并肩走过万水千山、冲过重重艰险的红军将士过河后成了永别。

在附近的虎豹口村，我寻访到一位当年目睹红军强渡黄河的九十岁老人。老人叫杜守义，须发雪白，精神矍铄。

"有十来个红军战士，晚上就住在我家院子里，做好饭，还给我娘端来一碗，天亮出发时，把打地铺的麦草捆放好，院子收拾得干干净净。"杜守义说，老百姓没见过红军，也不知道红军是干啥的，红军刚进村时，村里人以为是国民党军队，躲在暗处偷偷观察了一天，发现红军很有纪律，不拿也不损坏群众的东西，就回到村里给红军帮忙。

和老人聊着天，院子里不知不觉热闹起来，几个老人讲起红军的故事，说着说着，竟眼里泪光闪闪。那些飘落在岁月深处的历史散叶，仍在民间的记忆里存活着、闪烁着。

时光流转，故事当然会老，但红军留在沿途百姓心中的寻常故事，仍灯盏般亮在人们心里，并一代代如数家珍地传颂着。此情此景，令人动容。

沧海桑田，今天黄河水仍然是浑黄的，但已难见当年的湍急咆哮，河面也窄了许多，但黄河激流留在岸边山崖上数十米高的印迹，见证了红军强渡虎豹口时河面的深度和宽度。

红军还没到达黄河岸边，敌人已调集两个骑兵旅，在对岸修筑碉堡，摆开严防死守的阵势。沿岸船只和船工也全部被敌人扣押。为帮红军渡河，村民冒死把事先藏在河底的一条能容纳百人的大船打捞上来，送红军过河。第一次在营防滩强渡失败后，红军在虎豹口上游做了不少木筏子，上面立着身着军装的稻草人，点上灯，让筏子顺水东流，给敌人造成红军要从下游过河的假象。等敌人把兵力调集过去，红军立即从虎豹口强渡黄河。

当时西北天气已经很冷，红军衣服都很单薄，有的战士脚上穿的还是草鞋。经过七天七夜激战，红军过了黄河。

离虎豹口不远，有一片见证红军当年渡河的梨树林，如今多半已在风吹雨打中干枯，村民们也相继搬到塬上去住了，留下一派"野渡无人舟自横"的苍凉。但虎豹口被当地百姓易名"红军渡"。岁月风尘和时间的淘洗，在不停地掩埋着大地上的事物，许多东西已在时间里消逝干净，为何红军将士留在百姓心中的记忆，一直像灯盏般亮着？

五

走进河西走廊，西路军的悲壮足迹让人心里总是沉甸甸的。

秋风轻抚的高台烈士陵园里，一派寂静。当年，红五军军长董振堂、政治部主任杨克明率三千八百多名官兵攻克河西走廊重镇高台，在当地群众帮助下，红五军官兵不仅自己穿上了棉衣，还为驻守临泽的红军筹措了五千套新衣。

然而，敌人很快就调集两万多兵力向驻守高台的董振堂部发起疯狂进攻。红军与六倍之敌展开激战。城里老百姓搬出家里能装沙土的箱柜、麻袋，帮红军垒筑防御工事，冒着枪林弹雨为红军送米汤。面对波涛般涌上来的敌人，耗尽弹药的红军用石头砸，拿起大刀、木棒与敌人拼杀。就在敌军久攻不下准备撤退时，收编的民团里出了叛徒，敌军得知红军已无弹药，又集中力量疯狂反扑。红五军与敌人展开巷战，但敌众我寡，血战八天七夜，红五军三千多名将士英勇捐躯，军长董振堂、政治部主任杨克明壮烈牺牲。

秋风萧瑟，白杨参天。肃穆的烈士陵园里，董振堂纪念亭的一副楹联令我怦然心动：

宁都豪气千秋在，高台雄风万古传。

董振堂 1931 年领导"宁都起义"，参加中国工农红军后身经百战，长征途中率部担任殿后任务，经历恶仗硬仗无数，血洒丝绸古道时，才四十二岁。

河西走廊有一种杨树，当地百姓叫红星杨，折断枯枝，截面上会出现褐色的五角星，我捡起枯枝随手折断，断面上红五星清晰可见。老百姓

红军在虎豹口上游做了不少木筏子，上面立着身着军装的稻草人，点上灯，让筏子顺水东流，给敌人造成红军要从下游过河的假象。等敌人把兵力调集过去，红军立即从虎豹口强渡黄河。（王雁翔摄）

说，那是牺牲的红军将士化作了一颗颗红星。

与董振堂烈士纪念亭遥遥相对的，是杨克明烈士纪念亭。纪念馆的工作人员给我讲了一个鲜为人知的故事。

杨克明烈士原名陶树臣，1931年化名杨克明，在川东组织游击队开展革命活动。红军长征到达川东后，他领导的游击队改编为红军参加长征。血战高台，杨克明的战友大多牺牲，即使幸存者也不知道他隐姓埋名的秘密。而他的妻子魏俊淑一直坚信爱人活着，守着杨克明唯一一张照片和参军离家前用过的小书箱，年复一年，苦苦企盼着丈夫归来。直到1983年，组织上把一张革命烈士证书送到家里，魏俊淑才知道，自己苦苦等待了近五十年的亲人，已经长眠在巍巍祁连山。

1985年8月17日，满头银发的魏俊淑带着儿孙三代，从贵州千里迢迢来到高台烈士陵园祭奠亲人。"老人长跪在烈士纪念碑前，泪如雨飞，当时在场的人都哭了。"纪念馆的同志说。

纪念馆的玻璃柜里，魏俊淑捐献的红木书箱还鲜亮如昨。

什么是理想和信仰？什么是人生的至真至诚至爱？人，唯一能与苍穹比阔的是精神。一路上，每次立在革命先烈墓前，我的心里总是不停地翻江倒海，一种无法言语的沉重，像浓雾和寒风裹挟着我，使我有一种喘不过气的难受。

河西走廊的特殊地形，本身就像一座狭长的天然围城。张掖市临泽县南的倪家营子镇，紧靠积雪皑皑的祁连山，北面是浩瀚的大漠戈壁。红军将士倪家营激战、浴血梨园口的遗址就在这里。

在汪家墩村的绿树丛中，一个三米多高的土碉堡，虽历经风雨拍打，墙上的累累弹痕依然清晰。

这里，是当年西路军与敌军激战的总指挥所。1937年1月，从高台突围出来的红五军余部赶到这里与红九军、红三十军会合，红军呈防御环形阵地分别驻守在周围的二十多个村庄。

"这里是当年西路军同敌人战斗时间最长、歼敌最多的地方。"临泽县党史办的同志说，当时高台失利，红军剩下一万多人，战斗部队只有六千多人，而红军面对的敌军却有四万之众。

在倪家营子，红军同敌人打了整整四十七天，天天有战斗，先后消灭敌人一万余人，但三千多红军也长眠在这里。敌人先用炮火猛轰红军阵地，炮火一停，骑兵很快就向阵地冲过来。战士们拿起大刀、木棍与敌人拼杀，手中没有武器，就空手与敌人厮杀，甚至咬掉敌人耳朵，到处血肉横飞。

守卫在阵地前沿的红八十八师二六三团九连，面对分三路不断扑来的两千多名敌军，激战一整天，打退敌人十多次进攻，全连牺牲得只剩九名官兵，但阵地仍牢牢控制在红军手中。

梨园口之战和高台血战一样惨烈。当时正值严冬，红军缺衣少吃，天寒地冻，没吃的，战士们把村里一大涝坝冰都砸得吃光了。

我驱车，徒步，迈着艰难而沉重的脚步，踏访梨园口战场遗址。这里三面环山，是进入祁连山的通道，山体坡度不大，没有一棵树，光秃秃的山起伏绵延，山头一座接一座。

"中国工农红军西路军梨园口战场遗址纪念碑"静静地耸立在山坡上，四周一片沉寂。临泽县党史办的同志说，西路军在倪家营子失利，突围刚刚来到这里，敌人的骑兵就追上来，红军指战员拿着大刀与敌骑兵和步兵肉搏，红九军仅剩的一千余人，几乎拼光，我军历史上最年轻的军级指挥员、二十四岁的军政委陈海松在这里壮烈牺牲。突围出来的妇女独立团大部分也在这里遇难。仅剩的三千余名红军官兵，边打边撤，入祁连山西进。四十多天的风雪转战，历尽艰难困苦，最后抵达新疆星星峡时，只剩四百多人。

望着不远处连绵起伏，红、黄、绿七色交错的山峦，我的思绪久久难以平静。当地百姓说，是英雄化作了那片连绵起伏的丹霞山。

六

六盘山古称"陇山"，海拔近 3000 米，像巨蜥一般，逶迤绵延两百多公里，是陕北和陇中的界山，泾河与渭河的分水岭，也是关中平原的天然屏障，以"峰高华岳三千丈，险居秦关百二重"著称。史载，秦始皇立国之初曾到六盘山巡视边防。元鼎五年，汉武帝刘彻也"翻越陇山，北出萧关"。而唐太宗李世民登临六盘山后，曾在这里设立六盘关。可见，这里古时就是交通和军事要塞。

1935 年 10 月 7 日，毛泽东率红军陕甘支队翻越这座高山时，挺进陕北的红二十五军已在两个月前就越过了此山。

昔日红军登山走的是羊肠小道，而今，上山和下山有宽畅的国道。但陡峻的山体、雄伟的山势，还是令人心生敬畏。

公路像一条飘带，千回百转，从山脚缠绕到山顶。登上主峰，极目远眺，天阔云淡，深秋的北国风光，尽收眼底。站在"吟诗台"上，遥想七十年前毛泽东登临这里，看到军旗猎猎，憧憬胜利在望，触景生情，即兴吟道："六盘山上高峰，红旗漫卷西风，今日长缨在手，何时缚住苍龙？"

伫立六盘山巅，一股雄风从眼前掠过，那是伟人留给六盘山雄壮、强悍、啸傲天下的王者之气。

吟诗台与六盘山红军长征纪念馆遥相对应。我在山上寻访当天，尽管不是节假日，但看到来这里踏访红色足迹的游人仍然很多。几乎每一个人，都以一种向上的目光和姿势凝视着红军长征纪念碑，那是对革命精神和信仰的追寻吧。

跋涉在陡峭的山道上，秋风送来的阵阵松涛声，如红军铁流的铿锵脚步。长征路上，红军征服的大山很多，从出发时的第一座山瑞金云石山，到最后一座高山六盘山，先后翻越陡峭险峻甚至终年积雪的高山十七座，每一座都是张扬红军精神的历史丰碑。仰读碑文，眼前跃动着红军前仆后继的身影，耳畔则隐隐响起黄河壶口瀑布的汹涌涛声。

凉殿峡，是一个地势险要的地方，两岸奇峰悬立，树木葱郁，一代天骄成吉思汗征服西夏时，曾在这里屯兵、避暑休养。这个在马背上征战，所向披靡，统一了蒙古各部落的英雄，最后就病逝在这里。他的"深沉有大略，用兵如神"的卓越军事才能对长征时路过这里的毛泽东是否有过影响呢？在《沁园春·雪》里，毛泽东对一代风云人物的评价是"只识弯弓射大雕"。这是伟人的霸气。

我无法揣摩毛泽东心目中的成吉思汗，耐人寻味的是，同是戎马倥偬，六盘山对金戈铁马的成吉思汗，是政治、军事和人生生涯的终点，而对毛泽东和中国革命，却是一个新的起点，红军翻越长征路上最后这座大

毛泽东《清平乐·六盘山》："天高云淡，望断南飞雁。不到长城非好汉，屈指行程二万。六盘山上高峰，红旗漫卷西风。今日长缨在手，何时缚住苍龙？"（王雁翔摄）

山，就进入了通往陕北的革命根据地。

翻过六盘山，站在青石嘴的猎猎秋风里远眺，山峦起伏，层林尽染。固原军分区同志告诉我，当年，红军刚刚翻过六盘山，发现山脚青石嘴村有一支国民党骑兵部队正在宿营做午饭。毛泽东在六盘山北麓的一个山坡上，当即部署战斗，并对赶来接受战斗任务的干部风趣地说，消灭这股敌人，扫清前进道路，一定要打胜仗，先打仗后吃饭，打胜仗，吃好饭。并将手中的大饼子给每人掰了一块。红军指战员猛虎般扑向敌人，一举消灭两百多名敌人，缴获一百多匹战马。随即，红一纵队侦察连被改编为骑兵连，中国工农红军的第一支骑兵部队在此诞生。

翻越长征途中最后一座高山，又打了胜仗。当晚，一路凯歌的红军指战员宿营于彭阳县古城镇小岔沟村。在村民张有仁家的窑洞里，毛泽东在小炕桌闪烁的油灯下，记下了自己在六盘山吟诵的《长征谣》。这首气吞山河的诗作，后经毛泽东八次修改，成为他诗词中的得意之作——《清平乐·六盘山》。

斗转星移，岁月沧桑，毛泽东当年住过的农家土炕和窑洞已坍塌，骑兵部队也已淡出了人民军队的序列，但一代伟人于秋风里吟出的诗词，依然家喻户晓。

七

吴起镇位于陕甘两省交界处，是洛河的发源地。因战国时魏国大将吴起在此镇守过边关而得名。

红军当年来到此地时，这里还只是个几十户人家的山沟小镇。这片纯朴的黄土地给了红军家的温暖，也迎来了天翻地覆的历史巨变。

1935 年 10 月 19 日下午，历尽千难万险的红军像山外吹来的一股清爽的风，给小镇带来许多永难忘却的记忆。吴起镇新寨乡马片沟村八十四岁的雷义老人说：我记得，红军从川上下来时，腿都细得很，像玉米秆子，许多红军战士还光着脚，走起来却脚下生风，很有劲，也非常快。

在这里采访，我第一次听到毛泽东吃面条的故事：当年，铁边城镇张湾子村张万杰，给毛泽东做了一顿羊肉荞面臊子面。盘腿坐在张万杰家的土炕上，毛泽东一连吃了三大碗，一边吃一边动情地说，长征一年了，这是吃得最好、最香的一顿饭。

"红军虽然吃得很差，穿得破破烂烂，打仗却厉害得很，很勇猛，纪律也非常严明。"原吴起县革命纪念馆馆长吕军说，部队军马踩坏宗湾村宗卫珍家一个猪食槽，红军干部马上掏钱赔了。

在纪念馆里，我看到一口被誉为"红军锅"的大水缸。吕军说，当时，住进倒水湾张宪杰家的红军，没锅做饭，就借用张家的水缸烧水煮饭，不料水缸被烧裂，红军当即赔偿了张家两块银圆。

红军能打仗的故事在当地更是有口皆碑。我跟县委党史办的同志登上县城旁边的胜利山。红军当年的"切尾巴"战，就是在这座山上打响的。毛泽东在山顶指挥所指挥战斗，一举歼灭了一支随尾而来的国民党军。

其实，这座山原名叫平台山，因为那场漂亮的反击战，被当地群众易名胜利山。现在原名许多人已不大知道。

"切尾巴"战斗的胜利，是红军指战员献给陕北人民的见面礼，也使红军在陕北站稳了脚跟。1935 年 10 月 23 日，中央红军在梨树园召开干部大会，毛泽东在讲话中首次对红军长征进行总结。他说："长征是宣言书，长征是宣传队，长征是播种机。"

我未能寻到当年红军开会的梨树园遗址。站在胜利山主峰，坡谷峁梁上山林茂密，一座现代化的吴起新城尽收眼底。吴起县常务副县长任建新说，目前，全县年生产总值超过二十一亿元，从去年开始，县里陆续投入两亿多元兴建"红军胜利广场""胜利山主题公园"等红色旅游项目。

八

夕阳下，唐代八棱十一层宝塔，在落日余晖里透着细细碎碎的沧桑。汉代直罗镇曾被设为直路县，因秦始皇派大将蒙恬监修的一千五百里直道经过这里而得名。唐代也在此设过直罗县。

小镇三面环山，北面是清澈平缓的葫芦河，地形状如口袋，是一处打伏击的天然战场。

1935年11月，国民党"西北剿总"迅速部署五个师兵力，东西对进，沿葫芦河构筑东西封锁线，企图将红军围歼于洛河以西、葫芦河以北地区。

然而敌人没有想到，红军是一支智勇双全的铁军。11月20日上午，敌一〇九师师长牛元峰在飞机掩护下，率部进入直罗镇。红军巧借葫芦河两岸地形设伏，红十五军团由南向北攻击，红一军团则由北向南推进，将敌军逼入事先设置好的"口袋"。此役歼灭国民党东北军一个师又一个团，击毙牛元峰，俘虏五千三百余人。葫芦河畔响起了红军庆祝胜利的欢呼和笑声。

但这一仗打得不易，从20日早晨一直打到26日。红军长征途中，一次战役打这么长时间还不多见。直罗镇战役粉碎了国民党军对陕甘苏区的第三次"围剿"，为党中央把中国革命大本营放在西北，推动全国抗战举行了一个鼓舞红军将士士气的"奠基礼"。

古塔高耸，绿荫如盖。直罗镇红军烈士陵园黄苏烈士纪念碑上的碑文格外引人注目。黄苏曾是"省港大罢工"敢死队队长，十七岁参加革命，牺牲时是红一纵队四团代政委。毛泽东说：如果对这次胜利的意义估计不足，这是不好的，部分的损失，换得大的胜利，不应因一些牺牲悲观，我们时刻准备牺牲，我们的牺牲是换得全国、全世界工农的解放，我们的牺牲是有意义的，黄苏同志是中央委员，他的牺牲是有意义的。

从北山坡下来，我见到守护陵园的老人李相元。老人指着陵园里碗口粗的青松说："当年红军在这里打仗的时候，镇上不足百户人家，山上也没松树，只是一些小灌木，这满山坡松树是镇上几代人栽下的。"

八十岁的李相元告诉我，乡亲们把牺牲的红军安葬在北山坡后，受伤留在镇上的红军战士郑连生，就一直在陵园里守护牺牲的战友。他说，直罗镇战役打响头一天，村民李瑞财蹚过葫芦河给红军送信，途中遇上敌人，信落敌手。李瑞财和十二名少共营红军战士全部牺牲。

我想探访郑连生的后人，李相元说，这名红军战士在陵园里守了大半辈子，没成过家。

我默然无语。陵园里一簇簇吐芳的鲜花，满园满坡挺拔的青松，也许就是百姓对先烈们无限的怀念和敬仰吧！

夕阳下，小镇一派宁静祥和。我知道，奔流不息的葫芦河会永远向我们诉说……

九

环县城市不大，名气却不小。70 年前，红军在环县山城堡地区打过一场著名战役。

出环县城，沿环江河北行，就进入了黄土高原丘陵沟壑区。山城堡在县城以北陕甘宁三省交界处的洪德城附近，距环县县城六十公里。这里群山连绵起伏，山塬峁梁像滚动的波涛，一层层起伏着伸向远方。"山城堡战役纪念碑"静静地矗立在公路旁，四周山风阵阵，秋叶婆娑。

1936 年 11 月，国民党胡宗南部兵分三路，向集结在三城堡一线的红军疯狂扑压过来。红一、二、四方面军参战部队利用环县沟壑纵横的复杂地形，层层设伏，边打边撤，诱敌至山城堡一线。国民党战机白天侦察时未能发现红军。胡宗南狂妄地认为，"红军不堪一击，已向盐池方向溃退"。

11 月 21 日黄昏，敌军进入红军预设伏击圈后，红军突然发起总攻。激烈的战斗整整打了两天，红军歼敌一个旅又两个团。

夜里，天黑得伸手不见五指，红军曾一度与敌人展开肉搏战。红军战士一手拿着大刀，一手往前摸，只要摸到帽子上是个"圆坨坨"，挥刀就砍，一刀下去，也顾不上是死是活，又赶紧伸手去摸下一个。

山城堡战役是红军三大主力会师后携手取得的第一次重大胜利，也是长征胜利结束的最后一仗。这次胜利挫败了蒋介石的军事进攻，稳定了陕甘宁根据地的局面。为保证此战大捷，周恩来从陕北保安连夜赶到离山城堡不远的河连湾前敌指挥部，与山城堡战役总指挥彭德怀共商作战方案。

红军长征所经之处，多是中国的边远贫困地区。如今，70 年过去，红军曾经浴血奋战的这片黄土地上，正在发生着崭新的变化。"我们虽然也在发展，但是进步慢、幅度小，老百姓的生活还比较困难。"山城堡乡党委书记张佩旺说，"这几年，干旱少雨的山城乡顺应天时，走农业特色发展路子，脱贫致富向多元化发展，除了发展养羊和荞麦深加工外，当地盛产的优质土豆已走向全国市场，上海'上好佳'集团已在我们这里建起了土豆生产基地。"

我采访时，恰逢"第二届中国环县道情皮影民俗文化节"在这里举行。高亢的秦腔，灵动的皮影，兴高采烈的人流，交织成一幅热闹的民俗文化图，使这片浸润着红军烈士热血的大地显得生机勃勃，充满希望。

追寻红军足迹，我一路辗转来到志丹县和子长县。这是两座分别以陕北红军及西北根据地创始人刘志丹和谢子长名字命名的城市。

沿途，一些路段正施工，蜿蜒的山道正在拓展，运送原油的大型油罐车和客货车川流不息。

70 年前，这两个县都曾有过"红都"之誉，子长县即瓦窑堡，志丹县为保安县，中共中央初到陕北，在这两个地方各驻扎过半年。

"一杆杆红旗插山顶，刘志丹山里喊一声，前后川道里齐呼应。"如今虽然听不到那个年代的民歌，但走进志丹县，那一处处古朴革命旧址与繁华现代都市的交相辉映，还是让人感受到革命的星星之火终成燎原之势的历史发展轨迹。

志丹县党史办主任刘志学告诉我，刘志丹、谢子长等领导的清涧、渭华、旬邑起义，为后来在西北建立红军和根据地打下了基础。1932 年 2 月，由谢子长、刘志丹等领导成立的"中国工农红军陕甘游击队"，第一次在西北的黄土高原上举起了工农武装的旗帜，陕北游击战争在十多个县境展开。1935 年 5 月，陕甘边红军与陕北红军会师后，西北红军主力和游击队发展到近万人，建立了二十多个县苏维埃革命政权，为红军长征立足陕北提供了坚实的落脚点。

毛泽东曾深情地说："有人说，陕北这地方不好，地瘠民贫。但是我说，没有陕北那就不得下地。我说陕北是两点，一个落脚点，一个出发点。

"子长县曾是抗日救国宣言的诞生地和红军东征的出发地。在这里，我拜访了田玉山和钟彪两位老红军。两位老人都是原西北红军的小战士，中央红军来到陕北后，他们随部队整编，参加东征。其中田玉山在红一方面军警卫连，为毛泽东站过岗。钟彪随刘志丹作战，刘志丹牺牲后，他和战友们一起，将这位民族英雄遗体护送到瓦窑堡。田玉山说，这片土地究竟洒下过多少红军烈士的鲜血，谁也说不清，光他们家就有五人参加红军，先后牺牲了三人，只剩他和一个妹妹还活着。

如今，这两座城市都在快速发展着。走在这片土地上，我时时处处都能感受到，在时光和生活的变迁里，老百姓的心里有一种永远闪烁着光芒的不变，那就是红军留下的红色经典和赤子情怀。

十

"几回回梦里回延安，双手搂定宝塔山。"

登上宝塔山，俯瞰延河川，一个山川秀美、街道宽阔、高楼林立的现代化新城尽在眼前。

作为红军落脚陕北后的政治文化中心，作为党中央曾战斗生活过十三年的革命圣地，延安是一个巨大的历史现场。这里仅革命文化遗址就有三百五十多处。走进延安，仿佛进入了一个红色经典世界，枣园、王家坪、杨家岭、凤凰山、清凉山、延安革命纪念馆，以及周边的瓦窑堡等，每一处都蕴藏着无数动人的故事。党和红军当年留下的红色印记，已经培育出这座城市一种独特的气质，吸引着游客不远千里来这里瞻仰、聆听、追思、缅怀……

在延安革命纪念馆门前，一大早就聚集了数百游人。一位来自四川的退休干部在纪念馆里一边仔细观看文物，一边听工作人员讲解，走出纪念馆时，眼里已不知不觉噙满泪水。他说，延安宝贵的革命精神能洗涤和滋养人的心灵，幸福生活真的来之不易。

一天下午，留守兵团司令员萧劲光到毛泽东住处汇报工作，进屋看到毛泽东围着被子坐在床上办公，以为生病了，正想问，毛泽东抬起头指着地上的火盆说，棉裤洗了，还没烤干，下床就光屁股了。萧劲光听后，心里一酸，让警卫员赶紧去领一套被子和棉衣。毛泽东连连摆手，说：不行，领来我也不要，大家都很困难，我如果搞特殊，讲的话就等于放屁，谁还会听。我不能搞特殊，你也不能搞，我们共产党人任何时候、任何人都不能搞特殊！

这类让人热血沸腾的故事，在延安随处都能听到。

延安所在的黄土高原是世界上黄土分布面积最大、最集中的高原沟壑区，水土流失面积曾占70%。而今，远山近岭，山清水秀。

延安在中国革命史上的特殊地位和厚重的革命文化，赋予了它无穷的魅力。党中央开过会的地方、红军用过的东西、开垦的梯田、居住过的窑洞……革命先烈于千峰万岭间留下的铿锵足迹，皆是烽火岁月的生动见证。

"万象阴霾打不开，红羊劫运日相催。顶天立地奇男子，要把乾坤扭转来。"行走在长征路上，我的心头不时回响起孙中山先生的《咏志》。

有人曾把这条扭转乾坤的胜利之路、慷慨悲壮的牺牲之路喻为"地球上的红飘带"。在"红飘带"飘过的地方，就有一座座震撼心灵的烈士陵园。面对一座座无名烈士墓碑，常常使人思绪万千。实际上，从某种意义上说，新中国的历史是无名烈士创造的，没有他们的流血牺牲，就没有共和国的今天。

中央红军路过宁夏固原地区一个小村庄，由于缺水无法做饭，警卫员烤了一些带泥的土豆，满脸内疚地端给毛泽东。没想到，毛泽东不仅不在意，还宽慰大家说："我们今天在这里吃带泥的土豆，就是为了明天让老百姓不吃带泥的土豆。"

据史料记载，会宁会师期间，红军打了六仗，共有一千八百多名红军将士血染会宁大地。而在大墩梁和慢牛坡两座烈士陵园里，我只看到了罗南辉和九十三师师长柴洪宇两位烈士的墓碑。在直罗镇和山城堡烈士陵园里，我也只了解到红四团代理政委黄苏的事迹，在祁连山下的倪家营、梨园口，西路军与敌激战四十七天，歼敌万余，红军牺牲三千多人，绝大部分也都没有留下姓名。就连飞夺泸定桥那种拯救红军的关键之战，二十二名勇士也只有五人留有姓名。

那是战火纷飞的年代，条件太艰苦，战斗太频繁，牺牲太经常，资料一批批失散，战友一个个离去，往事一件件尘封……无情的岁月湮没了无数生动的细节，只给世人留下一个粗线条的轮廓。

纪念红军长征胜利五十周年时，会宁县曾托人请邓小平同志题写纪念塔塔名，邓小平欣然命笔，写下"中国工农红军第一二四方面军会师纪念塔"十八个大字。当工作人员提醒他署名落款时，邓小平说，红军长征途中牺牲了那么多同志，他们都没有留下名字，我为什么一定要署名呢？

也许真正的英雄都是有悲剧意味的，他们播种、奉献，但不参加收获。

在广东海丰县龙舌埔广场的浮雕墙上，凝固着石破天惊的一幕，仿佛时间再也没有光临过。

1922年11月的一天，这里掌声如潮。彭湃一把火，一堆泛黄的田契瞬间化为灰烬。从此，无论走到哪里，大批农民都众星捧月般地簇拥着他，追随着他。他任海丰总农会会长，人口不足十万的海丰，入会农民达两万多人。

作为大地主子弟，他带头闹革命，就等于革自己的命，革家族的命，怕他"败家"，兄弟分产自立，他把自己分得的田契轻轻一把火烧了，让农民的梦想照进了现实。

为什么中国第一个县级红色政权能在这里诞生？为什么我们党领导的革命能不断走向胜利？因为共产党人懂得怎样把自己和普通人的生活与命运融为一体。纯朴善良的劳苦大众从共产党人身上看到了争取幸福的希望，明白了革命的道理，自然就会真心实意地拥戴、追随，即便是流血牺牲也在所不惜。

透过历史遗存，我们缅怀、追忆、叩问今天幸福生活的来龙去脉，感悟先辈们的大智大爱，也传递我们对先辈和苦难的理解。对苦难，仅有敬畏是远远不够的，只有让红色基因流淌在血液里，长进骨头里，我们才会真正懂得信仰是什么。

忘记，就意味着背叛！是旧话，却是不老的真理。

（2014年7月改定于广州）

一棵挺拔的树

一

其实，那天别人给我讲刘真茂的故事时，我不信，谁比谁傻，怎么可能呢？

但是，后来的事实证明，我也是个俗人。

我跑了老远的路，坐火车转汽车，再甩开脚板子，翻山越岭，答案慢慢在我眼前浮了起来。

那天，在一个山窝子里见到他和他的阵地时，我一时说不出话，寻思了半天，也不知该说什么。对一个人来说，三十年显然不是一小段光阴，但刘真茂却把这么一段不算短的光阴豪爽地投掷在了狮子口的大山上，并且掷地有声地说："我死了就埋在山上。"

现在，这位六十四岁的老人，每天仍然准时出现在大山崎岖的羊肠小道上。他说自己的身影关乎湘、粤、赣三省交界处三十五万亩原始阔叶林和七万亩草山的命运和未来。

在连绵起伏的大山里，简陋的瞭望哨，一豆青灯，一个人，一只黄狗，三十年。清贫、寂寞、艰险、坚韧的修道式的生活，他是怎么走过来的？深山里那些艰辛的路程谁能丈量？

大山脚下十里八乡的百姓说刘真茂是"英雄"，是一个至真的人，纯粹的人。理由是他放下了人生许多东西，一般人放不下的，他都潇洒淡然地放下了，唯独放不下这座大山。他用自己的头脑思考人生，用自己孤独的存在护卫人的尊严、人心的善良和心性的光芒。

刘真茂说："我就是一个普通的人，做点苦事、呆事，一辈子只干了两件事，当兵和护林。"

他身材高大，一身旧军装，面庞黝黑，皱纹细密，眼神坚毅，腿脚利索，即便是走在陡峭的山道上，脚下也呼呼生风，每一个脚印里都透着从容、淡定。

那天上山时，我和朋友找了两匹马，怕山上没吃的，特意驮了些蔬菜、肉，还有米面，甚至带了野营的帐篷。

山上的天空蓝得纯粹而热烈，雾一团一团，像大把大把洁白的棉絮，在山腰里飘忽着。

二

如果没在那场攻坚战中累倒，刘真茂现在或许过着另外一种生活。和他聊天，这个问题老在脑子里转悠，但我一直没问，怎么问呢? 人生没有或许。

1965 年的冬天对十七岁的刘真茂来说，是幸福的，也是难忘的，他穿上了军装，带着乡村少年的朴厚与纯真走出了大山。谁也没想到，他从战士、班长、排长，一路风生水起，五年就从战士干到了连队指导员的岗位。

1968 年夏天，部队正忙着在海滩上搞围垦生产，突然台风挟着海水猛扑上来，引发了一场动静不小的海啸。连长一声喊："快走，海水来了! "代理连队司务长的刘真茂冲回屋子去抢救经费、票据和账本。出门一看，一个人都没了，海水瞬间就淹到了胸部。他有些慌，水天一色，不知道该往哪里逃生。

海水退去，大家都以为他死掉了。谁曾想他在狂风海浪里搏斗了十个小时，没死，也没晕倒，抱着用塑料布包得严严实实的皮包跌跌撞撞地回到了连队。

"那天台风，团里牺牲了四十四名官兵，四名跟我同年入伍。"说着他抬起头，久久地望着头顶的蓝天。

一片滩涂，换了几拨人马，都迟迟无法按工期完成围垦任务。刘真茂带着连队官兵上去了。

"当干部，就是当好表率，带好头。"也许这是他的带兵之道。当指导员不到五年，他把全团最差的一个连队带成了集团军先进。

但这次攻坚战，刘真茂整整七天七夜没合眼。他累垮了，大病一场，从死神手里逃过一劫。

转业回到家乡，刘真茂没让组织照顾。他说："我带过兵，知道一个好兵在哪里都能找到自己的位置。"1980年，刘真茂放弃照顾，回到湖南宜章县长策乡挑起了乡武装部部长的担子。

怀着梦想走出大山，又回到了大山。乡亲们都觉得他脑子被驴踢了，傻得不可理喻。

上任不久，他就给自己揽了一个"大活儿"。"当时农村改革刚刚迈开步子，山林权属不明晰，不少地方出现滥砍滥伐现象，成片成片的山林变成了光秃秃的荒山，看了让人心疼。"他两个肩膀，一边一副重担，主动请缨成立了一支民兵护林队，亲自任队长，十个人，清一色退伍军人，他们在海拔一千六百米的山坳上建起了茅棚。这一年，是1983年。

选择需要勇气，更需要情怀。渐渐地，一片片山林恢复了往日的宁静。刘真茂又发动群众种植了两万多亩杉林，让光秃了的山重新绿起来。

大山里处处是家，居无定所，巡山走到哪里，天黑了就地宿营。一个晚上，他与一个护林员躺在自制的简陋睡袋里，望着似乎伸手就可摸到的满天星斗聊天。

"你一个农村娃，是咋搞成军官的？"

"放你娘的屁，你去搞搞看，老子是实实在在干出来的！"刘真茂气得跳起来。

三

"原来的瞭望哨在下边，这里视野开阔，能看得更远一些。"盘腿坐在草地上，刘真茂望着起起伏伏的大山淡淡地说。

没人晓得，为眼前这个低矮简陋的哨所，他几乎把自己幸福的家庭推向了"绝境"。

政府每月一百六十元补助，对护林队来说，只能勉强解决吃饭问题。

为了让这支力量存在下去，刘真茂带着队员利用狮子口大山的草山资源搞"以劳养队"。五年时间，黑山羊发展到三百多只。可是，一场突如其来的瘟疫，让队员们的辛苦血本无归。

怎么支撑下去？刘真茂拿出自己的工资做护林队的工作经费，咬牙坚持着。但人是坚韧的，也是脆弱的。看到山下"万元户"雨后春笋般冒出来，队员们的心渐渐不安了。"'以劳养队'搞不下去，工资没指望，那就回家吧，咱们都是当家人，上有老下有小，不下山怎么办呢？"

坚守了十年的民兵护林队没能再坚持下去。1993年春天，护林队散伙了。

"如果没吃的，刘部长在山上饿死了，第二个人肯定是我！"长策乡中坪村四十四岁的老李是最后一个下山的护林队员，与刘真茂情同父子。大年三十踏进家门，家里冰锅冷灶，他禁不住泪水涟涟。大年初一，他要上山给自己"最敬重的人"拜年，却没钱买一挂鞭炮，找了几截旧炮用线接起来，浑身汗水爬上山，鞭炮却放不响，他和刘真茂紧紧抱在一起。"师父，对不起，我很想坚持，但实在挨不下去了！"刘真茂说："我懂，大家都有家庭，有老人，有孩子。"

人都走了，简易房也被人拆了。谁来守护这大山？眼睁睁地看着绿宝石般美丽的原始森林从这里消逝吗？他曾听专家说，在地球同纬度地区，莽山和狮子口大山是仅有的两块原始阔叶林，是异常珍贵的绿色奇迹。

送走老李，刘真茂坐在山巅，像一尊雕塑，眺望着沐浴在夕阳余晖里的远山近岭，沉甸甸的心慢慢地敞亮了："人的生命不仅仅是血肉之躯，还有希望、意志和信念；我们不能总是不断地和美好的东西挥手告别，一切美好的存在，就在我们自身的坚守之中。"

绿色是生命的象征，生命需要人去呵护。他不愿委屈自己的良心和判断力，在山上选好屋址，自己动手往山上背水泥、沙子。

这举动让很多人不解。有村民问他："政府每年给你多少钱？"他说："没有钱给。"村民不信："不可能，没有钱，你会跑到那种鬼地方去做'空事'（方言，意为傻事）？"他说："我每个月拿着国家工资，这难道还不够吗？"

只要不是雨雪天气，刘真茂都要巡山。一把柴刀，一身旧军装，一双高帮解放鞋，上披不均，山路弯弯曲曲，人只能在茅草和灌木丛里穿行。巡护高山，一天至少腹上三十多公里山路。（王雁翔摄）

妻子没有工作，身体患病，在路边租了一间铺面开小商店，两个儿子还小，她渴望丈夫为家里搭把手。听说刘真茂要在山上建哨所，这对恩爱夫妻疯狂地吵了一架，甚至有一段时间谁也不理谁。

在连绵起伏的大山里建房子，艰难是想象不出来的。没有路，陡峭的羊肠小道，水泥、沙子、石灰等建筑材料，全靠肩膀一点点背上山。刘真茂请了人帮忙，但为了节省开支，别人一天一趟，他咬牙背两趟。整整流了半年苦汗，才把建哨的材料背齐。

但家里仅有的三万六千元积蓄，被刘真茂全部投进了哨所。妻子大哭一场，关了小卖部，靠卖蔬菜拉扯两个孩子。"他长年守在山上，十八年没在家里过过春节，平时家里大小事都指望不上，工资全投到看山护林上去了，两个儿子结婚他都没顾上下山。"说起丈夫，六十二岁的尧臣香眼里满是泪水。这个二十三岁入党的乡村妇女，用自己的双肩撑起了山下的家。

四

一个亲戚在山上砍了一棵树，他寻上门按规定罚款，表兄求情："少一点怎么样？你知道我的家底，等我卖了猪再交行吗？"刘真茂说："罚款哪有赊账的道理！"他自己掏钱替亲戚交了罚款，还让同去的护林员开具了罚款收据。

湘粤交界处一个叫朱家坳的地方，有个涉黑团伙觉得无人敢惹，经常到附近的山上违法砍伐。接到举报，刘真茂带人赶去制止，对方挥着砍刀威胁："哪天敢从朱家坳过就砍死你。"他一脸从容淡定："我就是不要命的人！"

也许真情真爱总是和真山真水连在一起的。夜里听到狗叫，他会从床上爬起来，看窗外三五成群的水鹿从陡坡上下来，在屋前的栅栏边，这里嗅嗅，那里看看，然后几步一回头地慢慢离开。有时忍不住，他会推开门，坐在门前的小凳上，在夜色里远远地看水鹿在门前的山坡上撒欢儿。

大山里还有娃娃鱼、角鸡、果子狸、穿山甲、红豆杉、黑松等种类繁多的珍稀动植物。进山偷猎的看见他就躲，躲不开，就把捕猎的东西塞到草丛，迎上来嘻嘻哈哈胡扯。长年守望大山，他的洞察力能穿透云雾、山岭，没人能骗过他。但他从来不跟这些人吵架。他相信人心都是肉长的。

有一天，十几个装备齐全的人，带着猎狗上山打猎。他将他们招呼到哨所，让他们喝茶、休息，找个借口赶紧出门。他知道那些珍贵的野生动物在哪里，吆喝着狗满山窜、满山叫。

捕猎者们一无所获，转过山将他作野生放养试验的两匹马射杀了，一匹马已怀胎。枪法很准，正中脑门。为了这个试验，他拍照片、做记录，已经忙碌了三年，两匹马变成了六匹，过几天回来一次，喝了盐水，晚上又走了。看到心爱的马在山坳里被人射杀，他知道，这是有人在警告他。

山下村民向刘真茂反映，放养在山上的牛、马、羊被人偷了不少，他自己骑着巡山的黑马也被偷了。刘真茂提供线索，案子破了，关几天，有的人放出来还在背后千方百计逼他下山。

"在我的心里眼里，他总是那么安详从容，没有丝毫的沮丧、抱怨，也从来不与跟他作对的人急，他总说，爱能转化人。"刘真茂的大儿子刘志华说。

一个村民找到哨所，要刘真茂给他做饭吃。刘真茂跑前忙后，这个村民吃饱喝足，又让给他的狗弄吃的。这个村民离开不久，刘真茂的一只山羊慌慌张张跑回来了。他跑到山后一看，自己放养的四只黑山羊，两只被杀，皮剥了丢在沟边。刘真茂赶到沟口，等到这个人，又放他走了。他在日记中写道：树长在自己的根上，人活在自己的心上。

与刘真茂形影不离、朝夕相伴的黄狗被人放夹子夹断了一条腿，在大山里挣扎了好几天，刘真茂找到它时，已经奄奄一息。他抱着狗跑了两个多小时的山路，到山下的兽医院救治，医生说，丢了吧，救不活。他没丢，又抱着狗回到山上，熬草药喂，但喂不进。

"我最心爱的三只狗，两只被人打死，最后这只说什么也要救活它。"他不弃不离，精心救护。过了十六天，小黄狗奇迹般睁开了眼睛，喂它米汤，居然能吃。从此，他叫它"三足虎"。

那天，我跟着他去巡山，担心"三足虎"跑不动，也怕它再撞上夹子，但总也赶不回去。整整一天，崎岖的山路上，"三足虎"跟着我们一颠一颠，拖着露出一截白骨的残腿，拼了命地跑。也许，它是要忠诚地保护自己的主人。

"我觉得自己过的不是正常人的生活。但一个人总得有点觉悟、良心，做点有意义的事情。"他抚摩着趴在身边的"三足虎"说，"我每次下山都是偷偷摸摸的，晚上下山，天不亮上山，下山路上遇到人，又返回来。因为总有人盯着我，我在明处，他们在暗处，见我下山了，他们就会上山偷猎砍伐。"

有一年冬天，快过年了，他要去山下办点事，走到半路，忽然感到不安，赶紧转身往回走，远远看见有人在砸他哨所的窗子，他发一声喊，那人很吃惊。他当然认出了那人是谁。对方解释想进去喝口茶。刘真茂说："想喝茶砸窗干什么，没有门吗？"

有人看不过，要收拾几个挑头的，替他出口气。他说："用我们的人性温热他们，只要我对他们好，他们慢慢会觉悟，觉悟了就会支持我。"

刘真茂养了几只山羊，还有十几只鸡，自己舍不得吃鸡蛋，即便过年也舍不得杀只鸡，经常开水泡米饭就咸菜。但只要有人来哨所，他总会拿出最好的东西招待人家。那天巡山，他为我们每人煮了五个鸡蛋，路上，我只看到他吃了两个土豆。他相信人有恻隐之心、羞恶之心、恭敬之心、是非之心。

五

只要不是雨雪天气，刘真茂都要巡山。一把柴刀，一身旧军装，一双高帮解放鞋，上坡下坳，山路弯弯曲曲，人只能在茅草和灌木丛里穿行，巡一趟山，一天至少要走三十多公里山路。有人估算，他三十年守山走过的路程，相当于绕地球十圈。为了节省时间，他养成了一天吃两顿饭的习惯，有时带几个红薯和土豆就出发了。

连绵起伏的大山里本来没有路，年复一年，他用自己的双脚踩出了六条羊肠小道。

他说："只有走进大山，人才能真正体会到人只能属于自然，而自然不属于人的道理。"我在一旁静静地观察，他膝盖上放着收音机，腰板笔挺，坐小凳依然是军人的坐姿，眼睛习惯性地望着远处。

苍茫暮色笼罩了大地，不见一星灯火，哨所离山下最近的村庄也隔着数重山，山风在耳边呼呼作响。"晚上一个人住在这偏远的大山里，连个说话的人都没有，会不会感到孤单寂寞？"他抬头望着满天亮闪闪的星斗说："不会的，人有了理想和信念，日子就不苦，有追求，生命就会有亮光。"

去年，县林业局给哨所装了一个四百瓦的风力发电机，让他告别了点油灯的历史。没想到，发电机几个月就被人打掉了尾巴，后来干脆整个打掉了。无奈之中，又在屋顶安装了两百五十瓦的太阳能板。坐在昏暗的灯光下，我一本本翻看他的巡山日记和读书笔记。他在部队养成读书看报的习惯，每次下山挑吃的，都会记得带一点旧书旧报上山。他花五年时间为孙子从旧报刊上剪下上百篇小学生作文，一篇一篇贴在一本杂志上，我翻着翻着，心头忽然一热。

我上山没两天，他的大儿子刘志华和八岁的孙子刘高鹏也上山了。爷孙俩形影不离，从他抱着孙子的那份欢喜与幸福里，我似乎触摸到了他坚韧和执着背后最柔软的部分。他笑呵呵地说："我也是人，我也爱我的家，希望过正常人的生活，可是，我只顾得了一头，顾得了大山，就顾不了自己和家庭。"

他的两个儿子都是退伍军人，刘志华现在是长策乡武装部副部长，尽管话语不多，但从他的举动里能感受到他对父亲的爱和敬重。

兄弟俩曾苦口婆心，劝父亲下山安享天伦之乐。但刘真茂说："我下了山，你们俩谁上山，咱们都是当过兵的人，道理不用我讲，我早已祭上了自己的生命，死了就埋在山上，我要永远守着这座大山。"

每年春节，兄弟俩都会上山陪陪老父亲，用自酿的米酒碰杯。那是刘真茂一年里最开心的日子。

清晨，大山里迷雾重重，他的哨所像一个孤岛，门前稀稀疏疏的篱笆，像一个更古的战场。他一个人用常人无法完成的坚守在这里作战。清泉潺潺流淌的声音在风的协助下变得清亮而悠远，像他的青春，流逝在大山的角落里。

刘真茂说："真情真爱，心里有爱，就一定有快乐；世俗欲望的满足与幸福无关，与心灵的境界有关，就像鸟儿的歌声，用心听，就能听懂。"

哨所是刘真茂守护山林的灯塔，也是上山客的客栈，这里曾发生过多少不为人知的故事，他从来不愿向人叙说。有一次，他不小心从石崖上摔下来，在床上躺了一星期，一翻身就痛得直抽凉气，磨了草药自己搽，没告诉任何人。他觉得，这是自己的选择，自己的生活。

六

现在，刘真茂的坚守渐渐有了越来越多的明亮颜色。

大奎乡四十六岁的曹和国是养殖专业户，十年前，跑了十多年运输的曹和国把车卖了，心里一片迷茫，不知双脚该往何处迈。

"老刘对人太好，我刚开始养殖时啥都不懂，他帮我进了四十七只羊种，何时打疫苗、驱虫，几天喂一次盐，把所有养羊技术都教给了我。"曹和国说，"后来他又教我种魔芋，四百斤种子没要一分钱，还用马驮着给我送到了家里。"

受刘真茂感染和影响，曹和国和妻子现在都是这座大山的义务护林员。去年，偷猎者偷走了他二十只羊，曹和国心里想不过，打算找一帮朋友去砍那几个偷猎者的手，硬被刘真茂劝住了。

尽管曹和国的村庄离哨所很远，要爬两三个小时的山路，但每过个把月，他都会到哨所来，陪刘真茂坐坐，聊聊天。

"我开始挺讨厌他，后来慢慢喜欢了。"李运军第一次认识刘真茂时，父亲还是长策乡羊坦村的支部书记，母亲砍了五根小杉树做菜园围栏，被刘真茂罚了二十五元钱。

"他跟我父亲私交蛮好，一点情面都不给，我对他的印象一点都不好。"李运军说，那年，他从广州打工回来，既无资金也没技术，生活一团糟，刘真茂给了他四十八只羊，手把手教技术，没有老刘的帮助，他的养殖业发展不到现在的规模。

2008 年发生雨雪冰冻灾害，大雪封山，李运军的三百头牛困在了山上。人上不去，牛也下不来，上百万元的投资，人快急疯了。半个月后，他突然接到刘真茂电话："你放心，我把牛集中在背风少雪的地方养着，都没问题。"

有一天，李运军无意间说山上草太厚，如果把枯草烧了，来年新草就会长得好些，刘真茂说："千万不敢烧山，引起火灾几十万亩原始森林就没了。"

　　夜里十点多，刘真茂拄着棍子，打着手电，跑了几十公里山路，到山下敲开李运军的家门："记着，草山千万烧不得！"

　　"他在寒风里跑老远的路，就为这一句叮嘱，夜里上下山的路很难走，很危险，稍不留神就会摔伤，那晚他走后，我落泪了。"李运军说。

　　长策乡一名青年，偶然认识了刘真茂，背着帐篷上山，跟刘真茂生活了一周。白天巡山，夜里聊天，两人从此成了无话不谈的朋友。

　　这个青年说，那时，我的心里一直很浮躁，看到别人有的，自己没有，心里就不平衡，因为抢劫偷窃两次被劳教，如果不是遇到这么好的一个人，我可能还会接着做坏事。他热爱生活、纯朴善良、执着坚守的那些细节，像清新的泉水和纯净的山风，把我的心灵洗得干干净净，我的心一下子安静了，他让我懂得了怎样做有意义的事。

　　后来，这个青年租了一千亩荒山，种上了杉树。

　　孔子说："德不孤，必有邻。"

　　三十年，大山里没有发生过一起火灾、事故。狮子口大山成为三省交界处保护得最好的一块绿洲。

　　"他从未向组织提过任何要求和困难，没拿过一分钱补助，他懂技术，有思想，有能力成为富人，可他没有，他对幸福的信仰，他的厚朴、善良、宽容和人性的光芒，能穿越数重山。"坐在山下长策乡的院子里聊天，乡党委书记欧荣鹏嗓门很大，一双大手不停地在空中比画着，一会坐下，一会站起来，很激动。

　　亨利·戴维·梭罗说：我死的时候，你们可以发现在我的心中镌刻了一棵白橡树。

　　我抬头望了望天，天很蓝，山上是浓得化不开的绿，一座连一座的绿山，一直堆叠到很远的地方。

　　我知道，在老刘的心里，也镌刻着一棵或者一片郁郁葱葱的树。

（2011 年 8 月于郴州）

远山的烛光

正午的梅坪村空荡荡的，看不见一个人，山坡上错落稀疏的宅院里，偶尔传出一两声鸡鸣狗吠。然后，又归于寂静。

明晃晃的烈日下，六十岁的古槐基安静地坐在教室门口，四周高山连绵，头顶的天空瓦蓝瓦蓝。对面山坡上就是他家的老宅。

七月里，他已经填了退休表，但没有人愿到这个偏远大山里来，秋季一开学，他又回到了山里。他说："没人来，我走了，还有两个孩子，年龄那么小，到哪里去上学呢？！"

实际上，在过去的 37 年里，古槐基的人生可以有很多种选择，但他一次次放弃了自己的梦想，是无奈，还是担当？如果退伍那年不接那个茬，咬咬牙走出大山，古槐基现在的人生又会是怎样的呢？

一

都说山路十八弯，但进梅坪的盘山路远远不止十八道弯。山路崎岖狭窄，一边是峭壁，一边是几十米深的悬崖，车子在路上颠上颠下、忽左忽右，摇晃颠簸得人心直往嗓子眼里蹦，浑身骨头像散了架。陪同我的惠东县民政局副局长罗永茂说："以前进出山是一条不足一米宽的黄泥小路，遇到暴雨天，时常发生山体滑坡，道路泥泞，村里人有时几个月都无法出山，这条水泥路还是在古槐基的带领下修的，2009 年 7 月才通车。"

抵达安墩镇水美小学梅坪教学点已是正午。传说中的"草根英雄""广东好人"——古槐基，站在教室门口，背微驼，鬓发微霜，一身迷彩服，透着军人气。

梅坪是个自然村，位于广东省惠东县安墩镇最北部，这里海拔一千二百多米，层峦叠嶂，近处是山，远处还是山。村里孩子到山下最近的水美小学上学，要走七公里崎岖山路，村民想买点日常用品，也要早出晚归，跑到山下十一公里外的安墩镇洋潭村去。

古槐基一脸开心地介绍："看，这是梅坪的第三代教室，去年县上专门拨了三十万元，年初刚落成！"

烈日当空，白墙灰瓦的新教室显得非常孤独、耀眼，教室里五张铁课桌，是山外一个慈善组织捐赠的，斑驳破旧的小讲桌，还是二十世纪六十年代生产队会计用过的。

从教室里出来，他抬眼望着寂静的村子说："上学期有五个学生，三个升三年级的，开学去了水美小学，现在只剩两个一年级的学生。"

门前不远处，有一块不大的水泥平地，是村民的打谷场，也是学生的操场。一副崭新的篮球架，是古槐基去年专门跑到县体育局要来的。

水美村支部书记张职良领着我们爬上山坡，走进一家空旷老旧的宅院，"这是老村长古兆权家，他这段时间从县城回山里避暑。"

七十七岁的古兆权一见古槐基，满脸慈祥，笑着拉住古槐基的手往堂屋里的上座上让，两人像多日不见的兄弟。

"他有文化，如果当时不接那个茬，肯定不是现在这个生活。"聊起三十七年前的往事，古兆权语气里透着沉重、感动和钦佩，他看着古槐基轻轻地说："但谁能想到，这担子你一下子挑了三十七年！"

1970 年冬天，十八岁的古槐基差一年就高中毕业了，但他向往军营生活，怀着梦想走进了军营。当兵第三年，他当上了班长，入了党。

铁打的营盘流水的兵。五年后，古槐基光荣退伍，揣着一摞荣誉证书又回到了大山，但他的梦想和追求在山外。他打算在家里陪几天父母，就到县城去联系工作。

一天傍晚，古兆权摸黑来到古槐基家的老宅，几句寒暄过后，就没了言语。随后，来了十多个村民，都一声不吭，闷头坐在天井边抽烟。沉默了一阵，几次欲言又止的古兆权说："代课的老师又走了，二十多个孩子没学上，村里数你文化程度最高，又当过兵，见过世面，能不能帮忙顶一顶？"

昏暗的煤油灯下，一屋子的人都沉默着，静静地等着古槐基的回答。贫穷、偏远、闭塞，使得这个客家山寨家家户户穷得连煤油灯都点不起，村里几乎没有几个读书识字的人，孩子们的启蒙教育，只能从山外聘请老师。请来的老师时间长的一个学期，短的个把月就走了，来来去去请了二十多个，走马灯似的，总也留不住。

"让我想想，过两天给你回话。"送走村长，古槐基一夜辗转难眠。

他试着征求父母意见，话没说完，父亲就骂开了："一家人省吃俭用供你读书为了啥？你吃尽苦头读书又图个啥，不就是为了让你能走出大山闯个好前程吗……"

"我也知道山里生活难挨，折磨人，为了走出大山，我翻山越岭求学，吃的那些苦一辈子都不敢忘。"他不敢看父亲铁青的脸色，"山里人没文化，就像鸟儿没有翅膀，一辈子都飞不出大山。我走了，改变的只是我一个人的命运。"

在心里苦苦挣扎了三天，古槐基答应村长，并一再叮嘱："我先顶一段时间，最长只干三年，等请到了老师，我就走！"

二

当年，简陋的教室是生产队的一间粮仓，上边存放谷物，孩子在下边上课，二十多个学生，是一、二、三年级复式教学。课堂上，古槐基同时上三个年级的课，语文、数学、音乐、体育，他一肩挑。

生产队给他的代课费是，每月十八块钱，五十斤稻谷，记三十个劳动日的工分。

山里人的生活要说多难就有多难，许多孩子穷得连裤子都穿不起，即便两三块钱的学费，都东挪西借凑不齐。开学了，看到谁家孩子没来上学，古槐基就一家一家去劝："再穷，也要让孩子念书。没钱，我垫着，先让孩子来上课。"

一年，两年，三年，日子像村里的无名河，不舍昼夜，流去不再回头。老村长一趟趟去山外请教师，每次都失望而归。古槐基也一年接一年，用军人的忠诚与山里人的坚韧守望着老师的岗位。

大山里的春天总是姗姗来迟。1976年初春，古槐基去山外赶集。在泥泞的山道上，碰见邻村一个赶集的姑娘挑着两筐猪崽走得吃力，他主动把她的担子接过来挑在了肩上。从此，两人相识相爱。年底，他与这个叫唐月娥的姑娘走进了洞房。

一晃三年过去。他们在大山里有了自己的两个女儿，大的三岁，小女儿刚满百天。妻子敬老爱小，勤劳善良，古槐基没黑没白，一心为学生忙碌着，尽管日子贫穷而艰辛，但一家人感到很幸福。

然而，1980年，苦难突然降临。

一天，妻子从田里回来，感到身体不舒服，古槐基扶她躺下，拔腿就往山下跑。山路崎岖，他跌跌撞撞一路狂奔，平时两个多小时的路程，不到半小时就冲到了山下。

"医生给她打上针，还没顾上喝口水，人呼吸就停止了。"说着，他抬起头，满脸泪水，"她才二十五岁，连患了啥病都没来得及搞清楚，命运为什么那么残酷？"

我们愣愣地坐在他对面，不知如何接他的话。

痛苦像一把钢刀，撕碎了古槐基的心，上有六十多岁的父母和八十岁的奶奶，下有一双年幼的女儿，他该怎么办？

"大女儿患有先天性心脏病，不停地生病，我一趟趟背着她去山外求医，走在山路上，女儿哭，我也哭，但哭能解决啥问题，心撕碎了，拼起来，日子还得往前过。"说着，他别过头去，静静地望着窗外，"大女儿的心脏病一直拖着，没钱看，2000年临产时，那病还是要了她的命，死的时候只有二十三岁。"

"那时，日子太苦了，但岳母对我非常好，每年端午节前后，家里揭不开锅，我就去她家挑一点红薯回来。"他脸上的表情慢慢地亮堂起来。

他的痛苦和艰难，村长古兆权看在眼里，急在心里。1981年，古兆权当"红娘"，让古槐基与邻村一个姓戴的姑娘又组成了新的家庭。但贫穷像一座山，仍压得他喘不过气来。

每天天不亮，古槐基就与妻子摸黑上山，把林业工人采集的山货，赶在孩子上课前先挑到家里，下午五点孩子放学了，夫妻俩安顿好一家老小，再接着把山货往山下挑。崎岖泥泞的山路上，两人挑着上百斤重的山货高一脚低一脚往山下赶。货送到水美村，回到家常常已是深夜。而夫妻俩起早摸黑跑十五公里山路送一趟货，还挣不上两块钱。

有时是一担松脂，有时是两捆锄头柄。日复一日，年复一年，跋涉在坎坷的山路上，身材瘦小的古槐基心跳如鼓，气喘如牛，肩膀红肿，扁担一碰就痛得钻心。一次，他在山路上滑倒，又被挑着的锄头柄重重地砸到了头上，当场昏死过去。看着躺在泥泞中的丈夫，束手无策的妻子用树叶接来山泉，一滴一滴喂进他嘴里，他才慢慢地醒过来。

村里年轻人一拨一拨走出大山，去广州、深圳寻找新生活，古槐基心里也起了涟漪，他一遍遍问自己：就这样当个代课教师，一辈子守在不通路不通电的大山里过生活？就这样一辈子接受贫穷与落后的抽打吗？他心里很矛盾，坚守，活在穷山里太受罪；走，又放不下孩子上学的事。父母和妻子一次次问他，你到底心里啥打算？他总是不说话，忍不住了，就吞吞吐吐地说："再过一阵吧，孩子上学是大事，是山里人的希望。"

那时，村民们散居在河沟两岸。河上没有桥，几块大石头上面垫几块木头或破木板就是桥了。一到雨水季节，山洪肆虐，桥没了踪影，河水齐腰。古槐基每天早早候在河边，将孩子一个一个背过来，接到教学点，放学，再一个个背过去，送回家。

南方大山里，多雾又多雨，每到雨季，村民们总能看到这样的场景，涨水的河里，身材瘦小的古槐基像一条小小的渡船，背着孩子一趟趟在河水里往返。

1994年9月25日，古槐基正在上课，突然狂风暴雨呼啸而至，教室摇摇欲坠，他赶紧把孩子往安全的地方转移。孩子们刚刚跑完，简陋的教室瞬间被洪水冲走。

"教室没了，就让孩子到家里上课。"他把家里的门厅变成了教室，孩子们的琅琅书声，像温暖的炊烟，从他家的宅院里一阵一阵飘出来，在大山里回荡。

半年过去了，教室仍没有着落，古槐基写了一份申请，拄着棍子翻山

妻子去惠东县城跟儿子一起生活，古槐基没有走，他独自留下了，一个人守着空荡荡的老屋，守着梅坪教学点的几个学生。琅琅读书声每天依旧在大山里准时响起。（王雁翔摄）

越岭，跑到县财政局要了一万元重建款，回到村里，又动员村民筹集了一点。但对大山深处的梅坪村来说，困难的不仅仅是钱，山高路远，沟深坡陡，钢筋水泥要运进山比筹钱还难。

古槐基找村民们商议："山里人过日子，靠的就是肩膀和腿，既然建筑材料运不进来，咱们就从山外往回挑。"每天下午放学，古槐基就跟着收工的村民一起从山外往回挑钢筋水泥，整整三个月，他和村民们硬是用肩膀为孩子挑回三间教室。

三

坐在院子里聊天，我问古槐基："你从山里送出去二百二十多个学生，有五个考上了大学，十多个上了中专，自己的孩子却早早辍学了，你后悔过吗？"

"没有，耽误了孩子，我心里很内疚，但有啥法子，顾了这头，就顾不上那头。"心直口快的古槐基忽然沉默了，他仰头望着蓝天，半天不说话。

这时，一个男孩和一个女孩走了进来，约莫七八岁的样子，浑身是土，小脸黑里透红，怯生生地看着我们。古槐基把两个孩子拽到怀里，给我介绍："这是古银，这是古靓妮，都上一年级。"和学生在一起，他像换了一个人，脸上瞬时灿烂起来。

"叔叔从很远的路上来看咱们，给叔叔唱首歌。"他摸着两个孩子的头，"就唱前两天刚学会的《一分钱》吧！"

"我在马路边捡到一分钱，把它交到警察叔叔手里边……"大山里一派寂然，两个孩子用清亮悦耳的童声唱起了《一分钱》儿歌，歌声像波浪一样，一层层荡开，在空旷的大山里回响。

山里孩子的眼睛，能看到的只有层层叠叠的山峦、茂密的山林和田地里的辛苦劳作。尽管他们没出过山，也没见过警察叔叔，更不晓得外面的世界怎样的热闹与繁华，但这清亮亮的歌声，也许已悄然为他们幼小的心灵打开了梦想的翅膀。

古槐基是这个偏远山寨唯一拿工资的人，工资从每个月的十八元涨到二十元、二十五元、三十元……可是，一家老小八口人，两亩山坡薄田产量很低，不仅全家人的生活都担在他的肩上，他还得为村里贫困家庭的孩子垫付学费、买一些学习用品。艰辛与贫穷给古槐基的折磨比村民们还多。

1998 年，古槐基从代课老师转正为公办教师。但他心里却痛得夜不能寐，默默坚守，让一个个山里孩子实现了读书的梦想，而他自己的孩子却辍学了，大儿子古瑞浩初中没念完，十五岁就出门打工了。

几个在地方当领导的战友给古槐基捎话："山里日子太清苦，如果你愿意，我们几个战友帮忙把你调到县城来。"

古槐基第一次打了工作调离报告。水美小学校长张立冲歉疚地说："这些年你守在山里不容易，确实该换一个好点的环境了。"

村民听说他要走了，傍晚都到他家里来坐着，不说话，挽留之情难以出口，但古槐基看在眼里。他在心里安慰自己："一家人都在城里，自己患腰间盘突出，有时腰疼得厉害，躺不下，坐不住，不走咋办！"

山里孩子朴实得像山野里的花朵，听说老师要走了，五六个小学生围在他身边，什么话都不说，光一个劲地哭。看着孩子们的眼神，古槐基心如刀绞。山村的夜晚很静，眼热心痛的古槐基心里很乱。他心里清楚，自己走了，没老师来，几个孩子没法去山外上学，就只能辍学。

第二天，天不亮他就上路了，急匆匆地去了山下。老战友在电话里一听他变了主意，不愿往外调，立马就火了："调不调你自己拿主意，以后你的事我不管了！"说完，电话"咣"的一声挂了。

顶着满天星光走在弯弯的山道上，他心情无比沉重，双腿沉得像灌了铅。

妻子戴素芳苦苦企盼的幸福宛如一弯水中之月。那天晚上，这对恩爱夫妻吵架了，吵得很厉害。妻子一边哭一边把他往门外推："你不为自己想，也得为儿子想想，这些年你窝在山里苦还没吃够，这个家你不要，就别回来了！"

古槐基说："谁不爱自己的妻儿，但做人要有良心，不能只考虑自己。"

他把我们拉到院门前："你看山坡上这些房屋，就能想到那时村里人生活有多艰难，这么贫穷偏远的地方，谁会来，我不出山，孩子们才能走出大山。"

"其实，当时咬咬牙走了，说不定问题会有办法解决，你身体不好，一个人留在山里，没人照顾你，咋生活？"我问他。

"拍屁股走了，我良心上过不去啊！"他看着我，眼睛里蕴含着太多深沉的情愫。

妻子去惠东县城跟儿子一起生活，古槐基没有走，他独自留下了，一个人守着空荡荡的老屋，守着梅坪教学点的几个学生。琅琅读书声每天依旧在大山里准时响起。

四

大山里的夜晚黑得伸手不见五指，古槐基静静地坐在门前，听着潺潺的流水声。

站在他家门前，能看见村里几星灯光，尽管显得昏暗微弱，却让人觉得群山环抱的梅坪少了一点空旷与绝望，多了一点生命的气息与温暖。

在这样的静夜里，只要俯下身仔细谛听，可以听到生命沉重的呼吸，河流欢唱，草木吸吮露珠，各种叫不上名字的虫子在暗夜里低吟浅唱，它们都在用自己的方式欢唱生命。

"梅坪是偏远山区，要改变贫穷落后面貌，首先要解决电的问题，有了电，山里有水，有林业资源，可以建发电站……" 2004 年冬天，古槐基拿着自己在煤油灯下写好的报告，去了山下的安墩镇供电所。所长曹荫锋看完报告后，立马答应："好，剩下的事我去跑，村里抓紧筹两万元买电线电杆。"

踏着夜色归来，古槐基深一脚浅一脚，挨家挨户把村民叫到一起商议筹钱的事，一屋子的人都默不作声。古槐基说："咱得拿出一股子自己救自己的心劲把电通上，不能像父辈一样点一辈子煤油灯。"

说了半晚上，村民们东挪西借只凑了一万七千元，还差三千元，要打一张欠条，村民都不愿在上面签名。古槐基说："我签吧，实在凑不上来，我来交！"

2005 年 8 月 13 日，梅坪开天辟地第一次用上了电，结束了这个客家山寨祖祖辈辈靠点松脂、煤油灯过日子的历史，村里热闹得像过大年，家家灯光通明。

通了电，古槐基又开始盘算修路的事。有人劝他："村里人慢慢都走光了，你费那个劲干啥？"

"我当过兵，知道自己该干什么！"他说，"通了公路，将来开发建设进出就方便了。"

黄泥小路要拓展成能进出车辆的水泥路，会影响沿途村民稻田、山林和房前屋后的菜地、果园。古槐基和村支书翻山越岭，一家一家做解释工作。沿途村民工作做顺畅了，钱也是头痛事。他晴天一身汗，雨天一身泥，四处奔走，通过村民集资、找人捐资等多种途径，忙碌了一年多，亲戚朋友，凡他认识的人他都找了一遍，少的几十元，多的上万元，终于筹集了六十多万元修路资金。

2007 年春节一过，沉寂的大山里就急匆匆响起了隆隆炮声。经过两年紧张施工，2009 年 7 月，一条水泥路像一条飘带，从山下的水美村绕进了梅坪。

电通了，路修了，古槐基又跑到山下找水美村支部书记张职良："村里年轻人都在外边打工，家里全是老人和孩子，有个急事联系不上，你看能不能找找电信部门，给梅坪架一个移动信号发射塔。"

拉光纤的工人在山里施工没地方吃住，他乐呵呵地说："我家屋子空着，吃住都放在我那里。"

2010 年春天，远山里的梅坪又迎来了新生活，有了手机信号。

但谁知道，就在古槐基为梅坪通电、修路四处筹钱的时候，在惠州商业学校读书的小儿子古伟松却交不起学费。看着十七岁的儿子含着泪水离开学校去深圳打工，古槐基背过身，心里痛得不能碰。

在县城，我问古伟松："你心里埋怨过你父亲吗？"

"刚辍学那会，我非常痛苦，觉得他没有本事，心里老是想着别人。"

"那么多艰难痛苦他都挺过来了，别人想都不敢想的事，他不都一件件带着村里人干成了吗？"我说。

"你想想，我好不容易考上，只上了一年，啥都还没学到。"他低头看着地，想了一会儿，又笑眯眯地说，"一年学费一万多元，不是个小数目，也不能怪我爸，他这一辈子不容易，如果能体检合格，今年冬天我也准备去当兵。"

也许，他从父亲身上看到了一种他渴望拥有的东西。

五

山下小学三年级开设英语课后，梅坪教学点取消了三年级，只剩一年级和二年级的学生，教学任务轻了，古槐基反倒觉得日子比过去更熬煎了。

白天一心为孩子们上课忙碌，到了晚上，时间就显得有些难熬，连个说话的人都没有，寂寞让他常常不知所措，有时他会在呼呼转动的风扇下写一首古体诗，有时，他会在一块小黑板上写板书，擦了写，写了擦。

"梅坪村原来有三十多户人家，两百多口人，条件稍好一点的，都陆陆续续搬到县城去了。现在村里只剩下五户人家，也许再过几年，梅坪村就消失了。"他说着忽然叹了口气。

一条拇指粗的水管从屋后的小溪里通到门前，清澈的泉水是古槐基洗衣做饭的生活用水，门前的一丛三角梅在阳光下开得蓬蓬勃勃。

黄昏，太阳慢慢地从山顶上沉下去，火红的晚霞在山林、稻田、场院间弥散。古槐基静静地坐在老屋门前，望着对面山坡上的教室，一语不发，表情恬静。他像一尊守护神，在孤独寂寞里看日落月升，日子一天天过去，记忆一点点沉淀。

男人们吆喝着牲口从稻田里归来，妇女在场院里大声说笑，孩子们追打嬉闹，粥的香味，如缕缕炊烟，弥漫着、升腾着，整个村庄，从早到晚都听得见笑声，热闹如集镇。山村里这些曾经温馨而寻常的场景，眼下，古槐基只能一遍一遍在脑海里回味。

村里一些人家搬走后，土地便闲置起来，长满了荒草。老屋门前的菜园也荒芜了，长满了齐腰高的杂草，古槐基想下地打理出来，种一些蔬菜，却一日日挨着。懒得打理，除了自己患有腰间盘突出，腰疼得蹲不下，还有一个原因，就是吃苦受累种出菜没人吃，就烂在了地里。

在爱的庇护和炊烟的笼罩下，一茬茬孩子在梅坪接受启蒙教育，不断从山里走向山外，有的当了老师，有的考上了公务员，有的成了小老板，都在他乡燃起了炊烟。

现在，古槐基的宅院里，有一只黑狗，一只灰猫，几只鸡。每天回到家里，他走到哪里，它们就跟到哪里。有时会有一两个邻居到他的老宅里来坐坐，唠一会家常。然而，他的生活还是太寂静了。

"我喜欢安静，也习惯了一个人的生活。"他笑着说。在静得出奇的黄昏或者清晨，他喜欢坐在老宅门前，让这个村庄的一些缥缈记忆在脑海里时隐时现。

"我是个平凡的人，当兵，教书，一辈子就这两件事，真没啥好写的！"我一提问，他总这么回答我。跟他在一起生活了几天，我发现他常常显得手足无措，对报道毫无兴趣，甚至隐隐有一些焦躁。

2009年3月，一岁多的孙子古鹏不小心被烫成重伤，大儿子古瑞浩打电话想让他回家帮着照看几天。古槐基匆匆下山，只在家里待了半天就急急忙忙赶了回来。他说，孩子上课不能耽误。

平时，他一个月回一趟县城，先骑一辆老旧摩托出山，把车子存放到洋潭村老乡家里，坐中巴到惠东县城，再转公交车回家。有时点赶得不巧，回一趟家在路上会折腾差不多一天。在家里享受一天天伦之乐，然后，带上妻子为他做的咸菜和鱼丸，又一个人默默回到山里，为孩子上学忙碌着。

老宅里几乎没有什么家具，简陋的桌上，放着一个精致的相框，里面是他穿戎装的单身放大照。"这是我专门跑到山外边做的，那时候年轻，还蛮帅气。"我转身看他，古槐基站在离我两米远的地方，满脸自豪和笑意。

他心里还珍藏着四十多年前的光荣与梦想。

（2012年9月于惠东）

战场生还的老兵

一

像山坡上的一尊雕塑，劳动疲乏了，抑或心里焦躁了，金政全喜欢坐在树荫下静静地俯瞰坡岭上的绿。远山如黛，阳光澄澈，山脚的阳宗海苍茫浩荡，波光潋滟。微风里，坡岭上的绿，像起伏的浪，一层一层，摇曳生姿。有时他的眼前会不由自主地浮现战场上他和战友们冲锋的场景，恍惚中，心像被突兀飞来的石块击中，痛得一颤一颤。

那天，第一次坐他的白色越野车，拉开车门，一股无法言语的味道，扑得我头晕，坐垫上是一圈一圈叠加的污渍。我心里嘀咕，这老板也太不讲究了。员工小刘眼亮嘴快，说金大哥人好，山路上遇上个村民，不管背筐的，还是牵猪拎鸭的，招手都会捎上车，他又忙得顾不上打理。金政全听了，呵呵一笑，扯着略带沙哑的喉咙说："回去，回去就洗，弄清爽。"

"老金，你一天到晚忙得脚打后脑勺，都忙啥呢？"常有朋友这样问。

"忙，一大摊事，咋能不忙。"他道，"大小事都得我操心，操不完的心。"

这话不是玩笑，他确实忙。但不管日子怎样的仓促、忙碌，每年清明节，他都要跋山涉水去战友的墓前上炷香，烧一点纸钱，表达自己的思念之情。有时，他会跪在墓碑前，在心里一遍遍与他们对话，诉说生活的变迁，自己的抉择、梦想、执着。当然，还有无人聆听的痛楚与迷茫。

有人说，种一棵树最好的时间是十年前，其次是现在。金政全十五年前种下的第一拨树转眼已粗如水桶。

现在，曾经光秃秃的荒山野岭满眼苍翠。一棵棵桃、梨、杨梅、核桃、板栗树上缀满了繁密的果实，杨柳、滇朴、樱花等绿化林木亦挺拔葱郁。鸟儿在枝上婉转，清新凉爽的空气里，弥漫着花果与植物的气息。

清晨，当鸟儿和林子醒来的时候，他已扛着镢头在晨雾里忙碌开了。刚开始，有人笑他痴呆，说他当兵当傻了，放着好好的官不当，转身向一片荒山开战。

那些冷嘲热讽像山风一样，时常会从他的耳边掠过。比如现在，山绿了，就有人笑他捧着大金碗，却不懂得过好生活，在恓惶里苦挨着。他听了，淡淡一笑，也不辩解，仍旧埋头忙手头的活。

"美的音乐，遇上会听的耳朵，便是天籁之音，不懂，你就是把嘴说烂也没用。"他说话的声色里，有老成，亦透着天真与固执。

没人知道脚窝里落满汗珠子的金政全，在沉默里仰望、追寻、坚守着什么。他身上那些能把地砸出坑的故事，他从不给人讲。当然，别人也没闲工夫听他絮叨那些远去的烈焰般燃烧的忧伤。

"我们都生活在阴沟里，但仍有人仰望星空。"晚上，坐在他山野营地的小院里聊天，林野安详、静谧、繁星如织，我忽然想起王尔德的这句话，嘴里有一股难以描述的苦味。他真的是一个不合时宜的人吗？

二

"孩子，到部队了好好干，给自己闯个前程，别再回来种地。"

跟所有父母一样，1979 年冬天，薄霜铺地，在铿锵锣鼓声里送金政全参军时，两鬓斑白的父亲这样叮咛他。而他那时的梦想，亦跟那个时代的许多偏远山村青年一样简单、淳朴："去部队穿解放鞋，吃大米饭和白面馒头！"

但他和父母都没想到，这个穷困年月里的朴素想法，会将他送上一段波澜壮阔、生死未卜的征途，影响他大半辈子的人生。

1982 年，已当班长两年的金政全参加原昆明军区军事五项全能比武，头一次上赛场，竟夺得神枪手、神炮手称号，创下投弹八十二米的新纪录。

班长邹平说："因为他投得远，投实弹，手榴弹常常到不了落点，在空中就爆炸了！"

载誉归来的第二年年底，已满服役期的金政全探家归队时，跟他同时宣布退伍命令的战友们都已离队返乡。他正要办退伍手续，突然接到通知："作为训练骨干，团里决定让你继续留队。"

"你办完退伍手续后，直接坐火车到贵州六盘水站下，我在老家休假，也在家等你，工作已联系好，就在这边成家立业，不要再回老家去放羊、种地……"

尽管节气已是冬至，天气却不寒冷，营区草木仍绿油油的，几朵小花在微风里轻轻摇摆，似在相互私语、争执。他手里捏着班长邹平的信，也想找个人，像草丛里的小花一样诉说、聆听。

他愣在营区一棵树下，心里犹豫着。这是早晨，抬头，天空蓝得像刚刚洗过，一团一团洁白的云朵缠绵、奔放、飘逸，不断变换着队形，像奔驰的马群，又似卧地休息的驼队。

他知道边境上不"消停"，虽说还未与死神面对面交过手，不懂得死亡的残酷，但他不怕上战场、不怕死。他懂得军人就当为国向死而生。可他心里又放不下，觉得留队辜负了班长的情义，还有那份等待他的工作。毕竟，那是他走出偏远山村一个难得的机会。

他在心里苦苦挣扎了一夜，最后，毅然选择了留队。

三

翻过年，他和战友们在春草和鲜花的浓郁气息里，拔营奔赴前线。

全团第一场硬仗，是收复老山 662.6 号高地。团长提名金政全担任主攻排代理排长。消息一出，上下一片哗然。

官兵们的质疑不无道理，全团上百名建制排长，为啥让一个义务兵班长代理排长打主攻？

但团领导敢让他挑主攻重担，必有原委。既然有不同声音，那就用事实说话。

一场实战化推演擂台赛打响。从全团范围内遴选的尖子排长轮番上阵，与金政全互换角色，想定、处置瞬息万变的战场情况。几个回合之后，金政全以过硬的军事素质、独特的战场思维胜出，在掌声里被任命为主攻排代理排长。

团里不光为他的主攻排加强了兵力和火力配置，还给他配了一名副营长和副指导员。他带着官兵抵达出发地域驻扎、修整，等待挺进命令。

晚上天阴得很实，如漆黑厚重的锅底。隆隆的炮声里，有时能看见远处炮弹像划着弧度横飞的流星雨，从山头上飞过。他知道，脚下的宿营地离前沿已经不远。凌晨，他带着两名战士查哨，发现哨兵不在哨位上。

"为啥不在哨位上，你知不知道你的眼睛关乎全排人的性命，倘若敌人突然摸上来怎么得了？"金政全气得跺脚，两眼冒火。

批评的言语掌握不好度，有时会被对方看成一种无法忍受的冒犯。批评，争辩，三言两语，两个血气方刚的年轻军人之间霎时火星四溅，吵嚷、推搡间，哨兵趔趄着脸朝地一个牛吃水倒了下去。

哨兵爬起来一摸嘴，满手血水。再摸，两颗门牙没了。

门牙事关脸面与形象，哨兵急了："你个狗日的，老子这个样子回去，咋找对象？！"

说着，就端了压满实弹的枪往上扑。跟着查哨的战士眼疾手快，一个上去劝哨兵，一个拉起金政全就走。也许，只有彼此隔开，愤怒的心才会慢慢平静下来。

"老子今晚上非崩了你不可。"哨兵扯着嗓子吼。

"战士们把我藏在一个老乡家的棺材里，我心里内疚，在棺材里一夜没合眼。"金政全说，"早晨回帐篷想睡一会儿，刚躺到床上，那战友的气还未消，端着枪冲过来，对着我的脑袋就要开枪，但忘了开保险，被战友们一把抱住了，要不，那天我的脑袋就开花了，也就没后来的故事了。"

他回忆的神情里，有对年少时笨拙、窘迫、缺少理智掌控的遗憾和心痛。我一时竟不知怎样接他的话。这个插曲太突兀、太陌生。

那个时候，我正在故乡陇东平原上一个朴素简陋的中学里读书。早在暑假前的两个多月里，校园里的师生就已经知道南方边境打仗了，老师需动员学生们给前线作战的官兵写慰问信。我们将笨拙、华彩而激动人心的话语写满一页页信纸，将饱含激励与赞美的信件一封接一封地寄往前线。而四年后，我也不顾家人反对，坚决放弃复读，成为戍守天山的一名军人。

三十多年后，我已从天山深处落脚岭南，又在距昆明四十分钟车程的一座山上，与昔日想象中的英雄邂逅，是追寻，抑或是一个神秘的约定。因我只是偶尔里，在别人不经意的闲聊里听到他的，为何要一路辗转追到这里呢？

"或许你收到过我和同学们的信件。我记得我们的信大都寄往麻栗坡了。"

他搓搓手："那时，从全国各地寄到前线的慰问信很多，我读过几封，当时我们部队不在那里。"

说罢，他看着我，像在回忆。我一时无话。

四

1984 年 4 月 28 日，二十一岁的金政全带着主攻排五十四名官兵，选择了一条地势险要、易守难攻、荆棘密布、近乎峭壁的线路，顶着夜色向 662.6 高地挺进。

天刚蒙蒙亮，战斗打响。他不按常理出牌，采取"先火力、后占领、火力横切、交替掩护占领"的打法。炮弹雨点般从头顶呼啸而过，在敌方阵地腾起一朵朵硝烟与火光的花朵。他果断下达冲锋命令，抓住堑壕边的杂草跃出战壕的瞬间，却被通信员代付文一把死死摁住："排长，我先上！"说罢，一纵身跃出了前沿阵地步兵堑壕。

"他冲出去不到二十米就踩上了地雷，腹腔被炸空，肠子落了一地，牺牲时双手还紧紧握着枪。"金政全回忆说，"上战场时，我们身上除了枪和子弹，还有生死牌和战时临时供给证，有这两个证，沿途保障点上的东西就可以取用。但战场上有纪律，每个人用掉的东西，战后回到驻地要从津贴里扣。那时，战士一个月津贴只有十几元，许多战士连一瓶罐头都舍不得吃。代付文拿了一包阿诗玛香烟，一盒火柴。冲锋前，他从装枪油的子弹袋里掏出来给我，香烟和火柴已被汗水浸透。我批评他不该随便拿服务点上的东西，拿了回去没钱还。他说，排长，我知道你不抽烟，山上蚊子很厉害，备着熏蚊子用……那是我俩在战场上的最后一次对话，他用身体为我们开辟了冲锋通道。"

"一个鲜活的生命瞬间就没了，像风掠走一缕云烟。"他抬头望着蓝天，半晌不说话，像聆听什么，又像在努力控制自己的情绪。

冲锋途中，副班长潘相安被炮弹弹片击中，金政全扑过去抢救，发现他的双腿被炸飞。正包扎、止血，潘相安从昏迷中醒来："排长，我的双腿没了。"

他安慰："你只是负伤了，我正给你包扎，别说话，注意前方，把好火箭筒。"

潘相安说："别骗我了，前边那棵树上的腿是我的。"金政全顺势一看，前方的树枝上挂着他一条血淋淋的腿。

"我妈问我……你不要说……我的腿……"

金政全一边埋头包扎，一边应着。一转脸，潘相安已没了气息。

顾不上悲伤，他带领全排发起勇猛冲锋，九分钟攻下了662.6高地，但鲜血在他们身后凝结出一个冷酷的数字，全排打主攻的五十四名官兵，伤亡四十五人。

战友的伤亡让他肝胆碎裂，心流着血，打击却接踵而至："父去世速归。"从上阵地慰问的连队干部手里接过电报，他心痛得几乎晕厥。

"我家里很困难，能不能从连队给我借几百元，帮家里处理父亲后事。"金政全说，"如果我活着，从津贴和退伍费里扣，牺牲了，就从八百元抚恤金里扣掉，钱我一定会还上。"

见指导员不吱声，连长接过话说："按常理，连队应当批假让你回家，但现在是战时，在战场上，没法回去，自古忠孝难两全，你把家里地址写给我，先从连队给你借二百元，让后方同志寄你老家。"

在阵地上坚守二十多天，金政全接到了新的战斗命令，带八名官兵迂回反攻153号高地。

很快，战况逐级报到了师指挥所："某某团三连一排奉命攻打153号高地，歼敌三十六人，俘虏一人，按规定时间夺回了阵地，官兵无一伤亡……"

但转入坚守防御时，这个只剩九名官兵的战斗排却陷入了困境绝地：断水断粮。饿了，可找野果、树叶填肚子；没水，四十多摄氏度的酷暑和高温，耗尽体内水分，人就会中暑或休克。吃野果、树叶，喝自己浑浊而带咸味的尿液，他带着战友在战斗中整整坚持了七天，水和粮才送上阵地。

人还未从疲弱里完全恢复过来，新的战斗任务再次下达。他立即带着八名官兵转守"李海欣牺牲时坚守的高地"（战后被命名为"李海欣高地"）。

在枪林弹雨中转战四个多月，金政全和战友换防下山休整。全连七名干部在战斗中全部负伤，金政全又代理连长一个多月。之后，他再次回到排里，继续当代理排长。

几个月后，金政全带领的主攻排荣立集体一等功，多名烈士和战士被评为"战斗英雄"、荣立一等战功，他以毫发未损的"战绩"荣立二等战功，正式提干为排长。

生死暌违，但人的情感往往是执拗的，即便面对坚硬如铁的事实，仍不愿相信。接到任命那天，金政全的心痛如锥刺，脑海里弥漫着一片一片殷红的血色，一个人跑到山后的树林里号啕大哭。他相信九泉之下的战友，能听懂他心灵的倾诉。

五

攥锄头的手，指节粗大，一身洗得发白的迷彩服，后背上是一片片反复叠加的汗渍，裤脚和鞋上沾满红泥巴；草帽下的脸膛，黝黑里透着憨厚与淳朴，汗水顺脸往下滴落。一名村民模样的员工指着这个人告诉我："这就是金大哥。"

在一片轰鸣声里，他正扯着嗓子指挥推土机和运土车辆忙着修路。装沙土的车斗向上一扬，哗啦一声，一股股尘土弥漫开，扑得满身满脸，他眯着眼，也不躲，双手比画着说："年底路通了，人到山里看风景、游玩，就方便了。"

第一次见面，五十四岁的金政全就是这样进入我视野的。

"甭管咋说，你手下有近百名员工，怎么着也得有点老板模样吧？"

"啥子老板，我就是一个开荒种树的农民！"他满脸带笑，略带沙哑的声音很大，好像我是一个聋子。

他的话听上去像谦虚和玩笑，实际上是真的。一次，他有事找县里一位局长，电话里对方问："你是哪个单位的，找我什么事？"

他客气地说："打扰局长了，我是金政全，种地的，有急迫的事要向您汇报。"

"种地就好好种地，我不管种地，我在开会。"对方啪一声把电话挂了。

几次电话沟通未果，他不得不找到局长办公室去。一进门，局长上下打量，觉得他不全像种地的人。金政全简短地介绍了几句自己的情况，局长忽然像换了一个人，客气地说："哎呀，金大哥，你怎么能说自己是种地的呢，你是领导、是英雄……"

他打断对方："如果我说自己是领导、是军人，那我就是一个骗子。现在，我的身份就是一个开荒种地的人。"

当兵、参战、提干、院校深造，从排长、连长到集团军参谋、教导队副大队长，在战友眼里，金政全的军旅人生可谓顺风顺水。2001年，已在副团职岗位上干了三年的金政全，突然主动要求退出现役。这年，他刚三十八岁。

听说金政全要转业，昆明一些国有企业和党政机关争相向他伸出了"橄榄枝"，甚至为他预留了一个区委领导的岗位。

没想到，金政全却做出一个出乎别人意料的抉择——自主择业。

"这是国家刚出台的一项新安置政策，将来是啥情况很难预料，你这是拿自己的人生开玩笑。""放弃安置，意味着你除了基本生活保障，职务、津贴和相应的级别待遇都没有了，跟'下岗'有啥区别？"面对战友和亲人的不解与反对，金政全沉默不语。他觉得每个人都有自己对生活的理解与追求，偏见和误解会在熟悉的过程中慢慢消失。

当年，全集团军转业干部中，放胆自主择业的只有两人，他是其中

他知道边境上不"消停"，虽说还未与死神面对面交过手，不懂得死亡的残酷，但他不怕上战场，不怕死。他懂得军人就当为国向死而生。可他心里又放不下，觉得留队辜负了班长的情义，还有那份等待他的工作。毕竟，那是他走出偏远山村一个难得的机会。（照片由金政全本人提供）

之一。

脱下了军装，他仍是战场上舍我其谁的想法："我渴望做一番拼搏、尝试，不管成败，对别人今后的选择都会提供一些启示。"

然而，谁都没想到，不按常理出牌的金政全，这一次竟将目光落在一片荒山上。

为什么？听说他要在昆明东南方向一个叫"柳树湾"的地方，租赁承包八百多亩荒山种树，亲友们一片惊诧："憨包，别人变着法儿升官发财，连农民都晓得跟着城镇化脚步进城，他倒行，好不容易苦了个官，却不当了，跑去开荒种地，不是当兵当憨了，就是疯了。""这是什么时代，人人向钱看，都在想方设法挣大钱发大财，你去弄一座荒山，汗珠子摔八瓣不说，得投多少钱进去，哭去吧！"

议论、劝说纷纷落落，他沉默着，心像被人用刀一下一下地划，尖锐地痛。

"我回富源老家探亲，看到乡亲们为了生活，把山上的树都砍光了，葱绿的山成了光秃秃的荒山，日子却仍旧穷困着。临走那天，我爬到山上坐了很久，心里很难过。我的身心在鲜血里一次次浸泡、洗礼过，我没有理由，也不敢把心思和精力放在自己的名利得失上，我不能只为自己活着，这样做，我愧对牺牲的战友，良心上过不去。当兵前，我想过提干，从战场下来，就不想了，为什么？战友们的鲜血与生命，让我懂得了……"他静静地凝望着波光粼粼的阳宗海。清风徐来，树涛阵阵。

从他孤独的面影和欲言又止的神情里，看得出他内心的隐忧、无奈、痛楚，那些省略掉的言语像河流一样，在他心灵深处隐秘流淌着。他宁愿担当痛苦，许多心里话不愿给别人讲，怕人说他矫情、谮妄。他知道，理解需要时间。

六

山上一派荒芜，像岑寂的废墟，除了零星几丛矮小的荆棘和几棵枯死的树桩，几乎看不到树，满眼裸露的红土如刺眼的血色，风在光秃秃的荒山上吹拂，四周一派寂静，多年堆积的建筑和生活垃圾占了两百多亩山坡。他在荒山上来回徘徊，心一阵一阵发颤。

他花五千元从朋友手里买下一辆破旧的微型车，租一台推土机，招来两百多名员工，甩开膀子向荒山开战了。

日晒雨淋，餐风宿露，双手满是厚厚的老茧，脸上的黑皮脱了一层又一层，他带着员工拼命干了半年，才把山上的垃圾清理完。

"为了放下牧羊鞭和锄头，我十七岁揣着梦想走出山村，二十三年后，绕了一大圈，又回到了起点，回到曾经的旧生活里吃二茬苦，受二遍罪。确实让人很难理解。"他说，"我不想当官，想干事，干点自己喜欢的有意义的事。人的选择常会受制于环境和身边人，但梦想与努力有时也会改变身边的环境和人。"

他在部队时曾读过塞万提斯的《唐·吉诃德》，无奈的时候，他会将自己跟那个大战风车的人往一起联想吗？

第一年，他听了一个园林师的建议，买回一万多株橡皮树。结果，种下希望，收获的却是沉甸甸的悲伤与绝望。一场寒流，橡皮树全部被冻死，只能挖回来当柴火烧，五十多万元投资一转眼就打了水漂。像庄稼人一样早出晚归，他砸着汗珠子种了上百亩蔬菜，最后卖完一算，不仅没赚到钱，还赔进去几千块。

喂猪、放羊、捡垃圾、挖地种树……他与员工同吃同住，有时外出办事，回到营地过了饭点，钻进厨房随便找点吃的就对付了。他知道自己没有老本可吃，必须勒紧裤腰带苦干。

"你是军人，无论穿军装，还是不穿军装，都应该拿出跟自己死磕的勇气，像当年在战场上打主攻一样，铁骨铜声，勇往直前。"一个人，无论怎样坚强，也总有脆弱柔软的时候。晚上，他浑身疲惫，一个人孤独地在寂寥的山坡上徘徊、思索，在心里一遍遍这样给自己鼓劲。

坐在院子里与他聊起开荒种树的艰辛与劳累时，他声音极响亮："我原本就是一个穷困里长大的孩子，放羊、喂猪、割草、砍柴、下雪天光着脚板下地干活，12岁时就已经是家里的主要劳力了，吃苦受累对我算不得什么。"

让一片片荒山绿起来，除了员工工资，他得不停地往山上投钱。无财产抵押银行贷不出款，亲戚朋友能借的都借遍了，钱从哪里来呢？无奈之中，他转变思路，以山养山，一边种树搞绿化，一边开农家乐。刚开始，生意不错，有了进项，他却不懂得走动打点拜码头。附近被煽动的村民封堵了进山路，近半年山里没来过一个客人，农家乐被迫停业，荒山绿化再次陷入困境。

那年，他被表彰为"全国优秀军队转业干部"，从北京领奖回来，刚下飞机就被派出所带走。理由是，他指使弟弟打伤了附近的村干部。

关押、审问了二十多天，放出来，他一声不响，身上看不到愤懑、沮丧，像什么都没发生过，仍埋头种树。

"我自己晓得我自己，再糊涂，也不可能让弟弟去打人。他看我受气，被人刁难，气不过，背过我和当地的村干部打了架，事情我从北京回来才晓得，气得我手脚发麻。"他道，"没什么能难住我，除非我自己打倒自己。"

员工已半年发不出工资，大家都眼巴巴地看着他。

金政全把员工叫到一起："大家出来打工，肩上都扛着养家糊口的担子，但现在资金遇到了困难，每月只能发一半工资，想走的走，愿留的留，但不管多难，欠下的工资我一分都不会少。"

百余名员工，只有三十名自愿留下。那天，送走最后一拨员工，他一个人坐在山坡上，一直到天黑透，像一块沉默的山石。

实际上，金政全并非不会挣钱。承包荒山之前，他开餐馆，从昆明到曲靖，七家"小宾楼"连锁饭店生意一个比一个火爆。短短半年，他就脱颖而出，成为当地餐饮行业里小有成就的后起之秀。他咬着牙，将餐厅盘出去六家，将两百多万元全投到了这座山上。

冬去春来，年复一年。他像一个憨厚的庄稼汉，带着员工每天早出晚归，在挥舞的锄头下，山岭上一片片一层层的绿，在时间的流逝和人们惊讶的目光里渐渐起伏、苍翠起来。

"如果这十多年你专心在餐饮行业发展，现在会是怎样的生活？"

"人生没有如果！"他淡然一笑。而心里想说未说的话是，人应当先解决温饱问题，但温饱之后呢？如果环境污染了，资源消耗光了，人人成为富翁又能怎样，你所拥有的都将丧失干净，我们仍将一贫如洗。

现在，七年里没舍得给自己买一身新衣的金政全，每天最发愁的事仍然是钱。毕竟，山上还有荒地要种树，观光旅游道路、服务保障设施要完善，既要让山绿得饱满、养眼，还要让游人看得方便，哪一样没钱都不行。许多事都等着他奔波忙碌。

七

"他是我这辈子最敬重的人！"一提起金政全，51岁的倪忠成就格外激动。

倪忠成是金政全带过的兵，当年虽然没跟着金政全打主攻，但也是经历过那场战火洗礼的硬汉。去年，他从战友那里打听到了金政全的消息，从山东济宁寻到了这里，想见见几十年没联系的老班长。

他跟着金政全在葱郁的山野里转了个遍，夜里在灯下一张一张翻看荒山上种树的老照片，看着看着，竟忍不住落泪了。

他跑回去提前办了退休，又急匆匆赶回来："老班长，我帮你打打下手，添一把力，不要一分钱工资。"

像一个巡视战场的指挥员，几乎每天清晨，金政全都要在山里上上下下地走一遍。

各色树木一丛一丛，错错落落，鸟儿在林子里欢唱，山林野花散发出来的气息，让人身心舒畅。站在山巅，满山葱绿与山脚烟波浩渺的阳宗海，构成一幅大自然的秀丽画卷。

"有了绿色，山就美了，养眼，也养身心，山清水秀，多好！"他指着满山绿树，似喃喃自语，又像对我诉说内心的欣慰。

家就在四十多公里外的昆明，但他一年又一年，风雨无阻地在这片山野里灰头土脸地忙碌着，顾不上家人，也很少回家，有钱都投到了绿化上，两任妻子无法接受他的执着，先后离他而去，而他的心里却依然这般阳光明媚，诗情画意。

冬去春来，年复一年。他像一个憨厚的庄稼汉，带着员工每天早出晚归，在挥舞的锄头下，山岭上一片片一层层的绿，在时间的流逝和人们惊讶的目光里渐渐起伏、苍翠起来。（照片由金政全本人提供）

在这个远离喧嚣的山野里，时光的流逝与表现，完全遵循自己的法则，新绿，风霜，落叶，缓慢，静默，递嬗往复。在他起起落落的锄头下，岭坡上的树一片片相跟着，在沉默里成长、茁壮，它们婆娑的身姿，像诗歌的语言，常会以一种特异的力量，照亮金政全生活和存在的天空。

"走，我带你去看几棵树。"他大步走在前面。

"什么树？"我问。

"去看看，你就知道了。"

"这是圣诞树！"在山腰的一块坡地上，他指着几棵脸盆口粗的大树说，"这是刚绿化时种下的。"

"这就是圣诞树呀，我给女儿在商场买过多次塑料圣诞树，真的还是第一次见呢。"

见我有些惊讶，他满脸自豪地说："好多人都没见过。你站在树下，我给你拍张照片，回去让你女儿看看真圣诞树！"

八

山绿了，景美了，苦恼、挑战也随之而来。一位富商在山上转了几遍，对金政全开门见山："我给你五千万元，你划出一百亩向海的坡地，不要你投资，再从开发建设收益中给你 20% 的股份。所有建设手续都由我来办。"

他当然很需要这样一笔钱，但得到了钱，这座山和山脚的海就毁了，他绿色的梦想就破灭了。于是他说："投资生态观光欢迎，搞房地产开发不行。"

"为什么？"对方惊讶地问。

他道："这些年，我们种了五十多万棵树，没一棵用过化肥，就是怕污染了山下的海。"

对方一脸不屑，笑他是"阳宗海边的唐·吉诃德。"

金政全没笑。他心里清楚，对那些精明地盘算着钱生钱的人来说，自己这十五年的执着与追求，确实有点像唐·吉诃德，可笑、傻帽，是这个喧嚣时代里一个不合时宜的人。

刚拒绝一个，过段日子，又来一个，走马灯似的。这片美丽的山野成了各路"神仙"眼里一块诱人的"肥肉"，个个趋之若鹜。

一家来头不小的公司七绕八转，不征求他的意见，就和当地政府签订了征用合同，财大气粗的老板拿着绘好的房地产开发建设规划图找上门，话锋极硬："我知道你这些年为这座山投进去不少钱，你说个数，你说多少就多少。"

"这不是钱不钱的事，你说值多少钱？我觉得它的价值没法估算，但山林一旦破坏了，海水污染了，它一文都不值。"金政全说，"这片绿色再值钱也不是我的，它是属于这片土地上的所有人，我只是一个守望者。"

通过各种渠道请他"放手"的电话总是不断。有人甚至在电话里威胁说："你就死守着，苦日子在后头呢。"

"我已年过半百，吃这苦干吗？"面对一张张熟悉和不熟悉的面孔，他有时心里很痛，但这个念头在脑海里一闪而过。

从艰难里一步步走过来的金政全，转过脸笑着说："我依法租赁、种植，依法保护，我怕什么，我就是要把绿化进行下去。"

但很多时候，他的生活场景总是不停地在两个空间来回切换，枪林弹雨的战场，以及脚下这片绿树成荫、鸟语花香的山野。在不断的切换中，他青春的激情会一次次燃起。

他在日记里写道："这些年建设荒山，我天天为钱的事发愁，人没有钱不行，但眼里如果只有钱，就没人了。如果图安逸享受，追求钱财，我安心开餐馆好了，何必四处求人，在这里吃这份苦？我要像当年坚守阵地一样，好好建设、守望这片绿色。总有一天，人们会为它感到自豪……"

"上帝期待着人类在智慧中回到童年。"我借用泰戈尔的话宽慰他，"人不能老想自己的事，你守住了这片青山，就守住了我们的童年和未来。"

"从战场到开荒守绿，他都是一个有骨头的英雄！"在山野营地的院子里，战友倪忠成挥舞着手说，"在世俗者的眼里，他也许不是一个成功者，但在我的心里，他是一个懂得舍弃，有智慧、敢作为，有梦想、善冲锋的英雄。"

金政全在一旁静静地听着，沉默如山坡上自己种下的一棵树。从他平静的脸上，隐隐能看到他密密匝匝的人生故事。

有人说，与物质抵抗是人生最痛苦的选项。我知道，舍弃、逆行，坚守，不配合，在喧嚣的人群中，他还会怀着内心伤痛的秘密，继续默默独自前行。

（2019 年 2 月改定于广州）

遥远的牛圈子

我真的没想到，当兵，会去那么远的地方，而且在偏远的大山里。

我们穿着肥大崭新的军装向天山腹地挺进时，我的故乡已是花红柳绿。可是，大山里还看不到春天微茫的脸。三月惊蛰，四月谷雨，五月立夏的农历节气，在边陲似乎是不精确的。

汽车在大山里颠簸一天，眼里掠过的，除了山还是山，远处是山，近处是山，白茫茫的大山小山，一座连一座。车队在山庞大粗糙的身躯上，像一阵风就可吹走的一只只小虫子，从半山腰上俯瞰山脚的车子，感觉是停着的。

尘土从车厢和篷布的缝隙里一股一股钻进来，一层层扑到我们的衣服上、脸上、眉毛上。天冷得厉害，我们呼出的热气与车厢里飘浮、颤抖的尘土颗粒碰撞着、交织着，像我们身体里的瞌睡，起起伏伏。一车厢灰头土脸的新兵，如出土的笨拙兵俑。

汽车路尽，接兵干部跳下车："牛圈子到了，全体下车集合！"

这是一个小到地图上没有标注的终点。山沟里，错错落落，一片一片，站着一排排平顶子房，满眼皑皑白雪，周围是光秃秃的泛着白光的树。眼前的景象，不只我惊诧，几乎每个新战士都有点不知所措，疑惑、唏嘘、惊异，还有一些沮丧。

一个新战士满脸不解地问接兵干部："古怪怪的，这个地方咋叫牛圈子？"

接兵干部说："这里是牧区，是牧民放牛放羊的地方。"

这陡峭、突兀的回答，更让大家一头雾水，放牛放羊的地方，我们来这儿干吗？

远山里的春天来得踌躇，迟迟疑疑。春天姗姗来临时，已是五月下旬，山外人已过上了夏日生活，山里还寒风扑面。山坡上的草地，营区内外高大挺拔的白杨树，不是一点一点，渐渐地慢慢地绿，差不多一个星期，就长得跟夏天一样，叶子大如手掌，绿得发黑。八月，秋天弹指一挥，像一片云，向山的另一边飞去。似乎一夜之间，满山遍野开得红红火火的小野花枯萎凋败，牧草枯黄，寒意浓重。顺着绵延起伏的山坡望上去，茫茫苍苍的天山，依然白雪皑皑。雪线之下的山腰和坡地上，一丛一丛面积或大或小的塔松，黑黑的。

　　很快，一场接一场的大雪不期而至，漫长的冬季开始了。这种被羊皮大衣包裹的日子，从九月初，会一直持续到来年五月。

　　整个冬天，我们似乎都在忙着打扫积雪。训练计划被大雪天气反复中断。纷纷扬扬的雪花，指甲盖大，白茫茫一片，铺天盖地，惊心动魄，盛况空前。还有无限的寂寥、静谧，天地浑然澄明。那是诗意的覆盖。

　　大雪不舍昼夜地落下，天地凛冽，银装素裹。营区的积雪，扫了落，落了扫，满目皆白。翻毛皮鞋在雪地里踩出嘎吱嘎吱的脆响。从营区到公路，再到各营连之间，一条条纵横交错的路上，总有扫不完的雪。营院里，来不及清理出去的积雪，一垛垛在院子里堆着，如切割齐整的小山。

　　积雪没膝，一般的清扫工具显得过于小巧，派不上用场。我们卸下床板，系上背包带，两个人在后边掌控床板，四五个人在前边弓着身子，喊着号子，像牛拉犁一样使劲往前冲。气势惊天动地，场面热火朝天。这样的劳动场景，有时三两天，有时会持续十天半月。

　　漫长的冬天，天空澄明，大地安静，但没完没了地清扫积雪，使我们对原本富有诗意的洁白雪花，有时会有深深的厌倦情绪。

　　初春时节（实际应是初夏），冰雪消融，我们会到天山山麓植树，山上有成片成片的林子，小松树一排排、一行行，每年栽种一片，满山坡的松树林像个头相差不多的兄弟姐妹，一片一片相跟着生长。

　　离营区不远，是沙湾县的一个林场。林场职工的家，大都安在这里，周围有几十户住干打垒的牧民，一个不大的林场子弟学校。不远处是部队的家属院。公路两边有两三家极其简陋的小饭馆、小商店，一个邮政代办所。其中一家是林场场部开的，名字起得挺大，叫青年百货商场，货不多，也不全，只是一些日常生活用品。但里面有一个货架，摆着几十本书卖，很吸引我的眼球。那些书看上去落寞而陈旧，上面落满灰尘，像二手书。有一趟出山的小面包车，早晨出山，发往石河子老街，黄昏归来。车子很破旧，不用摁喇叭，老远就能听到。我总觉得，这些店面是驻扎部队后才有的。因为牧民很少出山，除方糖、砖茶和很便宜的酒，他们几乎很少买别的东西。

有时候，寂寞了，我也会到这里走走，东瞅瞅西看看。其实没什么好看的，说是街，不过公路两边几家店面，三四十米长。但大家都这么叫，我们出营门，也都说上街。

常见两三个牧民，马鞭子放在身边，席地而坐，一瓶白酒，你一口，他一口，轮着喝。他们的坐骑打着响鼻，在边上安静地等候。

有时，我们上午从靶场训练回来路过街上，见他们坐在小卖部门口喝着。晚饭后散步，走过街道，他们从小卖部门口移到了水渠边，还在喝，似乎会一直那样喝下去。也许是饥饿和疲惫的缘故，几匹坐骑都默默低着头，周围是一堆一堆的马粪。他们不吃一口菜，能喝一天酒，让我很长见识。

路边水沟或林带里，亦常有喝醉的牧民，人躺在树畦子，或者路边的草地上，手里还紧握着空酒瓶子，坐骑不离不弃，站在旁边不安地挪动蹄子，耐心等候主人醒来。那场景令人心生温暖与忧郁。

常年守望在遥远的天山深处，干部家属随军来驻地的极少，绝大部分都在山外的远方。打长途电话得一次次接转，多数时间通不了，偶尔接通，要扯着嗓子说话，费劲，也费钱。信件便成了我们和亲人之间永不停歇的使者，一封封往来穿梭的信里，有牵挂、叮咛和问候，也排遣着我们的寂寞与乡愁。

团机关有专门负责收寄报刊信件的通信员，我还是喜欢一趟趟去那个简陋、逼窄的邮政代办所。我渴望看到一位姑娘，即便不美丽。但是，邮政代办所的工作人员是男的，街上也很少看到姑娘。除了给亲朋好友寄信，我还有稿件要往山外的报刊投寄。

我的集邮爱好也是从这里开始的。每月二十五元津贴，我舍不得吃零嘴，用积攒下来的钱集邮。预订一年邮票，只能收到一小半。但那一枚枚缤纷的邮票，让我感觉自己跟外边的世界仍然联系着。

团政治处一位领导常年订着一份《羊城晚报》，一期报纸经过漫漫旅途，费尽周折抵达他手里，最快也要一个月。我不大明白，那遥远都市里的繁华旧闻，与一个西部雪山深处的军人会有什么关系。事实上，不光是他，我们每个人都渴望捕捉到社会发展变革的好消息。只是，我做梦也没想到，二十年后，我会生活在羊城，那份曾在天山深处诱发过我许多遐想的刊物，竟成我案头每日必看的报纸。

一片依坡而建的低矮平房，是团机关的办公室和宿舍。下边是大操场和礼堂，开会或看电影，一支支歌声飞扬的队伍，从四周的山沟里潮水般涌进操场，嘹亮的歌声和铿锵的脚步，震得周围杨树上的枝叶瑟瑟发抖。只要道路不被雨雪中断，每周一次的电影是雷打不动的。那是官兵们最欢欣的精神盛宴。

操场下边，是特务连，旁边有一个墙头上绕着铁丝网的大院子，几栋白墙绿顶的房子，很高大，比部队的营房气派，但夏季院里长满齐腰高的杂草，荒芜里透着几分寂寞。我在这里当兵四年，那扇锈迹斑驳的大铁门总是锁着，很少见到有人进出。院里偶尔会传出几声狗吠，叫声凶猛。听说那是地方的一个什么档案库。那高墙深院里，充满神秘，每次路过那扇大铁门，我都会好奇地往院里瞅瞅。

与这个神秘院落相邻的，是团里的卫生队。我常去卫生队不是看病，是去见卫生队维吾尔族中校队长哈斯木。他是一个颇受牧民爱戴的军医，常背一个红十字药箱，骑一匹枣红色高头大马去牧区巡诊。哈斯木会接生。他说，牧区和林场的大部分孩子，都是他双手接到人世间的。

牧民遇上大出血、难产、急性阑尾炎等要人性命的急病、重病，一般不往山外医院送，太远，送比不送风险更大。接到求救，哈斯木飞身上马，带着战友绝尘而去。不管深更半夜，还是寒风如刀的严冬，他一定会随叫随到，风雨无阻。所以，我常去听哈斯木讲故事。

卫生队对面是军人服务社，一长排宽大的红瓦房，与卫生队隔一条公

顺着绵延起伏的山坡望上去，茫茫苍苍的天山，依然白雪皑皑。雪线之下的山腰和坡地上，一丛一丛面积或大或小的塔松，黑黑的。（韩栓柱摄）

路。卫生队的院子里静悄悄的，服务社则不一样，总是很热闹，像一个小集市。

每个连队的主副食、蔬菜等，都从这里分发、购买。当然，服务社的商品也比街上的店铺丰富很多。后来，我发现许多老兵进服务社，买的多是可有可无的小东西。很多时候，他们什么也不买，问一些货架上永远不会出现的商品有没有货。服务社的售货员都是女性，他们来这里转转，多是养养眼而已。

那时义务兵服役期是三年至五年，第三年可以退伍，也可留队超期服役，第五年符合条件，可转志愿兵，转不上，才会复员。所以，四五年的老兵很多。在遥远的大山深处，一个热血、青春的男性世界里，女性是稀缺的，像沙漠里的艳丽花朵，抢眼，也养眼，远远看一眼，焦渴、苍凉的心，似乎就会舒朗、快乐一些。

常有年轻的牧民骑着马，立在山坡向营区张望。有时，他们会进营区看我们打篮球，很认真，表情木木的。叫他们一起玩，都站着不动，也不吱声，涩涩地笑。也许在那些牧民的眼里，我们是幸福快乐的吧。

部队放电影、文艺演出，礼堂里会专门留一片座椅给驻地牧民、林场职工和孩子们。我们一起怀着各自的梦想，在遥远的大山里眺望、斟酌生命的另一种繁花与绽放。

经年累月面对大山，面对沉寂，日久天长，我发现战友们的眼神、表情里，不经意间也会透出牧民身上的某些气息。

夏天，丽日长天，我们选择一个双休日，互相追赶打闹，沿河谷或起伏的山梁向天山进发。对战士们来说，那不单单是一次登高览胜，在某种意义上，也是一种冲锋。我们一路狂奔，青春年少，血气方刚，满脑子"会当凌绝顶，一览众山小"的豪迈气概。途中遇到深谷、山岭，我们会拿出攻打城堡的执着与果敢，无所畏惧，勇往直前。

塔松即云杉，长得非常整齐，像整装待发的队伍，依山而上。清冽的雪水汇集成河，顺沟而下，一路欢歌。雪山、塔松、蓝天、白云，还有绵延起伏、开满野花的草场，点缀在碧绿草地上的牛、马、羊群。我觉得这不像是我们军人生活的地方。

喘着粗气，登上海拔 4000 多米的雪峰，有时会有轻微的胸闷气短。我们汗湿衣背，手指屈到唇上，野兽般打呼哨，扯开嗓子"哦——嗬嗬——"地大呼小叫，疲惫刹那间烟消云散。挥一把额头上滚动的汗珠，我们怀着满腔喜悦站在山腰上鸟瞰山脚，满眼云雾缥缈，各色景观在乳白色的雾霭里时隐时现。

　　牧民的帐篷，像一朵一朵开在草地上的蘑菇，哈萨克、维吾尔族牧民在帐篷前忙碌着，炊烟袅袅。起伏的山坡和山谷，都是绿的，但绿得不一样，深绿、浅绿、浅黄，深深浅浅的绿山绿谷间，星星点点散落着牧群，白羊、红马、黄牛，悠闲而安静。牧羊女歌声嘹亮如水声，在山谷里潺潺流淌。

　　山上是密密匝匝的云杉，高大、挺拔。寒地云杉生长很慢，据牧民说，一棵云杉在风雪里挺立上百年，才能长到碗口粗。天山上的云杉，树龄很长，多是百年以上的老树，身粗如人腰，一阵风过，林海深处涛声阵阵，一浪接一浪，在幽深的山谷里撞击、回响、盘旋。奇丽高耸的峭岩，银链似的溪流，一缕一缕的白云在绿得发黑的云杉间飘动，铺展在眼前的，是大自然纯净、灵秀、粗犷、雄浑融合而成的巨幅画卷。

　　那时候，我觉得山魅力无穷，生活在山里是幸福的。风情万种的山，在我们这些山里兵的心里，渐渐有了一些微妙的变化。我们唱着电影《天山深处的大兵》主题曲，像牧民一样，日复一日地在大山里守望着。

　　有时，我们会钻进松林深处探幽，空气湿漉漉的，弥漫着浓浓的松脂气味。云杉挺拔地向蓝天伸展，脚下是厚而松软的枯枝腐叶。松林里有一对一对的云杉，根连在一起，并肩生长，高低粗细极相似，像相偎相依的恋人，牧民幽默地称这些成对生长的云杉为"情人树"。我们用相机拍下一对对根繁叶茂的"情人树"，说是指导员和爱人红嫂的爱情树。

　　听老兵们说，红嫂和指导员的爱情很曲折。红嫂是中学老师，跟指导员偶然相识，一见钟情，但红嫂的家人坚决反对她把青春芳华丢到遥远的牛圈子。红嫂不管不顾，非指导员不嫁，痴痴等了四年，嫁给了指导员。

　　那年夏天，结婚五年的红嫂第一次带着女儿来山里探亲，在连队住了一个月，要动身回老家。我们想送红嫂一样特别的礼物。

有时，我们会钻进松林深处探幽，空气湿漉漉的，弥漫着浓浓的松脂气味。松林里有一对一对的云杉，根连在一起，并肩生长，高低粗细极相似，像相偎相依的恋人，牧民幽默地称这些成对生长的云杉为"情人树"。（韩栓柱摄）

送什么呢？服务社的东西山外人肯定不稀罕。我们几个战士偷偷爬上山采雪莲花。这种名贵的花被牧民称为卡尔莱丽或塔吉莱丽，象征吉祥兴旺的生活和纯洁高尚的爱情。但雪莲花大都生长在海拔 3000 米到 4000 米之间的石缝和岩壁上。

　　我和几个战友爬上雪山，瞪大眼睛，辛苦一下午，都没看到雪莲花的影子。太阳就要落到天山那边去，我们累得有气无力，两个战友的手和脸，被岩石、枯枝划破了皮，其中一个还碰伤膝盖，渗着殷红的血。

　　就在我们失望透顶，准备相约下山时，竟无意间发现一株将开未开的雪莲，嫩绿圆形的叶片，轻轻地拢着半球形花蕊，有拳头大，静静地迎风长在岩壁的缝隙里。

　　我们小心翼翼地挖下雪莲，兴奋地紧紧抱在一起。正激动着，忽然大片大片的乌云从头顶上飘过来，狂风呼啸，大雪纷飞，雨夹着雪粒子打得我们眼睛都睁不开，随时都会被狂风卷下峭壁粉身碎骨。我们抱成一团，趴在一块巨大的岩石下边，头顶上电闪雷鸣。山下，牧民的帐篷却沐浴在夕阳余晖里，炊烟袅袅。

　　我们捧着雪莲跌跌撞撞回到连队，夜幕已经降临，全连上下动员起来正在全力寻找我们。看到我们狼狈不堪的样子，指导员气得差点晕过去。

　　后来，我读纪昀《阅微草堂笔记》，他 1768 年到 1770 年曾在新疆任职，书里记录了他在这片神奇土地上的诸多奇闻趣事。在第三卷里，他说神奇的雪莲花"生崇山积雪中"，大都是雌雄相伴而生，若发现一株，则不远处必会有另一株遥相守望。他笔下的雪莲是有灵性的，只能悄然寻觅、采撷，如果叫嚷着，被雪莲花听到，就会"缩入雪中，杳无踪迹"。我不记得那天我们采到的雪莲花是雄还是雌，也分不清。如果纪昀的记述可信，周围肯定还有一株与它守望着，是我们叽哩哇啦的叫嚷吓跑了那一朵吗？纪昀笔下的故事奇异、神秘，真假难辨。那天风雪交加，我们不懂这些，也顾不上寻找，就匆匆下山了。

　　纪昀的记述给我平添了永远的遗憾。我相信，不远处一定还有一株雪莲花。

　　第二天，全连官兵列队送红嫂回老家，那朵移栽在罐头瓶里的雪莲花，正蓬勃地开着。车子已经远去，战士们还在扯着嗓子喊："嫂子——明年夏天——一定要来！"

我们盼望红嫂和她的女儿琳琳夏天还能再来，她们来了，我们又会看到指导员家的温馨，听琳琳银铃般清脆的笑声，带她去开满野花的山坡上采摘红艳艳的野草莓和鲜嫩的野蘑菇，听那个扎着羊角辫的四岁小女孩叫我们叔叔。

但是，我们的小心愿搁浅了。这年夏末秋初，我考上军校，出山了，部队也着手搬迁，要搬到山外一座城市里去。

天山深处那个叫牛圈子的地方，我再也没有回去踏访过。听战友说，营盘很快就荒芜了。想来那个神秘冷清的什么档案库，也搬走了吧。但那些牧民呢？那里，是他们世代生息的美丽家园啊。

（2013 年 7 月于广州）

寒冷的味道

室外烈日当空，暑气蒸人。天气预报说，高温天气创近十年岭南五月同期新高。在灼人的热浪里，我忽然很想念天山深处的寒冷时光。

我当兵的营盘在天山深处。军营为何驻扎在遥远苍茫的牧区？在心里，我曾不止一次地这样问自己。

刚到天山腹地时，我还在心里计算着惊蛰、谷雨、立夏之类的农历节气，但大山里的节气让初来乍到的我一头雾水。尚未感受到春天的气息，已进入炎炎夏日，几乎没有过渡。

后来读书，才晓得节气与黄河流域有关。我们身处遥远的西部边陲，远离黄河数千公里，节气当然就不精准了。

1989 年，是春季征兵。我离开家乡时，已万物复苏，春暖花开。在天山深处，我们穿着厚重的绒衣绒裤，不得不在严寒里挣扎，迟迟看不到一抹绿色。

已过立夏节气，山外人早过上了花红柳绿的夏日生活，营区里的树，山坡上的草才冒出淡淡的绿色。老兵们说，山里只有秋天和冬天两个季节。

苍茫、雄浑的天山，山巅白雪皑皑，山腰和坡脚，是大片大片黑黑的塔松。雪峰、蓝天、白云，渐渐绿起来的草地，像画家笔下淋漓的浓墨和水彩，在无垠的画纸上洇展、起伏。

我们一个班一间屋，靠墙一面大通铺。每人木床板上面，铺羊毛毡、棉褥子和白棉布床单。全班只有一张油漆斑驳、桌面露着木筋的旧三抽桌，椅子一副随时会散架的样子。写信、体会，读书看报，战士都坐连队做的小马扎。马扎除了高低一致，形状和样式七七八八，上面的网绳，有旧背包带，有细麻绳，有不知从何处剪下来的帆布条。我们坐在小马扎上，床头就是桌子，在大通铺前坐一溜，像面壁思过。

周末开班务会，班长坐那把屁股一动就咯吱响的椅子，背朝窗户，我们面向班长，坐小马扎，在大通铺前一溜排开。

班长每次絮絮叨叨讲评完一周工作，最后总用同一句话结束：军人坐如钟、站如松、行如风，都打起十二分精神，下周工作谁都不能出差错、拖后腿。

寒风在屋外的电线上尖厉地呼啸。老旧木窗上松动的玻璃，被风刮得当当当、砰砰砰，像人在外面用指头弹敲。听到班长的口头禅，我们会不由自主地将原本笔直的腰板再挺一挺。

营房是部队自建的，设计颇有寒区特点，从屋外拉开门，迎面是一个砖泥垒砌的火炉，左右两边有门，一间屋住一个班。火炉对着两屋中间相连的墙体，里面有曲折回环的火道，称为火墙。

从室外回宿舍，进两道门，从自己宿舍到对门另一个班，也是两扇门。炉火烧热中间的泥坯火墙，两边的屋子都暖了。炉子在三门之间的小过道里，节煤、卫生，煤烟和炉灰不会漫进两边的屋子。

昼夜不熄的火墙，是寒冬里摇曳的温暖。我们外出训练时，往炉膛里丢一块大炭，火道封一下，炉火不熄，火墙保持余热。从训练场一身寒气归来，一进门，就拿起火钩子噌噌捅炉火，打开封火挡板，往里加大炭，火瞬间旺起来，炭块子呼呼燃烧，红蓝色的火苗顺着火道往火墙里蹿。火墙热得烫手。

但烧火、封火是技术活，稍有不慎就会出情况。晚上，有时我们正睡得香甜，突然"轰"一声巨响，像谁往宿舍里扔进一颗手榴弹。

火墙爆裂的土块和黑煤灰满屋飞落、弥漫，呛得人喘不过气来。我们一把抓起衣服，如煤矿坑道里逃命的矿工，满头满脸黑灰冲出屋外，有的战友来不及穿衣，一身裤头背心，赤着白晃晃的长腿裹件棉大衣，有的下身衬裤上身棉衣，冻得浑身发抖。

屋内黑灰弥漫，满床满地碎土块，已没法睡，只能分头冲进别的班排挤战友被窝。

远山里的寒冬，时间缓慢、黏稠，心头常有不知时光流逝的恍惚，但看到驻地牧民的草垛子一点一点变小、消失了，我们就晓得，春天即将来临。（韩栓柱摄）

每年入冬前，团里都会组织烧火墙技能培训。但再精心也会有疏漏。烧火墙是班里战士轮流值日，不掌握要领，半夜炉火熄了，我们会被冻醒，若烟道气流不畅，火墙就会倏的一声爆裂。

当然，爆了，也没什么大不了，第二天清理垃圾，重砌新火墙。太阳照常升起。

最让我心里发怵的不是火墙爆裂，是夜里上厕所。

上个厕所有何可怵？我不怕黑，怕冷。有多冷？冬天厕所里不臭，臭味都冻住了。

按说营院里是该有厕所的，但是不知为什么，就是没有。不管独门独院的连队，还是以营为片驻防，厕所离战士宿舍都很远。

我所在的新兵连105炮连，是一个单独的营院，红砖墙围成一个大院子，里边是一排一排整齐的红瓦房。旱厕设在营院外头，从宿舍到厕所，有差不多七十米的距离。

隆冬时节，冰天雪地，哈气成霜。身体刚刚暖热被窝，正睡得香，突然被尿憋醒。如果天快亮，就硬撑着，数着分秒盼天亮。若是半夜，头上落刀子，也得起来。营院侧门和厕所门口各有一盏昏黄的电灯。寒风呼啸，四周是寂寥、苍茫的荒野，穿上冰凉的棉衣棉裤，裹上羊皮大衣，以百米冲刺的速度奔向厕所，在恐惧与寒冷里匆匆完事，再以箭镞的飞速返回宿舍，短短几分钟，人就被冻成一根冰棍，回到被窝身体像筛糠，簌簌直抖，牙齿也咯咯响。

睡意瞬间被驱散，钻进骨头的冷，迟迟不散。身体冷得焐不热，就很想去雪地跑一趟五公里，有股热乎劲。

晚饭后，我口渴了，能忍就忍着，不轻易喝水。我不愿半夜里被寒冷折磨个半死。

我的小个子班长似乎不怕冷。他夜里一般会起来两次，进屋嘴里嘶嘶地吸着气，回到被窝瞬间就能呼呼酣睡，鼾声如雷。看我冻得吸溜吸溜，他拿眼瞪着我，语气温和声音响亮："你小子矫情，军人啥角色，冷算个什么东西？"

我不是矫情。我出生在北方，寒冷的味道我品尝过、体会过，但这种分分钟就冻到骨头嘎啦啦响的冷，我真是第一次领教。

我一直不明白，我的班长夜里起身上厕所，为何来回时间总比我快？有一次，我悄悄拿自己的夜光手表在被窝里卡时间，他出去三分钟不到，就挟一股冷风扑进来，比我快近一分钟。他会不会没去厕所？班长五公里跑不过我。

第二天出完早操，我装着若无其事的样子，在宿舍前后及附近转了一遍，没发现任何尿渍。

离我们班宿舍十几米远，就是去旱厕的侧门，墙外是一条家属院通往团部机关的沙石路，跨过路，就是绵延的野地。一条水泥板铺就的小路，直通远处孤零零的旱厕。想偷懒，出侧门，不去厕所就会少一点挨冻的时间。天冷得厉害，在路边野地里撒一泡尿，似乎也算不得什么大事。

但是，一直到我新训结束离开那处营院，营门外路边墙脚的雪地上，我没见过一处尿迹。

我的小个子班长夜里快如闪电的如厕速度，让我惊讶、钦佩，也让我看到了一个老兵与新兵的差距。

新兵下连，我被分配到同样居住条件的高炮连，营院外的旱厕也不近。

让我心里发怵的还有新兵连的夜间紧急集合。室外天寒地冻、滴水成冰，人还在睡梦中，紧急集合哨骤然响起。

熄灯前我们按规定，都会将衣服和鞋放在该放的位置，但战士们一个挨一个睡大通铺，手忙脚乱，东抓西摸，大通铺上一片急促的窸窸窣窣，穿衣、打背包，拿装具，无任何灯光，要凭感觉一气呵成。

队伍像寒夜里的闪电，脚步声唰唰唰。在雪地里一趟急行军回来，头上冒着热气，裤脚上结满冰碴子。慌乱中，有的把别人裤子穿在自己腿上，有的裤子前后穿反，有的打背包不得要领，途中散了，一路抱着狂奔；有嗜睡的，直到回连队，人还在睡梦里徘徊、挣扎……

有天晚上，我们睡得正香，突然听到有人大喊："快，紧急集合！"

大通铺上一溜睡得迷迷糊糊的新战士，个个像电打了似的，穿衣打背包，正一片忙乱。班长一声呵斥："谁让你们集合的，听到哨声了吗？"

班长的呵斥突然让我们灵醒过来。原来是四川籍新兵刘荣在梦里喊了一嗓子。

热被窝这么一折腾，再钻进去，冷得浑身哆嗦，睡意无全。窗外白晃晃的，大雪落地的沙沙声，让寒冷的夜更寂静。

尽管有厚厚的棉手套、带毛的大头皮鞋和皮帽子，班里两个战友的手，还是冻成了馒头。从一道一道深深的裂口里，隐隐能看到白生生的骨头。有一个战友脚后跟冻伤，裂口里不停地流血，总不好，走路一跳一跳，像袋鼠。

有一年大雪封山，进出大山的道路被积雪中断，我们一遍又一遍，把四五部电影看得烂熟，训练间隙和休息，常模仿电影里的台词表演对白，有板有眼，像提前排演过似的。

我们被隔绝在大山里，山外人进不得山内，山里人也出不得山外去。两个月后，路通，通信员一下从收发室拉回几大捆报刊和半蛇皮袋子信件。连长宣布放假半天，写家信。

就在我们聚精会神地享受书信久违的快乐时，连长突然将两封信连同四封电报撕得粉碎，拾起地上练臂力的砖头猛砍，一地碎砖，他亦满手鲜血。

电报是两个月前的，母亲病故。女友千里迢迢从四川赶来，准备到部队过春节，在乌鲁木齐等了七天，发了电报等他去接。要命的是，两件天大的事，他都没能及时接到信息。得不到回音，姑娘一气之下，又转身回了老家。

连长人虽长得黑了些，但骨子里有一股迷人的帅气，快四十岁了，谈过的对象不少，总不成。姑娘们都不愿他待在山里，因为来大山里见一次面，一路辗转，很不易。连长说，不爱我的职业，不爱牛圈子，今后日子咋往下过，爱谁谁去。

他又臭又硬，雷打不动地和我们守在山里，带着我们摸爬滚打，看时断时续、雪花飞舞的电视。我总觉得，他心里的忧伤与黯淡，一定像眼前的天山一样起伏，只是我们看不见罢了。

远山里的寒冬，时间缓慢、黏稠，心头常有不知时光流逝的恍惚，但看到驻地牧民的草垛子一点一点变小、消失了，我们就晓得，春天即将来临。

第四年的寒冬来临之前，我离开牛圈子，奔赴温暖的南方读书，不再接受寒冷的揉搓、拍打。

许多年后，听在牛圈子当过兵的堂哥世英说，营房是他和战友们20世纪70年代初自建的。我相信，冬天如厕能冻裂两瓣屁股的寒冷，堂哥也一定是铭记在心。

现在，我在岭南五月35摄氏度以上的高温下，怀念天山深处那些曾经的寒冷时光，那些碎屑似的欢喜与幸福。这个时节，牛圈子应该还有些冷，青草也许刚从地面上冒出一点嫩芽。

我已经好多年没见过雪花飞舞，渐渐淡忘了寒冷的味道，冬天的味道。人生如四季，一季一季过，热了减衫，冷了添棉，不知冷，焉懂暖？寒冷、痛苦、忧伤，那些曾经的苦累，都是我们生命里不可或缺的盐，会在时间里一点一点呈现出琥珀的光泽。

(2018年7月于广州)

绿色心情

　　黄土岭是长沙闹市区的一个小丘岭，郁郁葱葱的绿树使它显得深藏不露。我读书的学院就坐落在这里，一栋一栋白墙红瓦的教学楼，静静地耸立在绿色里，神秘而惬意。校园与繁华的芙蓉大道只一墙之隔，街上人如织、车如潮，一波一浪不舍昼夜地涌动着，却鲜有人知道这绿色里的阔大景致。绿色遮蔽了街市的喧哗，也遮蔽了人的视线。

　　也许长沙的土壤、气候、雨水皆适宜树木花草生长，校园里绿树成荫、草碧花艳，各色树木把校园装扮得像一座绿荫蔽天的森林公园，或者更像一个天然的绿色氧吧。能在这样的环境里生活学习是令人羡慕和忌妒的。

　　"细雨湿衣看不见。"想象中的长沙是湿淋淋的，处处充满诗意的绿色。但在校园里一下集中这么多高大优美的树，却是我没有想到的。

　　实际上，让我尤为吃惊的是，树枝上清泉般汩汩流淌的歌声。鸟儿的声音婉转清亮如晨露，像溅落的音符，一颗颗在枝叶上轻轻滚动，从一片叶子轻轻飞溅到另一片叶子。鸟儿多，但歌声并不拥挤，亦不聒噪，有一搭没一搭，又彼此唱答。有的声音清亮，有的细碎婉转、纤细，有的低沉悠扬，像舞台上的角儿，你唱罢，他登场，并不觉得烦闹。在一个省会城市的闹市区里，能听到众鸟欢歌，是这座城市的福分，亦是我这个学子的幸福与欢喜。

　　校园里的树，品种很多，榕树、梧桐、塔松、玉兰……大部分我都无法叫出它们尊贵的名字。它们成行、成列、成丛，姿态优美，风情万种，亦如训练有序、列队整齐的队伍，朝气蓬勃、气势恢宏。不过，我最喜欢的还是樟树。一排排一棵棵粗壮高大的樟树，姿态各异，苍老挺拔，像历经风雨、襟怀博大而又恬淡从容的长者，那种沉稳和静穆，令人心生敬慕。它们伸出苍老的手臂，为我们遮挡风雨烈日。

教室门外有几棵蓬勃的柚子树，到了秋季，枝上就挂满了碗大的柚子。我们的教室在一楼，有时老师在上边讲着课，我的眼睛总是忍不住往窗外瞄，那柚子在我的关注里一天天长着，由青而黄。

在绿荫如盖的校园里漫步，享受绿树鲜花的惬意，我的心绪常常会不由自主地飞向辽阔苍凉的西部。

大西北的春天，脚步迟钝，像一支等待很久的伏兵，猝然之间就弥漫了大地。但来也匆匆，去也匆匆，像不期而至的爱情，你一抬脚，刚踏进惊喜与甜蜜，还没回过神，一眨眼的工夫，不见风，不见雨，那俏皮多情的女子却倏然离你而去。

当然，还想再看一眼桃花、杏花、梨花美丽的笑脸。只是一抬头，你发现自己已站在夏天浓烈的阳光里。也许她就是要以这种突变，给人视觉和心理造成一种强烈冲击，让人们懂得珍惜。人生如四季，四季如人生，谁说不是呢？！

江南的春天，朦胧、矜持、诗意、缠绵。走进春天，就像一次需要耐心等待的约会。那浑身清纯的女子，你已远远看到她的身影和妩媚的笑脸，甚至闻到了她身上淡淡的迷人气息，但她有些害羞，有点矜持，袅袅娜娜，躲躲闪闪，不肯向你健步而来。细细密密的黄梅雨，像雾，轻轻柔柔地罩着校园，看不见雨点，屋檐上、树叶上，挂着稀疏的滴答声。这样的天气会持续几天抑或半月。刚到长沙，遇上这样的天气，北方的学生最初都觉得很浪漫、很诗意。但时间一长，我们就烦了，心里闷得慌，被褥潮乎乎的，似洗了没晾干爽似的，天天关心天气预报，希望能有几天阳光敞敞亮亮的晴天。

在梅雨时节盼望阳光灿灿的天气，有点像北方人企盼春雨，皆不是一件容易的事情。太阳一露脸，温度不高不低，同学们都跑到室外去活动，女同学争着早早穿出短裙薄衫，亮出洁白的四肢，个个花枝招展，空气里弥漫着青草的气息。有的树上已争抢着缀上一串串或粉红、或洁白的花儿。梧桐花还没谢，槐树花又紧赶着接上了。一嘟噜一嘟噜洁白的槐花压弯了树枝，校园里弥漫着各种浓郁的花香。一直等到花儿全都开谢，那些在树枝上飞来飞去的鸟儿，歌声里还带着淡淡的花香。

校园里的樟树、冬青、雪松跟冬天似乎关系不大，它们常年都是绿的，常使人忘了季节的变换。樟树的叶子青绿而油亮，像涂了清亮的蜡，极富质感，经冬不凋。面对秋风秋雨的吹打，樟树在沉默里精心呵护着它的每一片叶子，它要带着一身青绿走过雨冷风寒的冬天，直到春天明媚的阳光唤醒沉睡的新芽。英国作家艾迪生说："可爱的景色，不论在自然、绘画或诗歌中，对人的身心都有一种天然的影响。"校园里生机勃勃的绿色，让人心境清澈明朗，不由得产生一种极愉快的欣然向上的元气。

我昂起头，聆听樟树一片片老叶与苍老的树干轻轻吻别，然后，带着金属般的声响飘落大地。空气朗润，没有一丝风，那一片片微微泛黄的老叶与新叶握手、私语，吻一下给予自己生命的枝干，然后，轻轻地扭转身，在浓密的枝丫与新叶之间跌跌撞撞，东一下，西一下，忽上忽下，晃晃悠悠向下坠落，舞步曼妙舒缓，有些不舍，但姿态淡定从容。平静，让生命的新老嬗替充满了韵味。我知道，大地有了春天的阳光，就如同人的生命里有激情、理想，成长就会是一件自然而无法阻挡的事情。

像一个梦，我站在正午敞亮的阳光下，只是眨了眨眼，那鹅黄嫩绿的新叶就悄悄缀满了枝丫。鸟儿的歌声在樟树浓密的枝叶上自由欢快地滑动，此起彼伏。在这优美的春天，它们在用歌声向异性同伴倾诉爱情吗？生物学家说，鸟喜欢用自己的歌声表达爱情。抑或这歌声只是一些赞美春天的话语。

我知道树上有几十种鸟。我不停地仰起头，总想看清它们生动的嘴和美丽的翅膀，叫出它们的名字，但叶子遮蔽着，我的目光无法抵达晃动的枝丫。鸟儿藏在枝叶的背后，就像美丽、快乐、幸福藏在生活的过程里。我安静地看着、想着、走着，心情温暖而复杂。想起那些高楼阳台上的笼中鸟，嘴里有一丝淡淡的苦。

事实上，在南方，春节一过，春天就露脸了，春意是渐渐浓烈起来

塔克拉玛干沙漠。（王雁翔摄）

的。前前后后会矜持月余，直到四月中旬才进入盛春季节。她给人留下一小段时间，去感受、体验、陶醉、品味春天带来的快乐与幸福。这是西北人羡慕而无法拥有的。

当然，长沙最响亮的还是夏天的热。北方的热是干热，像蒸桑拿，大汗淋漓，身心畅快，肌肤上的每一个毛孔都张开着、呼吸着。长沙的热让人透不过气来，潮湿与闷热交织着，浑身上下像涂了一层糨糊，每个毛孔都被强行封堵，喘不过气来，想狂奔，想喊叫。风像羞涩的女子，总是躲躲闪闪不肯露脸。

墙外市井喧嚣，热浪滚滚，校园里一派安静。明晃晃的阳光抵达树梢，被如盖的绿叶碰散，然后，窸窸窣窣的像碎金一样，从浓密枝叶的缝隙里悄悄跌落下来，温温柔柔地洒在身上，已没了威风。微风轻拂，清清爽爽的凉意，薄薄的，一点一点向肌肤深处渗透，沁人心脾，烦躁的心安静了。

长沙的冬天冷得厉害，冻得骨头痛，却很少落雪，我一直觉得这是南方人审美生活中的一大缺憾，要是有雪多好，洁白与碧绿会是一种对比强烈、异常纯正的美。

大西北的冬天很漫长，总有落不完的雪。北方的雪，像大西北的天地，辽阔苍茫，亦如西北人的性格，粗糙豪放，高声大嗓，不容商量，指甲盖大的雪片子纷纷扬扬，铺天盖地，没日没夜，天地浑然一体。城市、田野和村庄不见了，到处是皑皑白雪。这时候，走在嘎吱嘎吱的雪地上，心里就很怀念浑身绿色的树，向往南方满眼的绿。

我自小生活在大西北，印象最深的是故乡田野里挺拔秀颀的白杨树。炎夏麦熟，田野里色如真金的麦浪，一眼望不到边，麦香扑鼻。学校放了忙假，我抱着茶罐蹲在地边高大白杨树的荫凉里，望着父母在烈日下的麦地里挥镰，树上布谷鸟的歌唱一声紧似一声。母亲说，布谷鸟在告诉庄稼人：赶紧收割，颗粒归仓。我知道布谷鸟是人类的朋友。但母亲说这些时，我正漫不经心地坐在树下看蚂蚁搬家，天热得让人心焦，我觉得布谷鸟在树上敞开嗓子高歌，很讨人厌。

其实，人渴慕鸟儿歌唱，觉得有鸟语有花香，才算理想的生活和居住环境。然而，人过于自私与自傲，认为鸟语是对人类语言的模仿，事实上，自由飞翔的鸟远比人见多识广，人和鸟不平等，沟通无法进行下去，人便无法听懂鸟语。

鸟和人一样，也有族种之分，鸟不仅比人种类多，且鸟语也比人类的语言更为古老。人说话不好听，或听不懂，会被人骂，说是"鸟语"。其实，这是人误解了鸟，人听不懂鸟婉转的鸟语，不能怪鸟，问题得从人身上找。

鸟的理想也比人执着、远大。候鸟迁徙，飞越雪山、大海，若无歇脚处，它们会一直飞，拼命飞，不让自己疲倦，途中遇上夺命气流，惊涛骇浪，几天得不到进食，仍能从容面对。

自以为是的人，不断地侵占鸟的家园，高雅而文明地坐在餐桌前谈论各种鸟的味道。在人的眼里，鸟不是鸟，鸟只是一盘肉。所以，那些童年时代曾经与我们相处过，为我们放声歌唱的鸟，如今我们再也无法与它们相见。

乡村是生活劳动的地方，也是幸福与快活的乐园，在故乡绿意荡漾的田野里，我是一条幸福的鱼，有欢快的鸟鸣和生机盎然的没有任何污染的菜园，清凉的空气中浮动着庄稼成熟的芬芳。天空湛蓝如洗，田间成片成片金黄的油菜花和粉紫色的苜蓿花，在鸟鸣虫唱中，开得优雅诗意。成人后，挤进钢筋水泥的森林里，故乡和树枝上的歌声，像一条泊在纸上的船，只能在记忆的波涛里忽近忽远。

做一个懂得和珍惜幸福的人，其实是在经历了一些事情之后，就像花朵绽放的歌唱，不是谁都能听到，只有想听、会听的人才能听懂。

现在想起在西藏阿里高原采访的经历，我的心里仍然弥漫着一种说不出的滋味。

那年初夏，我跟着上高原的新战士做随行采访。在昆仑山下的泽普县城，万人空巷，数万群众立在街头为官兵壮行。他们将心爱的鸽子和鲜花，一只只一盆盆送给上山守防的官兵。在海拔 4700 米以上的风雪高原上，鸽子熬不过高原缺氧的撕扯，在"生命禁区"的雪山险道上相继死去。鲜花在抵达哨卡时也枯死了。

茫茫雪山，往往数百上千公里也难见一星绿色。雪山与雪山相互拥抱，连绵起伏。

在一个边防连，一名在山上守望十多年的连队干部，见我在院里一簇红柳前徘徊，竟急急地冲过来，其架势让我心里一怔，肌肉也绷紧了。他神情严肃地对我说："你知道院子里这几棵筷子粗的红柳长了多少年，二十多年了，二十年什么概念？婴儿都已长大成人。可你看这些树，死活不长嘛！"他的话让我莫名其妙，脑袋"嗡"的一声，半天不知该说什么好。他那气势里的另一层意思很清楚：你敢动一下这些树试试看。很显然，他误解，或者读岔了我的肢体语言，我并没有要折下一枝红柳枝的意思，只是想抚摩一下，仅仅想通过抚摩，感知一下一棵高原小树的生命。

后来他告诉我，因为高寒缺氧，栽下去的树皆难成活，即使活了，也极难长大，比养一个孩子还艰辛。军人对绿色爱得深沉，一茬茬守防官兵像爱护自己的眼睛一样，精心呵护着院里几棵瘦弱的小红柳，期盼着它们快些长大，缀上稠密的绿色叶片。

在阿里高原，听说有个县全县只有七棵树，我一头雾水，觉得不可思议，怎么一个县只有七棵树，别的树都去了哪里？我专门跟着县林业局领导去看望那些树。在一片山谷里稀稀落落长着一小片树木。当然，我看到的不止七棵树，但也多不了多少。它们细小、瘦弱，在山谷里缓慢吃力地向上挣扎着。我知道，它们，是全县人眼里最美的风景。

在苍茫雪山上，没有四季，只有夏天和冬天两个季节。春天非常短，它只是漫长冬季一个浅浅的梦，人甚至还来不及惊喜，它就没了踪影。夏天来得很晚，因为严寒，即使是夏天官兵们也不能脱去棉衣。我在雪山跋涉一个多月，几乎没见几棵像样的树。开车送我下山的是一位河南籍的上士小张，年底就将转业，妻子和孩子都在山下的叶城留守处，离他守防的哨卡有 1300 多公里。如果没有出车下山的机会，只有等到休假下山，他才能见到妻儿。他说，在高原边防军人心里，思念妻儿与思念一棵树的分量是一样的。

我们一路上有说有笑，但车子一到昆仑山脚下，扑入眼帘的绿树竟使我湿了眼睛，小张也满眼泪水。我们与绿树相见，像见到了久别重逢的亲

一棵棵胡杨毅然顽强地活在沙漠，它们有的已经枯死，无论倒下还是站立，干裂的身躯皆呈现着坚硬的钢铁的质地。有的大半个身子已被小山似的落叶、枯枝和沙砾深深埋住，身子仍在不停地用力向上挣扎，头上长着一丛婆娑的绿叶。（韩栓柱摄）

人，无语泪先流。山上白雪皑皑，途中风雪交加，我们还穿着羊皮大衣和棉裤；而山下，树绿花艳，姑娘们裙裾飞扬。

此前，一位阿里军人曾给我讲，说每年退伍战士下到昆仑山下，都会有战士抱着树失声痛哭。我有些不信，觉得是吹牛皮。那天，从雪山上下来，我在泪水中明白，不理解一个军人与一棵树的感情，我们就永远无法读懂边防和边防军人的心灵世界。

下山时，守防官兵送给我一块很沉很大的芦苇化石。高耸入云的雪山曾经是平原还是海洋？是谁改变了它们？雪山上会有鸟群和鱼群化石吗？应该是有的。

"一棵树就是一种幸福的意象。"这是一位比利时画家的话，我每每想起，心里总会有一种强烈的渴望，希望自己也能成为一棵树，一棵沉默的，但根深深地扎进大地的树。树和我们生活在一起，树的命运跟人有些相似，但树的生命和胸怀却远比人长久和博大。人与树理应彼此尊重，相依为命，但人被欲望迷惑，跟树斧锯相向。人背叛了树，树不记恨人，始终保持着沉默。树在沉默中亲历和见证了人的薄情和浅陋。

和人一样，树在漫长的成长过程中，也会遭遇、经历许许多多难以料想的挫折和苦难，要经历风雨和时间的考验。

站在校园里的绿树下，大西北的那些生活片段，像春天阳光的颗粒，常在我的眼前浮动、闪烁。

在塔克拉玛干沙漠边缘的和田，我在当地老乡的果园里，见到一棵已经活了五百多年的无花果树王，它像一个巨人，挺立在数亩大的地面上，它的枝干像巨蟒一样纠缠盘绕，编织出一座巨大的生命的宫殿，甚至我爬到旁边的一栋两层楼上都无法看清它的全身。它历经风雨而不改生命志向和姿态，仍旧枝繁叶茂，生机勃勃，挂满丰硕的果实。

那年夏天，我乘车穿越塔克拉玛干沙漠腹地。在连绵起伏、一望无垠的沙漠里，我能清晰地听见，燥热的风卷着滚烫沙粒飞动，太阳靠炙烤沙漠深处的水分解渴。但是，一棵棵胡杨毅然顽强地活在沙漠，它们有的已经枯死，无论倒下还是站立，干裂的身躯皆呈现着坚硬的钢铁的质地。有的大半个身子已被小山似的落叶、枯枝和沙砾深深埋住，身子仍在不停地用力向上挣扎，头上长着一丛婆娑的绿叶。有的看上去已经站着死了，枝头却晃动几抹绿意。它们在绝境般的沙漠里平静、坦然、有尊严地活过了千年。

绿色会让人变得自然、放松，人只要不违背自己的心意，心灵就会变得柔软，生命也就会激起力与爱，生活也会因此而诗意。

雨，矜持地下着，如丝如雾。鸟儿清脆悦耳的歌声在树上飞扬。我的思绪和雨丝融在一起，丰盈而畅达。

（2018 年 4 月于广州）

沙漠胡杨。（韩栓柱摄）

书信时光

窗外春雨淅淅沥沥，天地万物浸润在湿漉漉的温柔、宁静里。

"一鼓轻雷惊蛰后，细筛微雨落梅天。"梅雨季的时间是缓慢的，黏稠的，很容易让人选择虚度光阴。我临窗捧一杯热茶，以一种闲散的无所事事的状态读完刘邦《手敕太子书》，忽然心血来潮，又从书柜翻找出诸葛亮《诫子书》、姜维《报母书》、欧阳修《与十二侄》等家书，竟读得心里一片唏嘘，一片恍惚。

在漫长的军旅生涯里，书信一直是我生命中一条隐秘的河流，欢喜与忧郁，像丛林的涛声，像雪山上纷纷飘落的雪花，像楼下木棉树上硕大繁密的花朵。

1989年春天，刚过惊蛰。我离开生活了十八年的娑罗原，告别混沌，粗糙，泥土，庄稼的芬芳，草绿色的军衣下揣着力量和梦想，与小城平凉上百名懵懂的新兵，背着"井"字背包，从天水踏上了一列绿皮火车。

向西，向西，一路向西。在沉闷的咣当声里，我们走进了天山深处一个叫牛圈子的地方。这是一个遥远的牧区，牛羊成群，雪山连绵。我们在这地方的任务是，把自己锤炼成一名铁骨铮铮的军人，随时准备奔赴战场。

绿皮火车在戈壁和夜色里，车头喷着热气，在崇山峻岭和茫茫戈壁上走走停停。铁轨在前方无穷无尽地延伸。缓慢里我能真切地感受到时间的黏稠和苍凉，还有车轮与铁轨坚硬的巨响。漫长的旅途，让我懂得，这世间，并非所有的事都需要快。

我后来一直非常喜欢坐绿皮火车，爱听那种缓慢、坚硬的咣当声，是否与我第一次坐它的深刻记忆有关？也许吧。它平稳，不紧不慢地在大地上前行，很像一个庄稼人的人生。

那是我最难忘的四年时光，我和战友们坐在山坡上臆想山外的繁华与喧嚣，在简陋的四处落着马粪的"街道"上东张西望，不断地去那个青年商场买东西，与看上去还算美的女售货员搭讪，在训练间隙偶尔聊各自心仪的女同学，坐在连队门前的水渠边，高声争论《渴望》里的王沪生和《人生》里的高加林。

我清楚地记得，我们到达营区时已近黄昏，满目皑皑白雪，天地凛冽。连队营门上拉着横幅，战士们敲着密集的锣鼓欢迎我们。我们的到来，让他们当中的一部分同志颇为欢欣。在我们抵达之前，他们还被称为新兵，从此，他们将成为老兵。

饭堂前，连长用十分响亮的声音宣布：新战士放假两天，休整，写家信。

连长的话突兀、陌生，让我心里咯噔一下，倏地跌进一段写信的旋涡。

我忽然想起那个炎热漫长的夏天，我正在故乡陇东平原上一个朴素的中学里读书。刚放暑假，一支部队突然雄壮地开进了空荡荡的校园。战士们头戴钢盔，背着枪，全副武装。他们满身满脸的灰尘，草绿色的卡车在乡村土路上排着长队，车后扬起一片片尘土，像刚从前线撤下来。街道两边的人，张着嘴看得一脸吃惊：什么情况？又打仗了吗？

这是一支来娑罗原驻训的部队，空闲的校园正好做官兵们的宿营地。寂静的校园里从早到晚像波涛一样，涌动着另一种铿锵脚步和口号。白天，有时是晚上，部队打实弹的枪声，使寂寥的田野笼罩在一种战争已近在咫尺的气氛里。像校园里一棵听得见故事的荒草，我站在浓荫或檐下，凝视和沉思一种陌生、明亮的生活。

实际上，早在暑假前的两个多月里，我在校园里就已经知道南方的边境上在打仗。老师手里拿着几封信，动员我们给前线作战的官兵写慰问信。我们将稚拙、华丽而激动人心的话语写满一页页信纸，然后认真叠好，装进信封，贴上邮票，由老师统一交给骑着绿色邮电单车来学校送报刊的邮递员。我祈愿那些落满我们卑微激励与赞美的信件，能一封不少地寄达前线将士的手里。我甚至一次次幻想过那些前线作战的军人，在炮火间隙阅读我们信件的种种场景与激动。

女生们不光写信，还将自己在灯下用彩色丝线一针一针绣出的鞋垫和手帕，一层层包好，用包裹寄出。那些鞋垫上，绣着女孩子春草般明丽的想象和图案。语文老师从几封简短的来信里，在课堂上为我们描述着阴山、麻栗坡，我不知道那是怎样的山，怎样的坡，听说那里山高林密，闷热、潮湿，狭小的山洞比我们田野上看庄稼的窝棚还逼窄。寄出的信，收信人大都不是某一个具体的军人，而是坚守在阴山或麻栗坡的某一支部队。那支部队是一个连队，还是一个团或者师，我们不得而知。

在遥远的北方，我们握着钢笔在灯下用文字酿造浓烈的酒和燃烧的诗行，希望它们尽快抵达我们足迹不能抵达的远方，给守卫国土的将士们带去一些鼓励和问候。

因替班主任看校门，我有幸在那个炎热的假期，近距离观察一支军队的真实生活。从零星的交谈里，我知道这支部队离我们并不远，就驻扎在川道里的小城附近，他们有可能一纸命令就立即奔赴前线，也可能不会。

官兵们不知道，他们艰辛里整齐划一的点滴，像一部细节丰沛动人的青春叙事诗，或者一束射进暗房的阳光，在那个炎热的夏天，响亮地落进了一个乡村少年的心里。

四年后，我不顾家人反对，坚决放弃复读参加高考。我想成为这部青春诗行里一个微小的逗点。

现在，我一路辗转，在天山深处一座军营的饭堂前，回想我曾经写出的那些信，还有那些我从电影《高山下的花环》里看到的血洒南疆的英雄。我知道上了战场，许多人会有去无回。军人也是人，在火药硝烟、血肉横飞面前，也会紧张、恐惧，但真正的勇士绝不会后退，一定会勇敢地迎上去，这是命令、忠诚，更是职责。如果有一天我奔赴前线，在生死未卜的战场上，会不会有人也像我和同学们当年一样，为我写一封信呢？

班长将通信地址写在一块小黑板上，挂在班里，交代些保密之类的注意事项，发了信纸和信封，催促我们赶紧写信，向家人报平安。

我们几十号来自天南海北的新兵，在几千公里的路途上汽车、火车，又汽车，颠簸了近一周也感觉不到困乏，人人搬了小马扎坐在床前，齐刷刷埋头写信。

也有奔驻地邮电所打长途电话的。二十世纪八十年代，家里有电话的很少，况且我们在遥远的大山里，打长途，要多次接转，通话也是扯着嗓子喊，很费劲。所以，多数战士都是写信。

有三言两语的，也有洋洋洒洒一写几页的。新环境新生活，青春年少，满眼新鲜，满脑子感想和旅途见闻，怎能不向家乡亲人、同窗旧友细细诉说？

老兵们伸长脖子，看我们一个个写得热火朝天，满脸不以为然，以过来人的派头说，新兵信多！

老兵没有新战士那么多信要写，但他们举手投足，即便说笑，懒散，或者一身汗臭和酒气，都透着一种内心的东西，一种久经沙场历练，在时间里逐渐内化出来的从容和淡定。

新战士对书信的热情使通信员的劳动量也增大了，我们一封接一封地写，他大包小包地朝邮局送，往连队背。我们的问候与唠叨，在邮路上日夜兼程。亲朋好友的叮咛、鼓励和鞭策，也翻山越岭，日日不停地往天山深处寄来，彼此间的思念牵挂，在旷日费时的投递中往来穿梭。

我没想到，写信、盼信、读信，会成为一个军人生活中不可或缺的甜蜜与幸福。

远山里的时光艰苦、枯索、寂寞。营区不远处，高耸入云的天山主峰，积雪终年不化。黄昏，或者雨雪天，我会在营区乐此不疲地想象天山那边的生活，甚至多次萌生冒死登临它的冲动。

营区四周是起伏的草地和群山。连绵不绝的苍茫雪山，有时候会让我的心里莫名地落满焦虑、忧伤。我会不会一直生活在这群山里，孤独与寂寞永远也走不到头。尽管山里有森林、牧群、野花、河流……我知道顺着驻地那条羊肠子似的搓板路，不管在山里绕多久，总可以离开这里，也相信大地上所有的路都会相通。

跟约好了似的，每天从训练场上下来，大家都争着问连部通信员：有我的信吗？

每周三晚上，也许是周四，是我们雷打不动的书信时间。晚饭后，连队不安排别的活动，让官兵们安心写家信。从自由散漫的地方青年向行如风、坐如钟、站如松的军人转变，是成长，亦是生命品质的重塑，军营崭新的生活方式、成长方式，使我们像雨后的植物一样拔节、成长，青春、敏感、饱满的身心，在特定的环境里不断溢出异质的感想、欢喜、委屈、惆怅，需要倾诉、聆听、宽慰。

收到信的战士，高兴得欢天喜地，立即坐下来享受书信的温馨与欢喜。收不到信的，眼巴巴看别人开心。

什么是幸福？那时，对我们这些大山里的军人来说，能收到一封家书，看到亲人几句贴心的问候与安慰，就是一件无限美好的事情，心瞬间就会快乐得飞起来。

一样米养百样人。有的战士怕写东西，宁愿汗流浃背地跑五公里，掏厕所，下菜地劳动，也不愿写一篇几百字的学习体会。但是，不知为什么，后来，连队几个不爱动笔的战士，也坐下来安安静静地写信了。是经不住书信幸福魔力的诱惑吗？也许。

当然，也不是每个人的信里都会装满故乡的月光。我们班的橙子，有一天刚打开信，就跑到坡后边放声痛哭。离开故乡半年不到，爷爷和母亲相继去世，他不光没能送亲人最后一程，连坏消息也是三个月后才知道。

因为遥远和交通不便，一封来自内地故乡的信，常常会在邮路上辗转近一个月，才能送到我们这些山里兵的手上。

为不让父母担心，我们把乡愁、无奈、疼痛隐去，将微小的感受、进步，甚至战友间的玩笑，踢正步、战术、投弹、射击……生命里的诸多第一次，不断写进信里捎给远方的亲人和朋友。我们写出去的信多，来信自然也多。信一封接一封写好，不用贴邮票，通信员背到收发室，在信封上啪啪啪，砸上红色三角免费邮戳就妥了。

班里有一个姓何的战友，我最怕他一脸诚恳地说：你有文脉，帮我给我对象写封信吧。他脸上的朴素、诚实和哀求，让我心生无限忧愁。

我无法拒绝，推不掉，就故意逗他，说叫哥，叫哥了就写。

其实，我俩都十八岁，他还大我六个月呢。

小何是纯正的文盲，连自己的名字都不会写。这对现在的战士来说，很难理解，但那时，高中毕业就是战士里的最高学历，许多是初中和小学毕业，几乎每个新兵连都有几个不识字的战士。

小何入伍前就有对象，按他老家的风俗订了婚。他的未婚妻是一个纯净美丽的乡村女子。我替他写了信，那女子自然少不了回信。回信也是他找我念给他听。所以，她的来信和照片，我不可能不看。

我替小何代笔写信，有时他口述，我执笔，有时他会让我自由发挥，写完了念给他听听。

自由发挥时，我会故意在里面写几句文绉绉酸溜溜、思念浓烈感情朦胧的情话。

我逗他，说你未婚妻是文学青年，诗写得那么好，咋就会看上你这个文盲呢？他嘿嘿地笑，很难为情的样子，说女朋友不知道他是文盲。

有一段时间我写烦了，除替他写情书，还要替他写家信。我说，战争年代许多红军战士不识字，战火纷飞，没时间坐下来学习，行军途中前边战士背包上背一个识字卡，后边战士一边行军一边比画着认字，前边背包上的字学会、记住了，就跟后边战友换一下位置，接着识记另一个生字，在行军作战途中都能学习文化，你咋就不自己学呢，难道就这样当一辈子睁眼瞎？

小何眼睛睁得铜铃似的，像受了惊吓：我老实，可不敢拿我要开心！

我说你对象有文化，人长得像野菊花一样漂亮，你斗大的字不识一个，凭什么娶她？

他摸着头，像一根沉默的树桩子。

当三四年兵，难道我要一直这样替他写下去？我知道光嘴上说不行，得拿出硬办法逼。最后，我想出一个解脱自己的办法，让他买一本字典，每天必须学会两个字，完不成任务，我不替他写信。

每天出完早操回来，我先告诉他某个字怎么读，笔画顺序怎么写。他嘴里念念叨叨，很认真，像个刚上学的小学生。

一年后，他已经能自己写简单的家信了，尽管时常前言不搭后语，但总算有了新进步，让我很开心。

有时在书报上看到精彩诗句和名言警句，我会让他抄给他的未婚妻。那时女孩子不像现在，张嘴就是钱、房子和车子，部队和地方心怀梦想的文学青年很多，那些点缀在情书里的朦胧诗句，像一片片带着星光和露珠的花瓣，让他俩的爱情之火越燃越旺。

部队官兵有一句老话：新兵信多，老兵病多。意思是新战士入伍，对新生活新环境不大适应，多会想家，不管开心事、烦心事，总想找人倾诉，寻得安慰，书信就特别多。当过几年兵的老兵，快退伍了，对军营生活习以为常，不光信懒得写了，对自己的要求也会有一些放松，常以生病看病为由躲清闲，训练能少参加一次是一次。

不管家书，还是女朋友的情书，战士们的书信大都内容简单、阳光，有时战友间的书信会互相传看，让一个人的幸福变成一班人的欢喜。

新战士不光信多，"表妹"也多。不少新战士入伍前就有了感情朦胧、半真半假的女朋友，有的担心连队干部和班长抓"小辫"儿，女孩子的来信，信封上寄信人地址多是两个字：内详。

这两个字，很撩人。看到这样的信，我们会主动从连部通信员手里抢过来。然后，大呼小叫，挥着信嚷嚷：某某你女朋友来信啦。某某一听，扑过来抢信，这边不给，逗对方心急火燎，有的要对方请客，买一袋花生，或者葵花籽才肯给信。其实，不一定是嘴馋，更多的是一份欢喜，一份热闹。

写信多，讲究当然也多，从信封、信笺选择到抬头、称谓、落款等，虽没古人那般讲究，小心思小情趣却也不少。给家人、朋友和同学写信，多是部队的信封和信纸，给女朋友写信，则去商店里买精致、富有浪漫情调的信笺。叠信笺也花样颇多。

因为艰苦、孤独、寂寞，青春的迷茫，在遥远的大山里我仍坚持着文学青年的梦想。我像一个不知劳累的庄稼人，不管会不会有好收成，埋

营区不远处，高耸入云的天山主峰，积雪终年不化。黄昏，或者雨雪天，我会在营区乐此不疲地想象天山那边的生活，甚至多次萌生冒死登临它的冲动。（韩栓柱摄）

头在文学的田地上努力耕作着。那时，我常去"街上"简陋的邮政代办所寄稿件和包裹。门口墨绿色的邮箱，如雪山上一朵耀眼的雪莲花，很吸引我，每次我的目光都会不由自主地在它上面徘徊，与它一次次深情对望。它是我心灵的窗口和通道，像一只鸽子，会让我的梦想插上翅膀，从这里飞向山南海北。

它安静、沉默，像一位孤独的经历了世间沧桑的老人，沉默里装着一肚子万语千言。

像一个神秘约定，有段时间，每天晚饭后，炊事班长总一个人坐在地垄上弹拨吉他。那是连队旁边的一片菜地，地里种着小葱、茄子、辣椒和土豆。正值盛夏时节，土豆绽放着繁密的小白花，蜜蜂、蝴蝶在花朵上翩翩起舞。

跟我一起住连部的通信员肖志伟说，刘班长失恋了，以前他每周都会收到一封情书，都三四个月了，那个笔迹的女孩再没给他来过一封信。

失恋是正常的事情，没什么好大惊小怪的，我心里纳闷的是，草地上、小溪边、浓荫下，满眼都是有浪漫情调的地方，他为什么一定要在菜地里弹唱自己的忧伤？他在向土豆倾诉心事吗？也许，他就是要把收不到情书的忧伤，弹拨给蜜蜂和蝴蝶听吧。

有一年冬天，大雪封山，送给养的车进不了山，我们餐桌上顿顿萝卜、土豆、粉条、洋葱头，看不到一根绿菜，吃得嘴都快不是自己的了。运送生活物资的车辆驶进连队还没停稳当，全连官兵就尖叫着冲过去。虽说近两个月没吃到新鲜蔬菜，但最让我们激动的却不是那一筐筐鲜嫩的青菜，而是半麻袋的信件。麻袋口一解开，几十双手同时伸进去，边掏边喊：我的信！我的信！

迟来的家书抵万金。麻袋瞬间空了。有的战士立即捧着信读，有的则将信装进口袋，不看，等晚上安静下来才会慢慢品味。有个战士一下收到十八封信，让战友们很是羡慕。

这是一种长久等待、期盼，姗姗来迟的幸福与甜蜜，像两个人隆重的久别重逢，没经历过期盼的人，很难理解我们的欢喜与激动。

信件的邮递过程，有时会让等待变得很漫长，遇上大雪封山，很长时间才能获悉亲人和朋友间的消息。但读信是欢喜的，没有套话，不拘一格的细细碎碎的诉说和笔迹里，有对方的气息，以及汗酸和烟味。那些碎屑似的生活小事，让人读着温暖，如冬夜里的炉火。

记得木心先生有一首《从前慢》：

记得早先少年时
大家诚诚恳恳
说一句是一句

清早火车站
长街黑暗无行人
卖豆浆的小店冒着热气

从前的日色变得慢
车，马，邮件都慢
一生只够爱一个人

从前的锁也好看
钥匙精美有样子
你锁了人家就懂了

木心先生是作家、音乐家，也是画家。他曾说，我画山，不过是以山的名义画自己，我画出的画就是寄托了我的悲伤，茫茫的一片旷野，上面有一棵树，这棵树就是我。

木心先生的诗句与思想，像楔子，悄然扎在我心里。其实，每个人来到这世上，都是一棵孤独地挺立在旷野上的树，在风雨雷电、严寒霜雪中挣扎、长大，艰难地长出一些欢喜的新叶，然后，在时间里苍老、枯死，重返大地。一生真心爱一个人，干几件自己真心欢喜的事，是生命里多么幸福的事情。

木心的诗，使我常常把自己想象成雪山上的一棵树，一棵在寂寞里缓缓成长的树。在大山里当兵四年多，我拿蓝黑色吸水钢笔，不知疲倦地为亲朋好友写了上千封信，也收到无数回信。我写出的信，如木心先生的画，是寄托了我的乡愁、焦虑、忧伤的，那是我的岁月和人生。而那些和我在信里交谈的人，像一片一片绿色的丛林，一直在我的生命里呼啸、摇曳。

青春年少，无穷的力量需要挥霍，青草般疯长的迷茫和梦想亦需聆听、交流。我从杂志的边角上看到一些喜欢写字、思考的陌生人，我不知道他们是男是女，唯一知道的是，他们跟我一样，正值青春年华。我像一个不声不响的猎人，将一封封信箭镞般射出去，在隐秘里期待可有可无的回响。

那些信，像雪山上顺流而下的河水，有几封竟奇迹般流到了它们能流到的地方，并碰撞出小小的涟漪。我在雪山深处，以书信的方式认识了四五个笔友，和他们持续了近四年时间的书信往来。

我像一粒忙碌的小蚂蚁，将自己的忧伤、谦卑、枯燥肤浅的思索，在灯下一粒一粒搬到纸上。而他们的书信，让我看到了遥远的庄河、莆田、青岛……听到了他们讲内心同样的困境、挣扎、寂寞、伤怀。遥远大山里的我渐渐懂得，人生在世，盛开如繁花，荒凉如杂草。我们都不知道自己会流向何方，每个生命都会被命运带向远方。就像和我一起离开故乡的战友，谁都不知道自己会走向西部边关的哪一座军营，我们在西行的路上不断挥手道别，最后和我一起走进同一座军营的，只有很少几个同乡。

与几个笔友间的书信往来，后来因工作的变动而中断。但我们彼此曾平静、真诚地畅谈过。我想，许多年以后，即使我们都老得眉须皆白，苍凉如海，仍会清晰地记得对方，记得那一段情深似海、信封里装满星光的时光。

也许军旅原本就是一场漫长的告别，你来他往，绵延不断，永无止境。随着入伍训练的结束，分别像一场接一场的阴雨，在我们的生活里不断有序上演。

经过几个月脱胎换骨的锤炼，我们结束入伍训练，在新兵连营门前，跟带我们的干部和班长拍下一张集体照，神情凝重地在一声接一声的答到声里，打起背包，挥手告别熟悉的连队和战友，分别走向一个个陌生连队。

下到新连队，像流水一样汇集到一起的新战士，刚刚相熟，近一半的新战友又打起背包踏上新征程，去当学兵。驾驶、卫勤、报务……许多专业培训学习，都在山外的师教导队，跟战友们分别一次，我心里涌动一次羡慕、向往、伤感。新兵连和我很要好的几个战友，一下连就跟着连队奔赴雪山、戈壁参加光缆施工，一直到寒霜铺地才能返回营。

每一场分别，我们都会彼此反复叮嘱：记得给我写信啊！

一场接一场的分别过后，只有少部分新战士会留在连队跟老兵一起工作生活，由于兵龄不同，距离感让我的心里弥漫着一种无法言说的孤独、惆怅、寂寞，热情也像一条抛物线起伏不停，不知道该怎样将自己的满腔热情与军人的忠诚与使命对接起来。战场是什么？对我们这些大山里年轻得一塌糊涂的军人来说，战场不是炮火硝烟和血肉横飞，也不是烈日下热火朝天、挥汗如雨的光缆工地，是眼前高耸入云、无边无际的雪山。雪山像一道推不开的篱笆，我们一边在篱笆内寂寞、蓬勃地绽放，一边在心里想象、翘望山外战友的生活。

我和不少战友间面对面的交流变成了书信往来。我们在不同的生活环境里拼搏，将生命里淡小的忧伤、疼痛，细微的思念和喜悦，变成一粒粒文字。一封封书信，如草地上的淡淡花香，如驻地牧民干打垒前的杏花和桃花，如寒冬里猛烈的风雪，不断在我们心灵的田野上飘落、吹拂。

四个月后的一天，我盼来一位同乡战友的信。信很短，不到半页文字。他说短信是他晚上收工回帐篷，爬在地铺上写的，不能多说，要立即进入梦乡，因为第二天天不亮就要上工地。他在信里问我：你知道我们在戈壁滩上最大的幸福是什么吗？有一天下大雨，无法出工，放假休息，他睡了整整一天一夜，一直睡到自然醒，如果再能痛痛快快洗上一次热水澡，那就更幸福了。

他随信寄给我几张他在工地上挖缆沟的照片。人黑而瘦削，满身满脸沙尘，握着铁锹站在比人深的缆沟里，露着两排洁白的牙齿呵呵地笑。照片是工地上一名机关干事帮他拍的。

他的信和照片，让我心头一片汹涌。我看到了他衣背上层层叠加的汗渍，双手虎口反复震裂、结痂、渗血的伤口。那风沙飞扬的茫茫戈壁，那向着远方无限伸展的缆沟，那抡圆镐头下去只落一粒白点的坚硬，就是他和战友们每天面对的战场。他已乐呵呵地在这战场上摔打了四个多月。

秋天来临的时候，我调到了团机关，收到新兵连战友梁子的来信。他所在连队这年不全训，在山外一个盐湖搞生产。他在信里开心地告诉我，冬天来临时，他们连就会从盐湖返回团里，回来要好好聚一聚，给我看他在工地上写的诗。

梁子来自山东，新兵连在大通铺上睡我右边，我俩几乎形影不离，他性格温和、开朗，朴素得像田地里的一株玉米，做事简单、好奇，军事素质好，又是高中毕业，他的梦想跟我一样，我们约好三年后一起考军校。

我还没来得及回信，坏消息就以电报的形式从山外飞到了团部。为救战友，他掉进盐湖溺亡。梁子的短暂人生突然定格在了十八岁。他像春天树枝上的一粒花苞，还没来得及打开，就悄然凋零了。

我捏着他的来信，独自在营门前的树下坐了很久。想他跟我在一起的春天，想我们一起训练时的对与错、欢喜、烦恼，一起扯着嗓子学唱《十八岁》《打靶归来》《团结就是力量》，想他吹着欢快的口哨洗衣服，趴在床头安静地给他家人和朋友写信，向他们诉说自己的进步和梦想。他的突然离去，让我心里大雪纷飞，泪水盈眶。我们青葱如春天田野上的油菜花，正在阳光里呼啸着生长，他却倏然离去，再也不能和我们一起追逐在浩荡的春风里。

也许，我们漫长而短暂的人生，就是无数疼痛、欢喜、分别、重逢结成的一个疤。

第二年春天，我从山外一位战友的来信里得知，跟我们一起坐绿皮火车离开小城的两位战友，已在训练中牺牲。如果他们不来遥远的边疆，青春会突然凋零吗？我无法回答自己。人生没有如果。

"对于不能说的应保持沉默"。维特根斯坦这句话，总让我想起一个人，一个在沉默里抱紧内心悲苦的人。

他是政治处的一名上尉军官，正连，或者副营，名字已不大记得。大操场上边有长长四排平房，西边两排是司令部机关，东边是政治处，团首长和后勤在后边，如一个"品"字。他住在东边第一排的头上，跟我隔两个房间。

他个儿高，一米七六的样子，四十五六岁，瘦削单薄，背微微有些驼。听处里老同志说，他脑子有问题，断断续续，离了婚，妻子携子改嫁。而他因病无法移交，一直滞留在团里，是一个十多年的老病号。

每次开饭号一响，他腋下夹一只碗，手上捏一双筷子，去饭堂打上饭，就默默回了宿舍，从不跟我们一起在饭堂就餐。他不说话，别人向他问好，他看一眼，也不吱声。

天气晴朗时，他会坐在门前的太阳下看书。准确地说，他是捧着书枯坐，或者晒太阳，因为眼睛虽盯着书，却长时间不翻动书页。更多的时间，他都关门待在屋里。我不晓得他一个人整天静悄悄在屋内干什么。偶尔，会突然听到他在屋里砸东西，丁零当啷一阵乱响，间或夹杂几声谩骂，似跟人吵架。有时会传出一阵沙哑的笑声，然后，又静悄悄的。

我和处里几个战士，经常帮他打扫房间卫生、洗衣服、提洗漱的水、打开水，还有冬天烧火墙的煤块。他不开窗户，门也总关着，屋里有一种浓重的无法描述的酸腐气息。有几次，我尝试和他聊天，不管我说什么，他皆不吭声，最多"嗯"一下，像个哑巴。

他的沉默像一把长柄斧，有时会让我莫名地紧张、不安。我不知道怎样把一缕微小的光递给他。他的思想系统，似乎停顿在雪山般漫长的睡眠里。

在这世上，有人会有艳遇，有人
会有厄运，还有人
就住在隔壁，彻夜难眠。

这是诗人胡弦的诗句。多年以后，我走出牛圈子，已是一个在苍茫大地上跋涉的记者，这诗行竟像闪电和箭镞，一次次射向我这段细碎、斑驳的日子。

他桌上摆着两本书，《徐悲鸿》和《第二次握手》，很新，看上去他一直在读，但没有反复翻动过的痕迹。他隐秘而漫长的悲伤，会不会就隐藏在这两册书里。有一天，我打扫完卫生，硬着头皮问他借，他盯着我，眼眸里射出冰冷的迷茫和不解，似诘问我，为什么要借你，你为什么要看它？

他的神情，让我心里咯噔一怔，赶紧慌里慌张地离开。

我离他这么近，每天碰面，并经常在他屋里进出，像他的弟弟或者一个亲人，他和我却又那么陌生，遥远。

有一天我午休提前醒了，整个营区还沉浸在午睡之中，一派静谧。我看到他在门前的草地上捉蝴蝶，像一个天真的孩子。时值初夏，阳光明亮纯净，各种野花正在草地上争相怒放，空气里弥漫着花的芬芳。微风吹过，杨树上的绿叶絮絮细语，蜜蜂在花朵间嗡嗡欢唱。草地上蝴蝶很多，黄的、黑的、白的、带花斑的，如一群花朵里嬉戏的小女孩。他笨拙地伸着手臂，奔跑、停顿、凝视，跟着蝴蝶的起落在草地上忽左忽右，嘴里不时发出呵呵的笑，很快乐。

我站在窗前看他在草地上捉蝴蝶。那是我第一次看见他笑。辛苦了半会，捉不到蝴蝶，他像一个赌气的孩子，一屁股坐到草地上，喘着粗气，抬头静静地仰望瓦蓝的天空。天蓝得透亮，万里无云，一只鹰隼如遗落在穹顶上的黑色胎记，在高空缓缓翱翔。滑翔、俯冲、上升，他的头随着鹰隼慢慢转动，甚至伸出双臂模仿了一下鹰隼煽动翅膀的动作。他痴痴地仰望高天上的鹰隼，我痴痴地望着他，忽然心如刀割，有一种想哭的冲动。我多么渴望他每天能随意说话，大声说话，跟我们一起在大操场上打篮球，一起在开满野花的山坡上奔跑啊。

团机关收发员住西边第一排平房，与政治处一路之隔。那时，机关官兵的办公室与宿舍是合二为一的。我每天去收发员小蒋办公室取报刊信件，有时会碰上他也去看信。他去了，小蒋总是客气地说："首长，没你的信哦，有了我给你送过去。"他"嗯"了一声。然后，默默地转身离开。

他像一片寂静的雪花，一片枯枝上的树叶，一股寒意浓重的风，在珍贵的人间飘动、摇曳。沉默、缓慢、独处，自己面对自己。他晓得饿，会按时去打饭，知道每个月去管理员那里领工资，也知道去军人服务社买需要的东西，知道去收发员那里问自己的信，却为何沉默不语？

如果他的病，真是夫妻感情破裂所致，说明他曾经拥有过一场让他思想坍塌、内心雪崩的爱。在一种强烈的好奇里，我特意托出山的战友帮我买了这两本书。我觉得也许答案就隐藏在那两册书的某个章节或段落里。我反复读了多遍，书里的故事和诸多情节几乎能背出来，对他的沉默仍然一无所知。

爱是幸福与甜蜜，有时也是突如其来的悲苦与忧伤。我觉得那封他期盼的信，就是活下去的秘密。

我不知道他平日里一直在低头思考什么，也无法弄清他的人生为何会在这遥远的大山里发生断裂？四年里，我没见他收到过信，一次都没有。他在等待谁的信？一封怎样的信？那虚幻的永远也不会到达的信，也许就是他抵抗孤独和悲伤的最后一根稻草。

跟我一起在机关工作的四川籍战士小刘，小个子，眉清目秀，是司令部打字员。他写信跟我不一样，他的信，是打字机上打印出来的，是漂亮的铅字，让战友们很羡慕。

他的信，是一种让我望尘莫及的奢侈。因为只有团机关的重要通知和材料，才会打成印刷体。干部们写好文字，他先在打字机上叮当叮当敲到深蓝色蜡纸上，再拿油墨机一张一张印。干部和战士开会、学习，都带着笔和本子，边听边记，书写是工作生活里一件重要的事情。我写新闻和稚嫩的诗文，都是先写草稿，修改好后，再用钢笔一个字一个字抄写到方格稿纸上，很认真，不敢潦草马虎，怕编辑看不清，握笔的手指跟现在的中小学生一样，常结着蚕豆大的硬茧子。

1995年我军校毕业，重返西部，到师宣传科当干事，全科只有一台四通打字机，宝贝似的，打印材料得科长签字，排队等候。个人的文字要变成好看的铅字，几乎不可能，投稿仍是一个字一个字拿笔书写。

我省吃俭用，咬牙拿出一个月工资，买一个汉显传呼机，唧唧唧，它一叫，我就得四处找座机回电话，很不方便。五年后，我又向时尚迈了一大步，有了平生第一部手机，是一部小巧的摩托罗拉翻盖手机，带着一截手指长的天线，有点像"大哥大"的微缩版。也许我活得传统而守旧，亲朋好友间的交往，若没十分急迫的事情，还是传统的书信。我喜欢像新兵时一样，将手写的信装入信封，认认真真地填上地址、贴上邮票，投寄，在私密的期待里静候一个遥远的回音。

时代像呼啸而过的列车，快得让人恍惚。我从西到南，像一只不知疲倦的候鸟，仍在自己三十年前选择的路上默默前行着。尽管人到中年，信渐渐写得少了，但生命里能有一长段难忘的书信时光，是一件多么幸福的事情。

家书对现在的年轻人，已像一个苍茫处的传说，连书写也渐渐成了一件越来越奢侈的事情。信笺变成电子邮件、短信、微信、语音通话、视频聊天，当然便捷，但在温情的气息里句句寻思、缓缓叙述的笔墨幸福消失了。

现在，谁会一笔一笔将方块文字落在精美信笺上？写了，又该往何处寄达？见字如晤，已是一件遥不可及的事情。

合上电脑的瞬间，我的脑海里忽然闪出胡弦《风》里的诗句：

……

有时，你以为一切都过去了，
但风在吹，过往的一切
又在风中重来。

……

（2019 年 4 月于广州）

那里的芬芳，我记得

一

现在，重新梳理那一小段旧时光，那些透亮、圆润如米粒的细碎记忆，时常会在我心灵深处发出某种细致却铿锵的欢唱。

"一只脚踩扁了紫罗兰，它却把香味留在了那脚跟上。"我喜欢这句西谚。因为我的脚跟上也留着那遥远草地上的芬芳，尽管不是紫罗兰。

人过四十，会对曾经的过往充满眷恋，这当然对，但于我却不全是。从遥远的西部边陲到岭南沿海，这些年因工作关系，我辗转工作生活过不少地方，为什么有些人有些事有些地方，如风过原野，不留一丝痕迹？有些却历久弥新、念念不忘？我相信，人生中的有些经历，需要慢慢沉淀。如陈年老酒，在时间里芳香四溢。

我记得很清楚，当我在平凉军分区换上不太合身的新军装，满心欢喜，觉得蛮像一个军人时，父亲很不信任地问母亲："去那么远，行吗？"在父亲眼里，我还是个不会扛生活的娃娃。

当时，新疆在内地人眼里，还是苍凉的远方，但我满怀着向新生活进发的激情，一心要去认识一个新世界，丝毫看不见父母眉宇间的忐忑与牵挂。第一次坐火车，第一次出远门，新鲜与好奇，把单纯的心塞得满满当当，哪里顾得上父母的忧虑。

军列咣咣当当，走走停停，经过几天几夜的漫长行驶，将我们拉到了乌鲁木齐。一下车，凛冽的寒风裹挟着雪粒子扑到脸上，如一根根针扎进皮肉，腮帮子木木的。眉毛、皮帽子瞬时就结上了白花花的冰霜。我戴着厚厚的棉手套，手还是冻得不知该往哪里放。

尽管如此，我依旧感到从未有过的欢喜，东张西望，用好奇、惊喜的目光打量着四周耸立的高楼与往来穿梭的车辆人流，并自以为是地认为，从此，自己就是这个大城市里的一分子。

　　但欢喜像嘴里哈出的热气，瞬间就被冻成了冰霜。我们在乌鲁木齐兵站住了一晚，第二天，兵分几路，又踏上了新征程。不同的只是军列换成了草绿色篷布的大卡车。繁华、喧嚣、高楼向后飞快地流动，我们渐渐远离城市，走向苍茫的戈壁。

　　离开乌鲁木齐时，绿色解放牌卡车还排着长队，见首不见尾，行进途中，载着新战士的车辆不断减少，一组又一组离开我们，消失在戈壁的岔道上。最后只剩十多辆，一路颠簸着向连绵起伏的大山里挺进。

　　看不到人影，也看不到村庄。有新战友将脑袋从篷布的缝隙探出去观察，"咋这么荒凉，啥也看不到啊！"没人接他的话。寒风撕扯、拍打着车厢上的篷布，啪啪啪，并在路边的电线上尖厉地鸣叫。

　　满眼白茫茫的积雪，群山起伏。不知何时，黑色的柏油路消失了，车子在砂石搓板路上忽上忽下地颠，我们像一车厢核桃或西瓜，被摇得东倒西歪，满车厢乱扑。冷风一股股往里灌，冻得麻木的手脚在激烈的晃动中，像人拿棒子敲打，能听到骨头咔咔响，战友们嘴上都嘶嘶地吸冷气。车厢里弥漫着一种复杂的情绪。

　　长时间的沉默之后，我们开始七嘴八舌地议论，争相猜测、想象我们要落脚的那个地方。我很沮丧，眼前的事实明摆着，雪山一座连一座，偏远的大山里会有什么新世界？

　　我们像一群在夜里扇动翅膀寻找落脚处的鸟，在寒冷里经过一天的辛苦奔波，终于在天山深处一个叫牛圈子的地方歇下。

二

　　部队、牧民和林场职工散居在平缓的沟坡上，低矮的平房像一片一片在山坡、沟涧里低头吃草的灰色羊群，零乱里透着规整。驻地牧民的牛羊时常从连队矮墙的豁口迈进来，在院子里转悠。战士们也不驱赶，好像这里原本就是它们的家。

牧区的生活是缓慢的，时间如营门前河沟的流水，缓缓向前。驻地牧民们慢腾腾地生活着，不急不躁，好像什么事都不会耽误。

与牧民的散淡从容不同，士兵的脚步跟着军号和连队的哨声起落。班长是新战士心头的榜样和标杆，吃饭，班长不说动筷子，我们挺直腰板，双手放在膝盖上，齐刷刷看着班长。"吃饭！"班长的开饭令一下，秋风扫落叶，一桌子呼呼的吞咽声，盆和盘瞬间底朝天。班长一停筷子，我们不管吃没吃饱，都立马起身收拾碗筷。

记得有一个新战友，饭量颇大，小碗大的包子，他一顿能吃十二个。白面馒头，一顿也要十个。包子馅是白菜粉条，里面有几粒肥肉丁。他吃饭几乎不动筷子，顾不上，要在最短的时间里吃下尽可能多的主食。每次吃饭他都显得意犹未尽，且总是最后一个离开餐桌。

有一天，我们一群新兵坐一起聊各自当兵的缘由，他说，为了穿解放鞋、吃大米饭白面馒头。我们一听，轰一声，都笑了。他脸涨得通红，低了头，很惭愧的样子，似乎觉得自己说错了。他向我们打开了真实的内心，却遭到了笑声的质疑。

上厕所要向班长请假。有时班长故意使坏，只给三五分钟。那时部队住平房，旱厕都设在营院外边，且距离不近。我们一路小跑，脚还没有迈进厕所门，时间到了。老实的，硬憋着，又折身往回跑。脑子灵光些的，回来就说是解大手。大家脑子里都飞快地转动，请假上厕所，像约好了，都说解大手。

有路过的牧民在马背上看得一脸不解，你们跑什么？房子着火了吗？我们说，我们在培养时间意识哪。他们更奇怪，时间还要培养？抬眼望望太阳，扫一眼树荫，听听水渠里的水声就能知道时辰嘛。

走路要挺直腰板，不准摇头晃脑，并保持一分钟一百二十步的步速；不许袖手，更不许把手插在裤兜里。听到命令，要迅速做出反应，动作干脆利落，不允许慢慢腾腾。新兵班长神情严肃地为我们做着榜样，不管是战术，还是队列动作，都从容自然，如行云流水。老兵们神情里的那种由倦怠滋生出来的自豪感和幸福感，让我们很羡慕。

快三十年了，我一直记着我的小个子班长两句话。一句是，既然选择了新的生活，就应该有新姿态新追求，不掉几层皮，怎么实现从老百姓到合格军人的转变。还有一句，军人是随时准备上战场的，掉皮掉肉不掉队，流血流汗不流泪。

第一次听他这么说，我们都忍不住地笑。说我们只看见了成群的牛羊，看不到战场啊。

美国心理学家斯科特·派克说，纪律是解决人生难题最主要的工具。但那时，我们充满青春期的叛逆，不知天高地厚，内心对班长这些苦口婆心的说教嗤之以鼻，对那些束缚人自由的条条框框和军营约定俗成的传统充满抵触情绪。

羡慕、怨恨、抵触、小心翼翼，这些复杂情绪在内心相互冲撞，此起彼伏。我们像一群断乳期的孩子，在无奈甚至痛苦中挣扎着，艰难却又不得不执着地一点一点向昨天、向曾经的"旧我"作别。

最让新战士心里发怵的，是夜间紧急集合。室外天寒地冻，人还在睡梦中，紧急集合哨骤然响起，大通铺上一片急促的窸窸窣窣声，穿衣、打背包……没有任何灯光，一系列动作和程序全凭感觉。裹着严寒和夜色，在山沟里一趟急行军回来，裤脚上结满冰碴子。点名清点人数时，队列里笑声如水波，一浪接一浪。李四摸黑抓错裤子，把王五的穿在自己腿上，短得像七分裤；有的手忙脚乱，背包半路上散了，一路抱着奔跑；有的直到回连队，人还在睡梦里徘徊、挣扎，答到时把别人名字当自己的。

担心这种不光彩会落到自己身上，好多个晚上，熄了灯，觉得班长睡着了，我们会偷偷爬起来，穿好衣服，在被窝里装睡，每每这样做了，总没有紧急集合。新战士的"小九九"，老兵们早已熟悉。因为，他们也曾经历过和我们一样的兵之初。

新兵的生活紧张而艰苦，但青春的激情和梦想一旦被点燃，每个人身上都会迸发出无穷的力量。

我们班一名四川籍战士，单杠是弱项，每次单杠训练，别人从拉杠到卷身，在上边玩得呼呼生风，他每次引体向上只能拉两个，然后，像面袋子挂在上面，咬得牙齿咯咯响，就是拉不上去。有次，班长生气，罚他在操场上跑步。我们训练结束都吃罢了晚饭，他一个人还在一圈一圈地跑。班长帮他打好饭，放在宿舍的桌子上，就不见影儿了。难道他要让他一直那样跑下去，跑到累死吗？

军人以服从命令为天职，班长不让停，他便不能停，一圈又一圈，一直跑。跑了半个多小时，指导员从营部回来，看到他一个人在操场上上气不接下气地跑着，过去问原委，他一句话不说，突然抱住指导员放声大哭，像个受了委屈的孩子。

我的一个老乡，人极勤快，训练亦颇能吃苦。但每次队列训练，他总在左右上出问题。班长喊向左转，我们齐刷刷地都向左转，他向右；班长喊向右转，我们都向右，唯他向左转。半面向左或半面向右，他仍然跟我们不一致。走队列，他走着走着，就同脚同手，走成了一顺子。班长对此很伤脑筋，想了许多办法纠正，总见不到效果，气得咬牙切齿，却无计可施。

其实，他不是笨，是心理素质差一点，人一紧张，手脚便僵硬，反应就比别人慢半拍，行动似乎是不听大脑指挥的。

奇怪的是，这两个战士打射击班里竟无人能比，每次打实弹，五发子弹，他俩像约好的，你五十环，他四十八环，轮换着雄踞第一。五公里武装越野，也是一马当先。真是很奇怪的事情。

在班长们的耐心训导下，我们在笑声与汗水中一点一滴地学做军人。起床号一响，容不得半点磨蹭，我们像压缩后突然放开的弹簧，立即从床上弹起来。走路摇摇晃晃、行动任性散漫、不愿把自己的行为放到纪律框架里去的曾经慢慢离我们远去，我们像一片片枝叶剪得整整齐齐的白杨树，以挺拔的姿态站立、成长，也能像老兵一样坐如钟、站如松、行如风。

三

每天早晚的军号声之前，总有一首《昨夜星辰》在山沟里回荡。单调、乏味，为啥不经常换换？后来我到团机关当报道员，才晓得那是一种提醒、号令，在日复一日的重复烦腻里，官兵们一听到它，就立刻明白自己该干什么。

我的新兵连 105 炮连旁边，有一座小山，连队后边是家属院，出侧门登上山，一缕一缕的炊烟在家属院的房顶上缓缓弥漫、升腾，风里有一股一股饭菜的香味。炊烟和饭香，有时让我很想家。

小山上视野开阔，能看到小山后边不远处绿树环绕的二营。公路如一条灰色飘带，从山外绕进来，像分杈的树枝，伸向不同的营院。一营、林场、街道、家属院、军人服务社、卫生队、档案库、大操场、团机关、炮营……低矮的房屋一层一层向上铺排，错错落落里能清晰地看出一个牧区村落与一支部队之间的神秘关联。

按老兵提供的时间推算，那年，这支部队在这里安营扎寨时，我在数千公里之外的娑罗原上刚出生。我为何没被分到别的部队，偏偏是这里？是隐隐中的约定，还是偶然？

新战士爱照相，每到周日，驻地照相馆的胖老杜和他的摩托车，会准时呼啸着冲入我们的视野。给我们发完上一次拍的照片后，他呼哧呼哧爬上这座山，按他的审美标准让我们摆各种造型。缓缓升起的朝阳，烧红西天的云彩，镀了金色的村落、营院，还有高耸入云的苍茫天山，绵延起伏的草场，都是我们身后的壮阔背景。

不单单新战士爱老杜，这一年，部队换发新式军装，胖老杜的生意很火。新战士都是新式军装，老式军装只有老兵才有。我跟战友们一起凑热闹，特意借班长的老式军装，在胖老杜的简陋照相馆拍了一张照片。是告别、纪念，也有打开人生崭新一页的意思。

五月中旬，山坡上的草绿了，树上的花开了，眼里不再是冬天单调刺眼的白。这时候的牛圈子，一眨眼，就变成了青春勃发、魅力四射的美少女，一派缤纷灿烂。

也许是近的缘故，我们的战术训练常被班长安排在这个山坡上。我们带着战术动作在山坡上冲锋，班长的"卧——倒！"命令，有时故意拖泥带水，"卧"的预令拖很长，"倒"字迟迟不落，那个"倒"字，像弹弓打出去在空中奔向目标的石子儿，最后落下时，我们大都会扑倒在一摊湿牛粪或马粪上。山坡不是很陡，青草绿油油的，还有摇曳缤纷的野花。每天都有牛马和羊群在山坡上吃草，脚下四处是湿乎乎的牲口粪便。

我们在山坡上一会卧倒，一会匍匐前进，一场战术训练下来，战士们身上沾满牛马粪和青草汁。训练结束，班长响亮的讲评声山背后都能听到。他说，军人啥角色？刀山敢上，火海敢下，一摊牛屎算什么？牧区没牛粪马粪还叫啥牧区？上了战场，脚下就是地雷阵也得往前冲……

连队有饭堂，但缺桌少凳，不够坐。班里有两个布满凹凸的铝盆，一个盛菜，一个盛主食。炊事班不管做几道菜，我们都盛在一个铝盆里。开饭时，全班战士在门前围着两个铝盆，在小马扎上坐一圈。有时正吃着，忽一股风扑过来，盖一层土，班长眉头都不皱一下，仍然吃得呼呼有声。

三个月紧张的新训结束，我被分配到炮营独门独院的高炮连。

连队旁边，有一片菜地，畦埂上种着葫芦瓜。

我的老家种土豆，开白色小花，也有紫色的。连队旁边的菜地里也种着一片土豆。每天晚饭后，像一个神秘约会，炊事班四川籍志愿兵班长会坐在地垄上弹拨吉他。草地上、小溪边、浓荫下，满眼都是有浪漫情调的地方，他为什么一定要在土豆地里弹唱？他在向土豆倾诉自己的心事吗？

每天与我一起准时站在远处聆听的还有一位牧区老太太。有时她正在自家门前的菜地里摘菜，听到声音，她直起腰，手里握着一把青菜，静静地立在菜园里，神态松弛，笑呵呵地望着弹唱的老兵。有时她手里提着桶，看样子是刚出门倒过泔水往回走，听到弹唱，便停了脚。她手里的物件是不固定的，有时是一个兜儿，有时是一根赶牛的树枝。从神情看，她听得很仔细，笑容浮在脸上，仿佛老兵的故事离她很近。她也许不认识老兵手里的吉他，但我相信，她听懂了老兵的忧郁、迷茫和思念。

这位老人与牧区的许多人一样，安于沉寂，生活简朴，心智如天山上一路欢唱而下的雪水，纯净、透亮。在这个偏远的村落，不管大人小孩，碰面你一笑，他们会立刻回报一个更灿烂的笑。生活艰辛，环境艰苦，但笑容总浮在脸上眉梢。他们不习惯绷着脸与人说话。

她家离连队不远，养着几头奶牛。看到她的身影缓缓进了连队院子，我们就晓得这天早餐肯定有香喷喷的奶茶。

我和连队几个四川籍战友，常去她家玩。去了，她就忙着给我们烧奶

山里有千变万化的云朵，开满野花的草原、森林，还有瞬息变幻的天光云影。偶尔会有一两只孤独的鹰，自由自在地掠过天空。有时候，连那些零星的牧群和牧包也消失了，天地一派寂寥。牧民和羊群追寻着草的气息，去了远方。（韩栓柱摄）

茶，话不多，笑呵呵的，出出进进地忙，恨不得把家里所有好吃的东西都寻出来。我烧奶茶、做拌面的手艺就是在她家一点一点看着学会的，至今不忘。

两个月后，我离开三七高炮二炮手战位，到连部当文书，跟卫生员、通信员同住一屋。

在连长和指导员眼皮底下工作，有一点好处，晚上不用像战斗班排听到熄灯号立马"啪"一声关灯就寝，可以晚一点休息，我又拾起了在灯下读书的痴好。

通信员肖志伟后来跟战友说，我有两大喜好，一个是读书，一个是爱吃烤土豆，说我是一个爱吃土豆的文艺青年。

战友聚会，聊天说起这段旧事，我听着默默地笑，心想，洋芋蛋开花赛牡丹。

四

秋天，部队会抽空帮牧民打牧草。零星的小花还在草丛里鲜艳地开着，我们跟着牧民挥起长把扇镰，嚓——嚓——，在节奏明快的嚓嚓声里，草像风抚过，一片一片倒下，变成人腰粗的草捆子。最后，小山一样整齐地码在牧民的屋顶与院落里。

等那些草垛子一点一点变小、消失了，春天的脚步就近了。

我是在冬天的第一场大雪落下之前接到调令的。那天早晨，太阳刚从群山背后爬上山顶，我背着背包，站在连队门前那条笔直、缓慢上升的水泥公路上，看着三三两两的牛在路上漫步，心里有些恍惚。连队门前的这条路，是一营通往团机关的，从天山上奔涌下来的雪水在路边的水渠里喧哗着。我的心里也一片哗哗声。连队战友听说我要去团机关工作，都很羡慕，说不清为什么，我却欢喜不起来。炮营就在团部旁边，我去营部取通知，报送各种表格、材料，常在这条路上上上下下地跑，也去团机关领过图书和文体器材。从连队到机关的距离我清楚，但我在心里思量的不是这个距离。

大操场边，靠礼堂一侧的四排平房，是机关办公室与宿舍。夏季，门前绿茵茵的草地上开满缤纷小花，花蕊像牧区小女孩的笑脸。

宿舍门的水泥台阶下，是一米多宽的水泥路，门前草坪很宽，不修剪，营区的花草跟牧区的野花野草一样，皆自然生长。它们齐斩斩地随着季节生长、盛开、枯萎。

房前屋后，一排排白杨树高大挺拔，巴掌大的绿叶在风里喧哗。我和战友坐在树下的石桌前聊天、下棋，或者独自看书，扭头总能看到不少牛马。它们在草地上低头吃草，尾巴一甩一甩，很满足很幸福的样子。人间的事，操场上军人训练的脚步与歌声，似乎离它们很远。牛羊在山坡、营院、公路上自由漫步。它们不需人，自己放牧自己。

我调到团机关后，跟同室的成干事学会了下围棋，很痴迷，进步也快。他爱读书，我们都是书迷，偶尔也会聊聊文学，尽管梦那样遥远，但心里充满激情与向往。冬夜读书累了，肚子饥，我会在烧火墙的炉子上下两碗鸡蛋挂面，或者烤几颗焦黄的散发诱人香味的土豆，这便是我们的夜宵。

后来，我考上军校离开，他在老团队从宣传股长一路干到团政委，之后又去了国防大学。和他分别后，我的身边一直留着一副围棋，却再没碰过。似乎也没什么因由，就是觉得有些事，要在对的地方、对的时间、对的心境下与对的人做，才欢喜。

春暖花开的景致，来不及细细品咂，一个呼哨就过去了。但春花谢了，还有夏花。花儿按季节准时绽放，如部队士兵入伍与复员的锣鼓声，都闻时而动，不会错季。人向植物和大地学习，应当从一朵花开始。

山坡上花更密一些，如繁星落地，撒得满草场都是，花香弥漫。微风拂过，那些白的、黄的、红的、紫的花朵，在风中舞蹈。草原上的花如牧民的性格，不扭捏，奔放、直率，一到季节，就你追我赶，恣意盛开、铺展。

远处，天山庞大的躯体上，挺立着成片成片的云杉，错落、苍茫。夏日，冰雪消融，溪流淙淙。常年被白雪覆盖的天山，像戴一顶白帽的沧桑老人，山腰的墨绿层层叠叠，山麓是波涛般绵延起伏的新绿，色彩鲜明，层次分明，天远地阔。

有时，面对难熬的寂寞，我会在心里一遍遍质疑自己的选择，无法言说的矛盾、迷惘、苦闷，像大海的浪花，一朵撞击、覆盖另一朵，在内心深处涌动。

山里有千变万化的云朵，开满野花的草原、森林，还有瞬息变幻的天光云影。偶尔会有一两只孤独的鹰，自由自在地掠过天空。有时候，连那些零星的牧群和牧包也消失了，天地一派寂寥。牧民和羊群追寻着草的气息，去了远方。

五

一个黄昏，我独自坐在草地上，天山是自然高大的屏障，部队营院一片一片随着山坡起伏，错落着向下延伸，挺拔的白杨树静静地立着。眼前绵延的草地，悠然啃着青草的羊群和马群，蘑菇般散落在坡脚和山谷里的牧包，在温暖恬静的余晖里升腾着袅袅炊烟。偶有优美清脆的牧歌，在岩石间碰撞，在草尖上滚动、滑落。这时，常常会有一些莫名的思绪漫卷而来，冲击着我。天空瓦蓝，很高、很远，一尘不染。整个草原一片寂静，像刚刚从昨晚的梦里醒来。

新训结束下连，有个战友失恋了，人像霜打的茄子，他说活着没意思了。有一段时间，我每天晚饭后都陪着他，坐在夕阳下的山坡上，有时彼此间几乎没什么言语，默然无声地坐个把小时。然后，起身回到连队，继续在紧张疲惫的训练里摸爬滚打。

过了一段时间，这个战友看上去平静了许多，身上似乎不曾发生过什么。也许群山的空寂与草地的芬芳抚平了他心灵的伤痛！

后来我也养成习惯，晚饭后，太阳还没有滑到山那边去，我喜欢一个人到山坡上坐坐，或者在山坡上散散步。有时我会在心里反反复复思考，谁是马群出色的骑手？

在琴声的悠扬里，我听到一位孤独的诗人在歌唱灵魂，他在黄铜马鞍上弹奏自己的心事与历史。

像一个梦境，顺着琴声追寻，夕阳下，一个牧人坐在飘着炊烟的牧包前，独自抚琴。看不清他的脸，有几个孩子在他身边跑来跑去地嬉闹着，牧羊犬在草丛里追寻着什么。琴声在空旷苍茫的草地上、山谷里飞扬，挟裹着寒意浓重的山风，撞击着我的心。

琴声停歇，牧人慢慢起身，纵身上马，挥动着手中的牧鞭，打着呼哨，牧群轰隆隆地涌动着，像一片波浪掠过草地，向天边飞驰而去，身后一片弥漫的烟尘。

在那个辽远而深邃的黄昏，我在绵延的草地上独自坐了很久。豪放朴实的牧人、飞动的马蹄，还有波浪般涌动的牧群，在我的脑海里来来回回地奔腾。

星星铺满夜空，月色柔美细腻。此时，如果从夜空中掉下一颗星星，肯定会在草地上歌唱一晚上。

在熄灯的军号声里，起身离开草地时，我喊山似的从肺腑深处没头没脑地吼了一嗓子：一地芬芳，遍地苍茫。

有一个干部，三十好几，谈过的对象差不多有一个排，总不成。姑娘们一听他在大山里，就熄火了。也不能怪人家女孩子，不随军，两地分居，随军，到这遥远的大山里干什么呢？总不能天天坐在草地上数星星吧？

有一天，他送走山外来的一个女孩，站在水声喧嚷的水渠边，像对水说，又像喃喃自语。他说，爱我而不爱我的牛圈子，我该坚守还是撤退？

我远远地听了，没敢笑。心说，坚守或调离，你做得了主吗？

与夏季的生动辽阔不同，隆冬时节的牛圈子异常寒冷，大地沉睡，天地一派空旷、寂寥。人与万物都在安静地积蓄热情与力量，等待着与下一个期盼的季节隆重重逢。

我相信，生活在这个偏远牧区的大人小孩，和我们一样，会常常在心里眺望山外的世界，眺望自己心里的诗与远方。他们与我们一样，热爱牛圈子的太阳、蓝天、白云、河流、草原，他们以扎根的方式表达爱与憧憬。而部队的军人，一茬一茬地来，一茬一茬地走，流水一般，在接力中传承与坚守爱。

有一年冬天，老兵要退伍出山了，团领导问他们，还有什么希望和要求？他们说，想去石河子看看。

许多战士和我一样，在给亲朋好友的书信里不无自豪地说，自己在有"小上海"之誉的石河子当兵。实际上，我们的营盘远在天山深处。那个城市，到底是一副什么模样，我们心里并不清楚。对我们这些常年守望在大山里的士兵来说，那只是一座在无数次想象里描绘过的美丽城市。许多战友在这里默默守望，几年都不曾出去，退伍出山就直接踏上了返乡的旅途。

"石河子是一座由军人选址、军人设计、军人建设的军垦城市。一九五〇年八月，中国人民解放军进驻新疆的第二十二兵团，成立了一个三十余人的勘察队，在遍地石头的茫茫荒滩上，仅十天时间，就用自己的双手在戈壁荒滩上打出了甜水井。有水，就能生存，就能建城。那是军垦新城石河子的第一眼水井。四年后的金秋时节，人民解放军驻疆部队大部分官兵就地集中转业，组建新疆生产建设兵团，开始了屯垦戍边的光辉使命……"这些，是我后来在一本书上看到的。

六

慢慢地，随着时光的流逝，我对自己的心灵需求日渐清晰，那份不适、陌生，开始渐渐淡远，许多难以忘却的人和事，悄然在我稚气未脱的生命里注入了一些新成色。

在雄浑苍茫的大山里，我怀着深深浅浅的忧郁，开始喜欢寂寞里的宁静，觉得人在偏远的地方，比在熙熙攘攘的繁华里自然、坦然、真实、真诚。

有了现实生活的拍打，有了岁月的积淀，躁动不安的心日渐平静、从容、淡定，也慢慢懂得那些沉寂的大山，就是我们这些山里兵最真实的战场。

几年后，当我要离开那里时，泪水奔涌，难舍的离别情绪，覆盖了我跟战友们的千言万语。这种说不出的情绪，像一股风，一股清澈、透亮的风，重重地拍打着我心灵的柔软处。

谁能真正读懂远山里一个村落与一支部队的秘密？谁又能做到离开时挥一挥衣袖，不带走一片云彩、一缕花香？

我永远记得那一小片世界里的芬芳，那里有我青春的滋味。

（2016 年 3 月于广州）